谈情说案

-02-

人心

最是光明磊落

也最是阴险猥琐

欢迎来到荒漠甘泉心理工作室

▼

请允许我

和你的世界谈谈

和你的世界谈谈 2

桃桃一轮 著

百花洲文艺出版社
BAIHUAZHOU LITERATURE AND ART PRESS

图书在版编目（CIP）数据

和你的世界谈谈. 2 / 桃桃一轮著. — 南昌 : 百花洲文艺出版社, 2017.12
ISBN 978-7-5500-2533-2

Ⅰ. ①和… Ⅱ. ①桃… Ⅲ. ①长篇小说 - 中国 - 当代
Ⅳ. ①I247.5

中国版本图书馆CIP数据核字(2017)第292089号

出 版 者　百花洲文艺出版社
社　　址　江西省南昌市红谷滩世贸路898号博能中心A座20楼　邮编：330038
电　　话　0791-86895108（发行热线）　0791-86894790（编辑热线）
网　　址　http://www.bhzwy.com
E-mail　bhzwy0791@163.com

书　　名　和你的世界谈谈 2
作　　者　桃桃一轮
出 版 人　姚雪雪
责任编辑　王俊琴　李　瑶
特约编辑　伍　利
封面设计　刘　艳
内页设计　cain酱
经　　销　全国新华书店
印　　刷　长沙鸿发印务实业有限公司
开　　本　880mm×1230mm　1/32
印　　张　9
字　　数　247千字
版　　次　2018年2月第1版
印　　次　2018年2月第1次印刷
书　　号　ISBN 978-7-5500-2533-2
定　　价　32.80元

赣版权登字：05-2017-485

目录

contents

目录

contents

第十三章

左手右手一个慢动作

（1）

民警小马把夏小姐按在地上，三个刚冲进来的民警分头帮着按住她、察看祝瑾年的伤势。

聂羽峥箭步跨进房间时，只见里头乱成一团，祝瑾年侧身卧倒在地，椅子翻倒在她身边，她双手捂着脖颈，鲜血淋漓。那一刻，向来冷静自持的他只感觉浑身血液直冲大脑，浑身如同过电一样战栗，喷涌的怒火和极致的心疼与担忧好似见血封喉的剧毒，一瞬间扩散每一个细胞。

他跪在她身旁，因不清楚她的伤势，不敢随便移动她。她的双手、领口都是暗红色的血，但目测出血量不大，应该没有伤到脖颈最要命的动脉。

可他的心还是提着，牵动着五脏六腑，好似魔爪抓挠，酸疼不止。

“瑾年……”他试着叫她，双手轻轻扶住了她的背。

“去开车！送她去最近的医院！”跟进来的朱守亮大吼。

“不用！不用上医院！”祝瑾年翻身平躺着，往夏小姐那儿瞄了一眼，发现她已经被两个警察钳制得动弹不得，舒了口气，手从脖子上移开。原来，血都来自她的手心，脖颈处虽然沾染大片血迹，却没有伤口。“我没事，我用手挡了一下，怕她还来，就捂着脖子自我保护一下。”

在场所有以为她被夏小姐划到脖子的人都松了口气。

“什么人啊，人家好心好意求了所长过来看你，跟你说了那么多鼓励的话，你还这样……良心呢？你这是故意伤害知不知道？还那么高的学历呢，书读到哪里去了……”小马奚落道。

夏小姐还是一副万念俱灰的样子，祝瑾年被聂羽峥半抱半扶地站起来，夏小姐抬眼看了一看，移开目光，好像事不关己。

祝瑾年忽然可以理解叶欣雪为什么沾了毒品之后就一蹶不振最后走上绝路了。她们这类女子的自尊和优越感一但被卓磊拉至底端，人生轨迹有了污点，怎么洗也洗不掉，就干脆自己变成一团黑，黑得不能再黑，就看不见污点了似的。

说到底，就是一种双向报复式的自暴自弃，灵魂好似从身体里被抽离，所有的阴暗面都聚集到了这个灵魂里，用一种狠绝的态度和极度内疚的复杂情感，狠狠报复着自己。

朱守亮清了清嗓子：“小祝，你还是去医院包扎一下比较好。”

“良言难劝该死鬼，慈悲不度自绝人。”聂羽峥幽幽地说，揽住她的肩膀，低沉道，“走吧。”

手心的刺痛一阵阵传来，她却没动，转头看向夏小姐，目光沉静，透着理智的微光：“我手上的这个伤口，现在皮开肉绽，鲜血淋漓，久了，自然会愈合，但伤疤可能因此伴我一生。没有人会为了不留疤痕或者暂时止痛，就把整只手砍掉。路过我们生命里的每一个人，有的扇了我们一个重重的耳光，有的给了我们一次体无完肤的爱，有的只给我们留下了只言片语和一个模糊的背影。我们只是一个皮囊，收容着他们对我们施加的每一次影响，没有任何人能够完全充满这个皮囊，今后，还有别人要进来，也有人要出去。不要怨天尤人，不要责怪自己。没有人是一成不变的，没有事是毫无转机的，活着，大哭也可以，咒骂也可以，咬牙去忍受命运带给自己的每一次风雨雷电，鬼知道将来还有什么大风大浪在等着我们呢？小夏，你已经颜面扫地，没剩多少脸可以丢了，当一个人彻底丢掉自尊心时，才算真的坚强。接下来的日子，请你一点一点把脸捡回来贴回去，就算是装，也装坚强点，为了你的面子。”

祝瑾年说话的时候，聂羽峥静静地望着她，黑眸似墨，隐隐镀着一层柔光。她一身血迹，她狼狈不已，她强忍着疼痛将每一个字都说得铿锵有力，于他看来，何止是一个男人倾慕一个女人时“越看越漂亮”，仿佛之前自己对他人陷入感情时表现出的不屑只不过是因为——她没有来。

他有着长长的一生，而这个她，终于来了。

夏小姐深吸了一口气，眼中浮起的湿润渐渐模糊了视线。她抬起双手，把脸埋了进去，肩膀不可抑制地颤抖着，喉间发出了低沉的呜咽声。

几个警察押着她走了，祝瑾年去洗手间简单清理了一下脸和脖子上沾着的血，坐车去了医院。

缝好了针，医生细心地缠着纱布，顺便说一些伤口护理的注意事项。

“不要碰水，保持伤口周围清洁，发炎就不好了，有你受的……一定按时过来换药。这两周你的右手肯定不怎么方便，忍一忍，克服一下。”

一身斑斑点点褐色血迹的祝瑾年一边听一边神游太虚，觉得自己应该去查查星座运势或者生肖运程什么的，最近连着两次进医院，究竟是水逆还是犯太岁。又或者……她瞥了一眼一旁站着的聂羽峥，会不会是交了个这么帅的男朋友，还是自己顶头上司，人神共愤？

他看上去不太高兴。

“我没事，已经不疼了。”祝瑾年骗他。

“到底怎么回事？”他表情不改，看来根本不相信。

“我劝了她几句，她好像有话要说，我就靠近些，她站起来像是要跟我说悄悄话。谁知道她忽然就从哪里摸出个东西往我脸上来，还说了句什么‘站着说话不腰疼’，我下意识用手拨了一下。她力气很大，还想扑过来，我不知道她手里那个武器是什么，有点害怕，就卧倒护着脖子和脸。她被警察按住了，我有点不知所措，手开始疼，一时起不来。”

他眉头皱得更紧：“进去之前，我提醒过你。”

一时疏忽导致现在右手包得像个粽子，想起夏小姐以往优雅清丽的模样，祝瑾年沉默了，却听见他说："对不起。"语气竟十分真诚，带着懊恼。

她一怔。

他摇摇头，没有解释。

天色已暗，祝瑾年说："送我回去吧，我累了。"

"你这几天行动不方便，一个人住没问题？"把她送到家门口，他又蹙眉。

祝瑾年眼珠转转，叹口气说："有问题，可能得请个保姆。"说罢，抬眼看他，"要不，你帮我联系一个？"

聂羽峥看了她一会儿，指了指自己。

她摇摇头："我要专业的。再说了，你要准备乔怡潼的心理鉴定，哪有空事无巨细地照顾我？"

"你想要什么样的保姆，嗯？"

祝瑾年眉一挑："勤快的，嘴不碎，长得好看，身体好，身材好，最重要的是——得是个十八到二十二岁之间的小鲜肉。"

"在你没说最后一个条件时，我以为自己完全能胜任。"他似笑非笑，"原来你嫌我老。"

"别这么说，老聂，你很年轻，正处于男人一枝花的年纪。而且你是学术型的，保姆这样的体力活儿，对不起你的学识，还是交给小鲜肉吧。"祝瑾年习惯性地跟他抬杠。

"说得很有道理。"他煞有介事地点了点头，拿出手机，翻找了一阵，最后把屏幕转向她，指着上面一张照片，"你看这位……合适吗？"

祝瑾年一看，照片中人留着清爽的短发，面庞清俊，一双好看至极的眸子好似山间冷泉般清冽。他穿一件烟灰色的薄毛衣，只是那样随意地站着，单手揣在深色裤子口袋里，双眼往镜头这儿一瞥，没有造作的动作和表情，淡淡扬一扬嘴角而已，风神俊秀之大气和自信，就让人一眼难忘。

她眨了眨眼，又打量他一阵，照片中这个男子分明跟他有九分相似。

“这是……你弟弟？”

“十八岁的我。”他露出几分狡黠，逼问道，“符合你那些要求吗？”

她点了点屏幕：“嗯，这时候的你，不错，我很中意。”

聂羽峥一脸受用，但却毫不客气地回敬：“老牛吃嫩草。”

“可惜嫩草已经长大啦。”她耸耸肩，遗憾道。左手艰难地从包里掏出钥匙，弯腰对了几次钥匙孔，才顺利把防盗门打开。他却忽然伸手拉住了门把，不让她把门推开。

“搬我那儿住。”

祝瑾年倒吸一口气，下意识就摇了摇头。

好歹也有点实战经验，她知道适当的拒绝能把男人拉得更紧，一味顺从和纵容反而会让他们觉得太容易得手。这个方法不知道对聂羽峥这样的男人有几分作用，或许他是那种不管你什么时候顺从、他什么时候得手都不会轻视她的人。

“你右手不方便。”二次说服。

“我还有一只左手。”她抬手摇了摇，还动了动手指，脑中甚至还浮现一首歌——

“跟着我左手右手一个慢动作，右手左手慢动作重播……”

他一如既往地知分寸，没有再坚持。

“那我……进去了？”祝瑾年试探地问。

“这句话应该我来说。”他意味深长地看了她一眼，替她推开了门，先一步把她的行李箱带了进去。

那一刻祝瑾年有点庆幸，自己习惯出差前把家里仔细打扫、整理一遍。

“你随便坐。我这样子也懒得出去了，你不介意的话……我叫个外卖当晚餐一起吃？”她像招呼客人一样，挺热情地打开外卖APP，“你想吃什么？”

“我来。”他说。

“我看过你的手机，没有外卖软件。”因此祝瑾年私下觉得，他其实是个生活很单调的男人。

“如果你手机里没有什么不可告人的秘密……”他很轻易地从她手中抽出手机，“我猜你一定不愿意穿着这身血淋淋的衣服吃饭。”

“OK，你做主。我去洗个澡，顺便换身衣服。等我弄好，可能外卖就送到了。”她走向卧室，拿了套换洗的衣服，进了浴室。她探头看了看聂羽峥，他也恰好抬眼。

“把门反锁上。”他垂下眼睫，语气淡淡，信息量却很惊人。

祝瑾年脖子一缩，赶紧照办。

（2）

悲观主义哲学家叔本华为了证明“痛苦是时刻存在的，只不过人们没注意到”这一观点，曾在一篇文章中做了一个比喻，大概意思是，人在不胃疼时，都感觉不到胃的存在。举高右手艰难洗澡的祝瑾年深深感觉到了这一比喻的深刻内涵，她觉得，这个月自己真的需要一个全天候保姆，之前提的那些标准可以降低一点，就要一个十八到二十岁之间的帅哥小鲜肉吧！

好不容易洗完，她看向自己平时放浴巾的浴室架，傻眼。真是成也萧何败也萧何，她出差前把浴巾洗晾好，收在衣柜里，刚才忘了带进来了。

看来，自己荒废了人家聂羽峥“把门反锁上”这句提醒背后的一番苦心。

“聂……聂羽峥！”她把门开了条小缝，“帮我拿下浴巾！就在我衣柜中间那层！蓝色的！”

聂羽峥没有回应，但她在几秒后听见了衣柜门滑动的声音。

她有点紧张，但并非毫无防备，拿了件换下来的衣服，掩着胸口，静静站在门后等。

一会儿后，蓝色浴巾的一角从门缝里塞了进来，她赶紧抽了过来，关门前，只听他带着几分戏弄，问：“你是故意的？”

她嘴角一勾，回敬："就是故意的，怎么样？"

他长长地"哦"了一声："怪我，不解风情。"

"接下来这浴室门，我是锁还是不锁呢？"她披着浴巾，故意逗他。

"你这句话的无聊程度跟电视剧里'我有一句话不知当讲不当讲'不相上下。"

祝瑾年暗自发笑："壮士，我有一句话不知当讲不当讲？"

"你讲，我不听。"说着，他转身就走。

祝瑾年在浴室里磨磨蹭蹭的，真的跟她预言的一样，外卖送来的时候，她恰好走出来，随口问："来了？"

聂羽峥把一袋外卖放在小小的餐桌上，转头看她。她头上包着干发巾，因为手伤了包得不太严实，头发掉出了好几缕，湿嗒嗒地垂在肩上。卸了妆，少了色彩的描绘，便没平时那么妩媚干练，多了几分清纯本真。

祝瑾年快步走过去，他也朝她走了两步，拦住她去路，她好奇地抬头，他恰好能俯身低头以唇相抵。

这一回，格外温柔。山间明月，远涧静泉，夜晚响起的笛，诗人思乡时的绪，都是这样的轻柔、温和与婉转。

松垮垮的干发巾掉了，微凉的湿发一下子全披散下来，贴在祝瑾年滚烫的脸颊。她被聂羽峥强势又轻柔地拥在怀里，他那么高，她踮着脚才能攀住他，这一次的亲吻，她是如此坦然，再不会像上次那样心中充满惊惧和纠结。

她有时会想，如果他真是别人的老公，自己到底还能抵御这样的诱惑多久？然而转念一想，他如果早已结婚，肯定不会对自己再有所引诱和表示。

聂羽峥的唇离开她的唇，片刻后又再次迎了上去。是不舍，也是沉溺。

好一会儿，祝瑾年才满脸通红地揉了揉上唇，指了一下餐桌上的袋子，转换一下暧昧的气氛。

"你叫了什么外卖？"

"香。"他回答。

这个答案真是莫名其妙，祝瑾年用力嗅了嗅，确实闻到一股食物的香味。

“是蛮香的。”

“你香。”他竟如此直言不讳地撩她。

暧昧的气氛不减反增。

“你还吃不吃晚饭了？我饿死了！”祝瑾年无可奈何地嗔怪，“我来看看你到底叫了什么好吃的。”

“麻辣火锅和十三香小龙虾。”

她愣了愣，释然地撇嘴：“你又故意耍我，我才不信。”

打开袋子，他果然在耍她。里头分明是较清淡的粥。

外卖里没放一次性餐具，祝瑾年在厨房里发现几只汤匙竟然不翼而飞，筷子却还好好地躺在消毒柜里。她无奈地倚在门口，对着聂羽峥翻了个白眼：“太幼稚了，快把汤匙交出来。”

聂羽峥一副“我不知道你在说什么”的表情。

“没有汤匙我怎么吃饭？”她撇嘴，她又不是左手也能使筷子的人。

“我可以喂你。”聂羽峥从善如流，摇了摇手里的一只汤匙。这只汤匙，恐怕是现在祝瑾年家里肉眼可见的唯一一只，其他的都不知被他藏哪儿去了。

“如果我拒绝……”

他笑：“用筷子喝粥也不错。”

我就知道你打这种主意……祝瑾年心底暗笑，可也实在拿他没办法，只能在他身边坐下。

他轻轻拍了拍大腿。

也太坏了。

她重重“嘁”了一声，不理他。

他低头看了她好一会儿，送上一勺粥。

她一口吞了，想起原来在家时，偶尔生病就赖在床上不起来，要妈妈喂。来鹏市上学后，忙学业、忙实习，回家次数少了，每次回家，都发觉父母苍老了许多。这两年父母总催她有对象了就快点结婚，家里的七大姑八大姨更是如此，好像她的个人问题比全国人民奔小康还重要，这样一来，她就更怕回家了。想来，许多父母都是如此，让人想亲近又怕被唠叨。

“你喂饭的动作这么熟练，以前没少锻炼吧……”吃了一会儿，她挑眉问，一脸狐疑和八卦。

聂羽峥应了一声，算是肯定。

“喂谁呀？”

“我妹妹。”

祝瑾年虚伪地“哇哦”了一声，心里并不怎么相信他的回答：“好羡慕，当你妹妹真是幸福啊。”

“羡慕……”他重复。

她点头，点头，再点头。

他毫不护短地问：“你羡慕那个身高一米七五的壮汉做什么？”

下午才考完心理逻辑学、被哥哥出的试卷虐成狗、现在正在食堂大吃大喝补充体力的聂羽倩没来由地打个大喷嚏。

“你对她真是……”听过他接聂羽倩电话时宠溺语气的祝瑾年感叹，“爱之深，责之切。”

他望着她，幽幽回答：“对你也是。”

“你对我，是爱之深，‘折’之切。”

他求教：“有何不同？”

祝瑾年清清嗓子，尽量字正腔圆——“‘折腾’的‘折’。”

他摇摇头：“是‘江山如此多娇，令无数英雄尽折腰’的‘折’。”

祝瑾年无语，心想，他一定还拿了个中文系的双学位。

磨磨蹭蹭着，一碗粥吃了半小时才见底。

约莫九点，聂羽峥要走时，郑重地问她：“你一个人，真的应付得过来？”

“我觉得还是需要一个男保姆。”她也郑重地回答他。

他再次指了指自己。

祝瑾年摆摆手："你真的不行啦。"

"我不行？"他眸色一沉，语气透出几分警告意味，"说得我今晚都不想走了。"

祝瑾年主动拉上他的手，还摇晃了几下："男保姆只能用一阵子，你，我可是要用一辈子的。"

他听完，眉头舒展，显然很受用。

祝瑾年觉得，自己在花言巧语上也蛮有天赋。

但这种程度的花言巧语还是忽悠不了眼前这人的智商和情商，他抬手摸了摸她的发顶，用了一个很精准的比喻："借来的书，才会夜以继日地在还书期限前看完。买来的书……不一定。"

祝瑾年举手投降，口是心非道："要杀要剐，你随意！"

他抬手看了看表，故作正经："美女邀约，本不该拒绝。可是，我约了老贺九点半，实在很抱歉。"

明明是他先撩的她，现在倒成了她撩他被拒！

狐狸老谋深算，她就别指望赢了。

"瑾年姐早……天啊！你的手怎么啦？"第二天一上班，琪琪就大惊小怪地喊道。

"因公负伤。"祝瑾年抬手晃了晃，深深叹了口气。不过，每天上下班有聂羽峥接送，省去了挤地铁之扰。应她要求，他在距离大厦一站路的地方让她下车。

"看上去很严重的样子，疼不疼啊？"琪琪一脸担忧。

"疼倒是不疼，就是生活上不太方便。"她指了指眉眼处，"你看我眉毛画歪了没有？"

琪琪瞪大眼睛仔细看了看，笑道："没歪没歪。再说，就算歪了也好看。"

“贫嘴。”祝瑾年不以为然，“我出差这几天，有没有访客找？预约情况怎么样？”

“访客没有，预约我也都帮你延迟、确认了。从今天开始排起……”琪琪一边看屏幕一边念日程表，“待会儿有个会你需要参加，下午在市民广场有一场‘迎新春’生活服务活动，明天……”

说话间，电梯口又走进来两人。琪琪不经意抬眼一看，愣了愣：“啊，那个是……”

祝瑾年回头看去，只见聂羽峥和杜格致一齐走来。聂羽峥一身墨蓝西装，外套一件黑色呢子大衣，面庞瘦削英俊，举手投足商务精英范十足，本还挺帅气的杜格致走在他身边倒衬得逊色几分。这样的“美色”，祝瑾年一早就见过了，可再见时仍觉一种非凡的气场扑面而来。

“师兄，聂……聂总，早上好。”祝瑾年尽量压制心头的欣悦，平静地打招呼。

毕竟是工作场所，希望他别露出什么端倪才好。

他是聪明且有分寸的人，这下也并没有其他表示，微微点一点头，就往办公室走去，淡漠而凌厉的气势，好像全然与她不熟。

看来他俩很有共识。祝瑾年心里松口气，越发欣赏他的情商。如果他对她有所暧昧表示，工作室不明真相的同事八成会以为她利用出差对上司献身，关系可就处不好了。

谁知，他没走几步，脚步一顿，回身看住她：“你叫格致为‘师兄’，叫我‘聂总’。同为校友，是不是对我生疏了点？”

见一起出差归来的他俩居然如此不热络，杜格致本就有几分怀疑，聂羽峥这么一问，他恰好替祝瑾年圆个场，探一探他俩疏离态度的真实性。

“我与小年在学校就有往来，聂兄你毕业太早，她在校时你都替她老师出题了，她怎么还敢叫你一句‘师兄’？我看，叫师叔还差不多……”说罢，他忽然发现了祝瑾年右手缠着的纱布，怔了几秒，急走几步拉起她的右手腕，看看她，又看看聂羽峥，“这是怎么回事？”

“是我自己……”

“说来话长，由我做检讨。”聂羽峥插话，虚扶着杜格致的手肘把他往办公室带，不着痕迹地让他松开祝瑾年的手腕。

（3）

琪琪眼巴巴看着他俩消失在走廊，托着下巴犯花痴：“聂总还是这么帅啊……也不知道他今天为什么事而来，见他一面比见我的‘爱豆’都难。”

祝瑾年发笑道：“告诉你一个好消息，这几天他接了一个心理鉴定，恐怕近几个月会经常来坐班，你尽管看个够。”

“真的？”琪琪的眼睛瞪得更大了。

祝瑾年“哈哈”一声算是回答，便先去了会议室，不一会儿，聂羽峥、杜格致、贺昴腾以及助理咨询师江满、小闵陆续到了。

聂羽峥一句废话不说，利落地打开投影仪，一张人物关系图出现在屏幕上，看上去一目了然。他拿着一支红外线笔，指在一张照片上：“这是被要求做心理鉴定的当事人乔怡潼，她一直处在这个人的状态中——”他指向叶欣雪，“她第一次来‘荒漠甘泉’，就以‘欣雪’自居。小年——”

这个称呼是不是显得太亲昵了些……祝瑾年打开笔记本，将事情始末说了一遍，其他几人都露出不可思议又兴致勃勃的表情。

“我针对她的心理状态，写了个初步的分析简报。”聂羽峥目不斜视，一副公事公办的口吻，把一沓材料给贺昴腾的助理江满，让他发给大家，“前期，心理驱动是主要原因，毒品作用是催化剂，发展至今，毒品对大脑的损伤是主因。在乔怡潼的身体里，同时存在着……或者可以说勉强算作存在三种不同的人格状态，分别是乔怡潼、有记忆的叶欣雪 1 和没有负面记忆的叶欣雪 2。其中，主人格乔怡潼隐退，次人格叶欣雪 1 占据大部分时间，潜意识里，主人格的逃避、自我压抑、超强的自我暗示能力驱使着她臆想出了一个‘一尘不染’的叶欣雪2。在我看来，欣雪2不能称作一个完整、独立的人格，因为‘她’根本没有同欣雪1完全区分开，充其量只是一个心理补偿机制下的产物。但是如果不加以干预，任其发展，欣雪2很可能变成一个独立的人格，此后，大脑损伤加上心理驱动，说不定还有可能分裂出更多的未知人格。这对乔怡潼来说并不是一件好事，她根本无法应付这么多人格同时存在，最后会陷入精神混乱。所以，我暂时将乔怡潼定义为‘双重人格障碍’，我们也尽量将她的人格稳定下来，不要暗示或者刺激她继续分裂。”

配合着他的讲解，祝瑾年看完了简报，文中，聂羽峥言简意赅、做证丰富而清晰，体现着他强大的思维逻辑和推理能力，不得不令人佩服。她看向不远处的他，想到这个男人已然和自己执手，她居然还有几分兴奋感。他马上发觉了这道目光，停下讲解，淡淡往她的方向一扫，眸间明显多了几分热度。

低头看简报的大家陆续抬头，聂羽峥移开了目光，继续道："乔怡潼吸毒、诱惑他人吸毒、非法持有毒品等行为将承担的刑事责任不是我们所能认定的范围，我认为，这次心理鉴定的重点是呼唤和梳理，帮助警方了解乔怡潼处在不同人格状态时的性格特征、思维逻辑。常规的心理疏导、干预对长期处在次人格状态的她效果并不显著，催眠或许是呼唤主人格的一个捷径，但也可能是一个很漫长的过程，大家要做好心理准备。虽说是心理鉴定，我更愿意将它当成心理治疗。老贺，说说你的想法。”

贺昴腾推了推黑色圆框眼镜，手里攥着根魔棒把玩，笑眯眯、慢悠悠地说："我嘛，是这么想的。对乔怡潼的催眠要分两个层次，第一个层次，也是比较容易达到的一个层次，那就是‘叮’一下——剔除欣雪2！”他挥动一下魔棒，好像施了个魔法似的，“这是个自我欺骗、自我麻醉下生出来的一个东西，‘她’本来就不存在这个世界中，这种状态会影响我对主人格的呼唤。在这个阶段里，我将采用父式催眠，强势地对她进行心理暗示甚至是命令，让她以后不要一get到什么点就把状态调整到那个欣雪2上。这个阶段预计一到两个疗程，也就是五到十次催眠治疗。第二个层次比较困难，那就是——把主人格给勾出来……主人格是不会被杀死的，所以‘乔怡潼’一定还在，只是看愿不愿意出来面对大家而已。”

祝瑾年想起欣雪 2 与自己通话时，曾怀疑自己是双重人格，非常惧怕被欣雪 1 挤掉、从此消失。现在催眠治疗的第一步就是要把“她”剔除，也真是造化弄人。她微微蹙眉，说：“她的主人格隐藏得非常深，至少近两三年的时间里都处在叶欣雪的状态。母亲邹英的电话、前男友卓磊、身份证什么的……都唤不起她的主人格意识。”

聂羽峥一针见血：“你说的这些人和物，本来就是她想逃避的东西。越是用这些东西刺激她，她越不愿意面对、越是要用欣雪的身份来与之作对。”

贺昴腾“啧”了一声，一摊手：“她到底愿意面对什么呢……”

祝瑾年被问住了，一心想确定乔怡潼到底分裂出几个人格的她忽略了这个最重要的问题。

聂羽峥却显得胸有成竹：“你们有没有想过，一直对现状不满甚至逃避、渴望变成他人的乔怡潼到鹏市之后才分裂出第二人格？在凉肃时，为什么人格如此稳定？不能否认的是，叶欣雪去世的消息对她是个直接的刺激，然而，我重新听了一遍她母亲邹英的录音，发现某个人在她的童年时期也同样起着重要作用。”

祝瑾年一愣，看向他——他昨晚九点多离开她家去赴约，到家已经十一点多了，再听一遍邹英的叙述？！且不说邹英连续讲了三个多小时的话，在奔波了一天的情况下，疲惫的深夜还能耐着性子听那样聒噪的女声碎碎念！她以前对他有偏见，以为他总是凭着书本知识和以往经验去揣摩人心、大家对他的认可过甚，却没有想过他在背后付出了几倍的精力。

是啊，哪有什么不流汗的天才呢？

许是她的目光在他身上停留了过久，他停住，朝她投来一个询问的目光，好像在征求她的意见。她怕打断他思路，赶紧摇摇头，他的目光在她脸上又停留了一会儿，才神色平静地继续说——

“这个人就是邹英的邻居，一位叫洪玉桂的老太太。邹英当时提到过，她是会计，工作相对稳定，还有些外快，上班时，孩子无人照看，经常托给邻居洪玉桂。今天早上我打电话给邹英，她跟我‘聊’了一个多小时……”

说到这里，他窘迫地清清嗓子，深知内情的祝瑾年没忍住，捂着嘴笑了，觉得这时候的他竟然有几分可爱。

几秒后，他恢复严肃：“我总结出几个信息——洪玉桂为人豁达慈祥，早年生了一个女儿，但未成年就因病去世了，一直对邹英和乔怡潼很好，乔怡潼已把她当成亲奶奶一般。这个人和叶欣雪的去世时间差不多，这是个巧合，但很可能共同对乔怡潼产生了刺激。基于这种巧合，我们是否可以做这样的推测——洪玉桂的去世割裂了乔怡潼对旧身份的眷恋，叶欣雪的去世把她引向了新身份。”

贺昴腾眼睛一亮：“这个洪奶奶是哪里人？”

“杭城。”

“孩童时代印象最深的无非两件事，菜肴口味和入睡歌谣。菜肴口味是没办法了，能不能帮我问问洪玉桂哄孩子睡觉时都喜欢唱什么童谣？”

“你的意思是——给她建立一个心锚①？”聂羽峥豁然。

贺昴腾点头如捣蒜：“对！我要用这个带着方言口音的咒语来唤起乔怡潼潜意识里对自我身份的认同和怀念，让她苏醒。”

祝瑾年心里再次暗笑，表面上不动声色：“这个容易，再给邹英打几次电话就有了。”

“既然如此，这项简单的工作就由你负责。”聂羽峥一脸严肃，显得非常公事公办，“反正，你的手伤也不适合做其他繁重的事。”

大浑蛋！祝瑾年撇嘴，却只能压着不爽咬牙虚伪道：“谢谢聂总体谅，呵呵呵……”

“不必客气，应该的。”他挑眉回答，“散会后到我办公室一趟，有事

①心锚是人的内心某种情感与行为的某一个动作、表情之间的链接而产生的条件反射。当条件与反射之链接模式衔接完好后，人的心锚就建立了。

交代你。”

对乔怡潼初步的催眠方案就此定下，剔除“欣雪2”的工作先由贺昴腾与他的助理江满全权负责，他们商量了一下，待乔怡潼脱毒治疗后再进行，一方面是没有身体戒断反应的干扰，另一方面也有助于她第二阶段的康复治疗。因此，正式介入就得等春节后了。

想到还要给邹英打几次电话，祝瑾年就觉得任重而道远。她慢慢走到位于走廊尽头那间几乎从不敞开的总监办公室，聂羽峥站在门口，正要按密码锁。

“聂总。”她挑眉，因他把给邹英打电话的任务布置给她，就充满兴师问罪的口吻，“我要不要待会儿再来，等你把里头的蜘蛛网什么的打扫打扫？”

“蜘蛛网没有，蜘蛛精有一个。”他戏谑道，输了几个数字，门锁发出“滴”的一声。里头很暗，他先一步走了进去，拉开窗帘，便一下子敞亮起来。

聂羽峥回身，见她还站在门口，就问：“不进来？”

祝瑾年这才走进去，约八十平方米的办公室由棕色、原木色和白色构成，进门正对面是待客区和整扇的落地玻璃窗，右手边半扇由一排原木色竖条组成的隔断墙，绕过隔断墙，就是办公区。设计简约的组合办公桌上除了一台宽屏电脑外空无一物，办公桌后是深棕色的嵌入式书柜，零星排放着一些专业书籍。

她随手在沙发扶手上抹了一把，竟没沾上厚厚的灰：“蜘蛛网和蜘蛛精都没有，我很意外。”

“谁说没有？”聂羽峥把门带上，顺便将她抵在门后，双手掐着她的腰，让她更加贴近自己，“我就是那只蜘蛛精。”

“你……”祝瑾年的话被聂羽峥的一吻堵了回去。

（4）

蜘蛛精吐出千根细丝，让人挣不开，绕不尽，丝丝钻入心间，缠住心弦慢慢撩拨，搅动一池春水。

情动间，他忽然停下，拉开些距离，看着她。她不明所以，红唇微张，目光蒙眬又有些紧张地和他对视。

“喜欢吗？”

“喜欢什么？”

“我。”

“不喜欢。”她别开头。

“那不亲了。”他作势松手。

祝瑾年假装高兴地鼓了几下掌，他果然又揽住她的腰，顺势把她推倒在沙发上，再次吻住她。

男人也口是心非。

内线电话忽然响起，打断一室甜蜜。祝瑾年才发觉二人拥吻太久，隔着布料，她都能感觉他某处危险的坚硬。他几步走到办公桌前，按下免提，却不开口。

几秒后，琪琪试探的声音传来：“聂总？您这几天是否接受咨询预约？我帮您在官网上线。”

“不接。”他残忍拒绝。

“有钱不赚，真不是好老板。”祝瑾年整理整理衣服，鄙夷道。

“有你们就够了。”他一副地主的嘴脸，“我只负责织一张网，压榨剥削你们。”

“我以为蜘蛛精都是女的，没想到还有个男的！”祝瑾年气恼地抽了张纸巾去擦聂羽峥唇边沾着的口红。

“狐狸精都有男的，蜘蛛精不能有？”聂羽峥兴致勃勃地看着笑也不是骂也不是的祝瑾年，黑眸清亮，“你性别歧视。”

“你让我到你办公室来，难道就为了变回原形？”她无奈。

“嗯。”

祝瑾年微讶，原以为他会交代什么公事，没想到他就这么一个字打发了。她上前一把扯住他的袖子，抬头看住他："你叫我来，就是为了做这个？"

"不够？那……"他再次凑近，"继续？"

"你居然是这么公私不分的人。"祝瑾年松手，大翻白眼。

"你先勾引我的。"

"什么时候？！"

"我说自己又听了一遍邹英录音的时候。"

祝瑾年拍了拍自己的额头："我对你投去的是钦佩的目光，你是怎么看走眼觉得我在对你抛媚眼？"

"心境决定环境。"他双手交叉抱胸，半靠在沙发一侧，"你撩拨我的目光，让我几乎要下定决心以后天天来坐班，可惜，你一句否认，让我打消了这个念头。"

祝瑾年摇摇头："距离产生美。"

"对你，我做不到。"

她听了有些欣喜，憋不住笑出来，却又狠狠瞪他一眼。

谁知，他接着就说："所以我审美一向不行，审丑却很在行。"

和聂羽峥的"交战"记录上又添一道败笔，祝瑾年举小白旗投降。见他真的没有其他事要交代，就哭笑不得地开门出去。

聂羽峥望着她匆匆离去的背影，眼中温柔不减。她就像"荒漠甘泉"这个名字一样，给他充满权威和学术但却枯燥无味的生活中注入一汪清泉，或许是当局者迷，无论二人靠得多近，他始终觉得远，他一点都不介意靠近，再靠近。

这时，商务总监诸葛千惠一边接电话一边从办公室出来，瞥见聂羽峥，又顺着他的目光看过去，一愣，又回头用戏谑的目光看了看聂羽峥。

他回以一个微笑。

祝瑾年伸了个懒腰，坐在电脑前。上午没有什么访客，她习惯性地上了荒漠的官网，解答一些网友杂七杂八的咨询。看到关于考试压力的提问，她忽然想起期末考应该早就结束了，就怀着几分好奇去母校论坛看一看自己以前发的那个关于预测今年心理逻辑学试题的帖子，没想到它已成了大热帖，几乎人工置顶了。

她迫不及待地点开，看了最后几页的回复。大家都跪称楼主是深不可测的扫地僧，虽然题目内容和她预测的有所出入，但大方向是一致的，以前将信将疑地按照楼主给的方向去复习的都取得了不错的分数，纷纷跪谢打赏，回帖从上传试题渐渐变为猜测楼主的真实身份。有人猜楼主是研究所课题组的潜伏者，有人怀疑她手握出卷者的把柄，但也有人打听出聂羽峥的妹妹目前也在东南政法，到最后大家都偏向于发这个帖子的人是聂羽倩，以至于后面有个号称是聂羽倩的 ID 跳出来大喊冤枉时，大伙儿都在起哄。

祝瑾年看得一个劲儿发笑，留意到一个考生拍下的一张原题照片，题目是字迹分析，但给的素材并不是她以为的小志或者其他同龄人的字迹，竟是她的——他曾复印过她的几页笔记，出卷时把她笔记的扫描件传了上去。

她不禁抚额，他总是出其不意留一招最狠的。

一个参与改卷的研究生把试题答案概要分享出来，祝瑾年仔细找了字迹分析那题，只见发帖人备注了一行，说这题是聂羽峥亲自批改的。

“字迹分析题答案概要：条理性、原则性强；讲求权衡周全；遇事冷静并习惯压抑情绪，强调距离，不喜与人过分亲近；有急智但急于求成，缺乏持之以恒的耐心；有幼稚的一面，心里始终住着一个小孩。”

祝瑾年托着下巴，轻轻扬起嘴角。拿起手机，拍下网页发给聂羽峥，然后留言道：

“你说我幼稚，我看你才是幼稚鬼。竟然发动至少一千个学生来分析揣摩我，然后得出几个和你不谋而合的答案。真不知该说你是胆大包天还是不耻下问。”

过了一会儿，他回：

“我只不过是撇去喜爱之心，客观地评价一个人罢了。”

好吧，确实很客观……

他接着回了第二句。

“没撇干净而已。”

又被撩到了。祝瑾年捶捶胸口，摇了摇头，自己真像一只撞进蜘蛛精大网里的小飞虫，被这妖精一丝一丝缠紧，就快缴械投降了。

春节来临，“荒漠甘泉”的各项工作都告一段落，聂羽峥留在鹏市，关注乔怡潼脱毒治疗的同时，和聂羽倩一起招待远道而来的父母，祝瑾年则回了平岭市。

平岭是一个被群山环绕的县级市，属J省北部的延丰市管辖，县域经济全省排名前三，早年，去往X省的火车都得经过平岭，平岭火车站就成为了J省的一个大站。近些年，平岭工业逐渐走下坡路，靠着周边丹霞地貌区的诡谲变幻和名人名家故里文化的挖掘，旅游业异军突起。

故乡虽好，但舞台太小。祝瑾年一心向外，上大学后忙于学业和实习，回来的次数很少，但每次回来都觉得平岭大变样，以前荒凉的空地建起高楼，小时候从未到过的陌生角落不知何时又建起了大型游乐场。

她家住在铁路边，地势很高，六楼而已，就能看尽平岭夜晚的灯火繁华。年三十这天，她趴在窗台上，遥望远方夜空时不时绽放的烟花和徐徐上升的孔明灯，忽然有种岁月静好之感。

“小年。”周芙瑛端了杯梅子茶给她，身为母亲，最是了解女儿的喜好，“这几天都有些什么安排？有空吗？”

“妈，我不去相亲。”祝瑾年并未将最近的感情生活如实交代，聂羽峥从她字迹里读出的信息十分精准，她确实习惯于权衡，在没有十足的把握之前，绝不会透露半点讯息，以免徒增一遍遍解释的困扰。

“我管你相不相亲？若三十岁还没男朋友，老妈再帮你操办这事也不迟。”

周芙瑛嗔怪地说，“我厂里一个小姐妹的女儿今年就要高考，最近总是疑神疑鬼的，老觉得自己怀孕，还一直洗手，把他们一家人搞得……唉！操心啊！你不是挺会弄这些青少年心理咨询的吗？能不能帮帮人家？”

“你可真是不遗余力地榨取我的劳动力啊。”祝瑾年半开玩笑地说，“我大学暑假回来就帮你的亲朋好友的女儿啊侄子啊补过作文，前两年还帮你一远房表妹的小孩写过一篇演讲稿，这下倒好，又得免费帮你朋友的女儿做心理咨询，我们母女俩可真是平岭当地的一对活雷锋。”

“你还想要钱啊！”周芙瑛故意板起脸，作势要打。

“她女儿很有可能是强迫症……”祝瑾年摸摸下巴，又打了个响指，“我事先跟你们说好——咨询，最重要的前提就是信任和保密，无论是你还是你的小姐妹，都不能逼我说出那姑娘的真实心事，除非她自己愿意告诉你们。还有，别指望一次两次就能解决问题，我们工作室只放假到正月十五，我能做的很可能只是心理诊断，后续怎么开解、怎么疏导，要不就带她去心理门诊，要不来我们工作室也行，说不定还能打折。”

“啊呀，打折也贵得很呢。”周芙瑛嘀咕着，还是挺乐呵，马上给她的小姐妹打电话拜年，顺便约了时间，就定在初三下午。

祝瑾年盘腿坐到沙发上，见聂羽峥发了个666元的红包给她，心里一激动，回了个520元的红包回去。趁父母忙着烧香拜祖宗的间隙，她给他去了个电话。

聂羽峥摸了张牌，瞥了一眼就打了出去：“六条。”

“和了！就等你这张！”方桥不打则已，一打瘾就大，牌技好加手气旺，已经连庄三次了。

聂羽峥对麻将兴趣缺缺，但一早看出母亲在听条，干脆连续打几张条出去哄她。恰好手机振动起来，让他摆脱牌局。

“快点啊！”方桥挥挥手，叮嘱道。

“你们斗地主。”聂羽峥抛下一句，就上了楼，明摆着要让他们三缺一。

“你敢！”方桥瞪眼。

“明天还要赶飞机，你见好就收吧。”聂冠佑抬手往下压了压，劝道。

“这才几点？”她瞥了眼时钟，笑一声。

聂羽倩伸个懒腰，拍马道：“好不容易聚一次，妈妈要打到几点我就奉陪到几点。“

“还是女儿贴心啊！不枉我豁出命去生你。”方桥站起来，抓了把坚果，“你们码牌，我把浑蛋儿子喊下来。”说着，便噔噔噔跟上楼。

“哈？怎么？妈妈生我很辛苦吗？”

聂冠佑脸色一变，又赶紧笑着说：“别听她瞎说。上个厕所就把你生出来了。”

第十四章

蛇与剑

/HE NI DE SHIJIE TANTAN 2/

（1）

“心理援助……”听完祝瑾年的抱怨，聂羽峥语含笑意，倚在小阳台的落地窗边，“别那么唯利是图，把它当成寒假实践，提升自我，心里是不是舒服多了？”

“可我只想在假期里骄奢淫逸，不想提升自我。”祝瑾年不求上进地答。

他故作严肃道：“准许你骄奢，不准淫逸。”

“我偏要淫逸！”

“既然如此，我舍命相陪。”

“你让我想起了西门庆……”

……

“我这儿都三缺一了，你小子还舍命陪谁啊？”方桥用力地拍了拍聂羽峥的背，急吼吼地说。

聂羽峥微笑地移开手机：“你最好不要知道答案，否则你期待的巴厘岛之行，我爸就不用买单了。”

方桥一愣，会意后“啊”地叫了一声，又赶紧一手捂着嘴一手指着他：“哈哈，我什么都没听见，什么都不知道。”说罢，步履轻快地跑下楼，隐约听见她又拉着聂冠佑打赌，说如果今年聂羽峥找到女朋友，她下次的巴西之旅就让他买单。

聂羽峥挂了电话下楼，只见宠妻狂魔聂冠佑信誓旦旦地接下了这个赌。方桥小人得志一般笑得如沐春风，而聂羽倩一脸无语地看着聂羽峥，嘲讽道："老哥啊，'坑爹'这个词简直是为你量身打造的。"

为哄母亲高兴而坑爹，想必聂冠佑被坑也是心甘情愿的。当年，方桥生羽倩时差点没抢救过来，羽倩也因为缺氧而送进新生儿重症监护室，和母亲一样生命垂危。脱离危险后，这两人都成了聂家之宝，为祝愿妹妹健康成长，做大哥的聂羽峥亲自赐小名——壮壮。

要说他聂羽峥有什么心理上过不去的坎儿，铁定就是方桥抢救时那万分紧急又危险的十几个小时，和一出生就被医生判定为"能不能活还得看运气"的妹妹。

大年初三下午三点半，制氧厂的曲翠霞到祝家拜年，一阵互相介绍和寒暄后，祝瑾年大概了解了她的家庭情况。她老公邓建刚原本是制氧厂生产车间主任，后来下海做起了生意，一开始还不错，后来慢慢走了下坡路，曲翠霞则一直都在制氧厂充装车间，与担任副厂长的周芙瑛是师徒关系，两人连跳广场舞都站同一排，几乎无话不谈。曲翠霞的女儿邓涵希是绘画艺术特长生，高考分数要求并不高，考个四百多分就能上很好的大学。

曲翠霞愁眉苦脸地说，邓涵希在延丰市一所私立高中读书，由她陪读，近几个月，女儿忽然开始缠着她问关于怀孕的事，她留意女儿的月事情况，发现和以往一样正常。邓涵希总觉得自己的手上沾了男人的精液，动不动就去洗手，还顺带把自己日常能接触到的物品都洗一遍，浪费时间和精力。为了这事，曲翠霞已经很久没好好睡过一觉了，一想起女儿，她五脏六腑就抽着疼，根本无法入眠，自己都快崩溃了。

"涵希的成绩怎么样？我指的是……文化分和专业？"

"上裕师完全没问题啊。"说到这个，曲翠霞眼中出现了一丝欣慰，东裕师范大学可算是南部数一数二的师范类院校，“我们给希希请的美术老师就是裕师美院的，希希联考已经过了，三月去参加裕师的校考，如果也过了，高考只要考三百多分就行。”

三百多分，太简单了！以前班上学习最差的那位，高考都四百多分。祝瑾年若有所思地点点头：“也就是说，她并没什么升学方面的压力。”

“这跟压力有什么关系吗？”曲翠霞不解地问。

邓涵希的这些异常表现跟祝瑾年之前遇到过的小志和“欣雪”相比，算是比较轻的了。因此，祝瑾年胸有成竹地解释道：“一般人产生心理问题都源于压力所带来的恐惧，我们必须弄清楚她的压力来自哪里，既然不是学业，那有没有可能是情感？”

“她没有男朋友的。”曲翠霞非常笃定地说。

祝瑾年微微扬了扬嘴角，现在的孩子有没有谈恋爱，父母的结论其实不准。

“涵希是否也渴望摆脱这样的状态？”

“当然！”曲翠霞点头如捣蒜，“我们希希也不想去想那些事！所以一想不通了就会找我说，你知道她因为这事拗起来有多拗吗？明明来着‘大姨妈’，却还在怀疑自己怀孕，我……”她欲言又止，深吸几口气平复下来，才压低声音接着说，“我连验孕棒都给她买来了，验出来没有，她还不放心，居然说这会子没有，可能明天才会有。我都快被她搞疯了！”

“每天如此？”

“每天！我每次都好说歹说终于说通了，第二天又来了！反反复复，就那么一个会不会怀孕的问题，怎么说都说不清楚，整天疑神疑鬼！”

“有没有试过让她不要去想这个，想点别的，比如……高考、明星、美食、梦想什么的？

“不行……”曲翠霞摆摆手，“一定要想一遍这个，不想不行的样子，唉！我都急死了！”她情绪崩溃，泪水激烈地涌出来，开始胡言乱语，“我宁愿她脑子坏掉，我伺候她一辈子，也不要她这样！不要她这样整天乱想！呜呜呜！我就这么一个女儿，她是我的一切啊！她要是有个三长两短我也不活了！不活了！呜呜呜啊啊！”

周芙瑛手忙脚乱地一边给她递纸巾一边安慰，祝瑾年也赶紧剥个芦柑，想用食物分散她的注意力。

曲翠霞接过水果，一边道歉一边擦眼泪，殷切地拉着祝瑾年的手：“小年，你是专业的心理医生，可一定要帮帮我们希希啊！你去跟她说，她想的那些东西都是不可能发生的，就算发生也没什么大不了的，不要再去想了！”

“我不是心理医……”祝瑾年欲言又止，想了想，也就不再解释这些，“曲阿姨，我想尽快跟涵希谈一谈，弄清楚她的具体情况。”

“好！涵希现在在家，你要不要跟我回去？”曲翠霞急切地站起来问。

爱女之心如此迫切，祝瑾年马上点点头，随她回了家。

路上，她抽空给聂羽峥发了条信息：“在做什么？我在路上，去求助者家里。”

聂羽峥：“郑文秀。”

他回答得如此简略含糊，祝瑾年一怔，想到聂羽峥曾详细说过这件事情的始末，便聪明地没有追问。

等了一会儿，他没再补充。祝瑾年想，郑文秀可能遇上了什么事，他正在处理。

她并不知道，此时的聂羽峥正在鹏市第一医院住院部等待曹筱柳苏醒。

这个曹筱柳就是一直电话骚扰他并每次都称他为“老公”的女子。她母亲郑文秀仍在抽泣，虽然女儿已没有生命危险，她还是一脸担忧，嘴唇死白，十指紧紧攥在一起。

她的嗓音充满苍老和无力：“老曹不知道是死是活、人在哪里，柳儿的抑郁症状越来越重，我们一个家早就不是家了。恐怕这个世界上只有我们娘俩和你相信老曹是无辜的……他一心扑在工作上，别说论文和院务了，连别的学院敷衍而过的试卷巡查都严格按照规定做，从来不打压同事，有职称推荐时，他都亲力亲为去帮忙争取！我多希望他能忽然站出来，亲自证明自己是无罪的。”

几年前，一个名叫曾大强的临时工遭人杀害，所有证据都显示，政治与公共管理学院院长曹义黎存在重大嫌疑，且他有明显的动机——曾大强不知手握他什么把柄，对他进行了勒索。但是，曹义黎不知什么缘故，案发后就不见踪影，知道点内情的都传他畏罪潜逃。

“当时我恰好作为心理学顾问参与了一些重案的调查，仅能对曹院长的所谓犯罪动机提出质疑，左右不了侦破的方向。或许就是这一点质疑，让警察们重新思考了案件的性质和嫌疑人。但是，十分遗憾，他们没有找到其他嫌疑人，目前，曹院长仍是嫌疑最大的人，可惜迟迟不见踪迹，因此才没有结案。至于外界传说的因为我不肯签字或者其他行为，导致不能结案，都是无稽之谈。一个心理顾问，不可能起到这么大的作用。”聂羽峥压低声音说，再次强调了这个铁一般的事实。

曹筱柳的头左右蹭了蹭，似乎正在转醒。

郑文秀有些激动地站起来，握着她的手，深深地看了好一会儿，又望向聂羽峥，语气带着哀求：“来都来了，劝劝她吧……算我再次求你。”

上吊自杀未遂的曹筱柳慢慢睁开眼睛，见聂羽峥面无表情地坐在病床边的一张椅子上，有些不敢相信地张了张嘴，随即好像要抓住救命稻草一样向他伸出手去，沙哑地叫道：“老公——你……你出差回来了？你太忙了，年夜饭都赶不回来，我……”

“好好休息。”聂羽峥出言打断了她吃力的关切。

“我一直在等你回家……”曹筱柳哽咽了，“你……你能不能多陪陪我，就像以前一样……我们去放风筝、去爬山，你还说要带我去西班牙呢……”

父亲的失踪和深陷杀人嫌疑令曹筱柳精神崩溃，她将对父亲的思念、心疼和担忧转移到了聂羽峥身上，并臆想他俩已经结婚，从而压抑住了对曹义黎的父女之情。然而，无论是曹义黎和聂羽峥都不能给她任何情感上的回应，令她陷入抑郁中，动不动就自残或者自杀，郑文秀既要照顾她又要防着她，不过五十来岁就老似七十岁。

“要按时吃药，恢复健康，不要沉溺在自己一时的情绪里，才有可能走出家门，去做所有你想做的事。”深知抑郁症会给人带来多大痛苦，聂羽峥明白，自己这几句劝告起不了多大作用，但如果能稳住她一时，让她不要再轻生，也算功德无量。

阳光洒在聂羽峥肩背，好像给他镀了一层圣洁的金光。曹筱柳半靠在枕头上，不断点头的同时，痴迷地望着他，好像一个诗歌爱好者手捧歌德真迹一般，充满虔诚和狂热。

聂羽峥淡漠地移开目光，依旧不给她任何情感上的回应。仅过了几分钟，他接到一个快递的电话，刚好以此为借口离开。

到家后，他取回这份不知来源的快递，拆开一看，里头是一张禾诗蕊的照片，背后写着三个字“章靖鸣”，和上回写在叶欣雪照片背后的字体一样，都是用左手写的。

他看向自己从沈子平那儿拿回来的一沓禾诗蕊失踪案的调查记录，陷入沉思。

（2）

“她在里头画画。”曲翠霞指着一扇门说。

“阿姨，我冒昧地问一句，你有没有带她去检查一些妇科项目？”祝瑾年压低音量问。

她会意：“那个……是完整的，不然我也不会那么肯定她没有男朋友。”

祝瑾年点点头。

曲翠霞小心翼翼地叮嘱：“你要做好心理准备，她缠着你问一些关于怀孕的问题时，不要表现出很惊讶或者不耐烦的样子。”

祝瑾年答应着，敲了敲门就进去了。

邓涵希嘴里嚼着口香糖，打了个招呼。她是个长相平平还有点小胖的女孩，聊了一会儿，她不仅很有礼貌，性格看上去也并不古怪。

见气氛还算不错，祝瑾年很坦诚地说："不知道你妈妈有没有跟你提过，我是她一个老姐妹的女儿，在鹏市当心理咨询师，回来过年，听说你有些想不开的心结，过来看看有没有什么地方能帮到你。我会对所有内容保密，这是职业道德。如果你愿意说，就说出来，不愿意的话，就教我几个画画小技巧吧，也算没白来。"

"我妈给你钱了？"邓涵希笑着问。

"没有。"祝瑾年摇摇头，挑眉道，"我妈不让我收钱。"

她似乎很满意这个答案，眼珠转了转："拿人手短，吃人嘴短，没收钱反而守得住嘴巴。"

祝瑾年心里赞叹，这丫头还真是个明白人。

"那我问你——"邓涵希脸色一变，忽然严肃起来，"有没有一种可能，在没有上床的情况下，就怀孕了？"

"试管婴儿。"

"不是那个！我的意思是，比如说……一个男的在洗澡，他的精液流出来刚好沾到手上，去关水龙头，又沾在水龙头上，之后我去洗澡，摸了那个水龙头，用手洗屁股的时候精子会不会钻进去，然后就怀孕了？"

好幼稚的问题……

"不可能。"祝瑾年笃定地说，"这种情况精子活不了多久，就算活着，也不见得能进入你的身体，穿过重重阻碍，又刚好遇到排卵期。万事俱备，正常途径进入的那些总数恐怕上亿了，活到最后的不过二三十个，而最终能进入卵子的也就那么一两个。"

"你怎么知道我碰到的就不是这亿分之一？"

"绝不可能，你还不如去买彩票。"

“万一呢？万一呢？万一呢？”她急切地连问了三遍，眼睛瞪得老大。

于是，祝瑾年花了半小时非常直白地普及了一遍生理知识。性知识获取不畅和欠缺导致了很多青少年的性困惑，性罪恶感和不正确的发泄方式让一些人走上了邪路。

邓涵希听完后，似有启发，但很快又问：“那有没有一种可能——有个居心叵测的男人故意把那个抹在我的内裤上，我不知道就穿了，然后就怀孕了？”

看来刚才的一番性教育白费了。

“你每天都在想这些问题吗？”

“不想通，我是没办法做其他事情的。你告诉我一下，那样到底会不会怀孕？”

“怀孕对你来说是一件非常可怕的事情吗？”祝瑾年不再回答她无聊的问题，开始由自己来主导谈话内容，“有些人结婚十几年都生不出孩子，怀孕之后高兴得要死；有些人的身体状况不适合怀孕，生育对她们来说是要付出生命代价的，那么怀孕就不见得是个好事。退一步说，为什么你碰到的一定是男人的精子，而不是霍乱、狂犬病或者埃博拉病毒？那些病毒弄不好会死的，比怀孕可怕多了。你现在回答我，怀孕会给你带来最大的坏处是什么？耽误上大学、丢面子，还是你听说流产和生孩子都很疼？”

“大不了就是流产，也……没什么。”她低下头，“可是我一定要确定那些情况会不会怀孕。”

“一遍一遍地确定这种事不累吗？”祝瑾年放软了语气，“你可能心里清楚，这很无聊，很浪费时间，可就是忍不住要去确认？”

“累，可确认了我才舒服，不然总觉得慌慌的。”

“怎么才算确认？验孕？”

“验孕也不一定准吧？”

“挺准的。”

邓涵希眼睛一瞪，似乎又陷入了怪圈："那有没有一种情况，刚怀上一分钟而已，验孕验不出来？"

祝瑾年不跟她纠缠这些问题："昨天你是怎么确定自己提出的某种情况不会导致怀孕？"

"我妈跟我分析了很久，但我昨天想通了，今天又感觉不放心，所以再问问你。我一定要知道我说的这种情况绝对不可能怀孕，然后敲三下桌面，就算过了。"

祝瑾年想，八成是强迫症。因为怀疑自己会在不知情的情况下怀孕，所以一遍遍询问别人来排除各种可能，同时不断洗手来阻挠精子进入自己的身体。

不过，她强迫症的压力来源是什么，值得探究。

"我看看你最近画的画吧。"祝瑾年转移了话题。

然而，就在邓涵希转身去翻找画作的时候，新接收的信息使她放在颜料盒边上的手机屏幕亮了起来。祝瑾年下意识瞄了一眼，瞥见"双腿之间"这个词后，脑子好像被人撞了一下，猛地认真看了看。

一叶知秋："想你了。"

一叶知秋："想念你双腿之间的味道。"

祝瑾年看清整句话后，赶忙随手乱抓起邓涵希的笔盒，假装好奇地打开看，很大声地说："你们学美术的画笔真多，光素描用的笔就这么多型号，还都是自己削的……考试时一紧张会不会一下子削断？"

"不至于那么紧张，断了再削呗。"邓涵希答，然后捧出几本装订好的画作，"你看看，都是我的练习。"

"是临摹还是原创？"

"自己瞎想画的。"

祝瑾年翻看了几页，发现她最近半年的画作里出现了蛇、埃菲尔铁塔、桥、持剑的男人等一些意象，这都是男性器官的象征，尤其是她画的蛇都像是毒蛇，桥下的水潭也很混浊，都是一种对性有恐惧感和不道德感的投射。

她试探着问：“你画得这么好，考上裕师大应该完全不成问题吧？其实你还可以去更好的学校，比如首都美院什么的。有想过吗？”

邓涵希有些迟疑，半晌才说：“……裕师就可以了。”

“裕师对你来说确实太容易了，听说你的辅导老师就是裕师的，这是近水楼台先得月。”

“是啊。”她笑了笑，“如果不出意外，我应该就会去裕师美院了。”

祝瑾年赞许道：“那真是恭喜你了，比普通考生早一步‘上大学’。”说着，她掏出手机看了看，略带抱歉地说，“我回个电话。”

走到窗边，她一边假装打电话一边从玻璃映出的影子里观察邓涵希的举动，只见邓涵希也拿起了手机，看到那几条消息，脸上并没有露出气愤或者反感的表情，很自然地回复着。

祝瑾年心想，原来邓涵希有男朋友。如此一来，她的困惑和焦虑就有迹可循了。

她拿出一份心理测试题给邓涵希做，草草看了一遍，她大概能确定邓涵希的强迫心理很重。

晚饭时间到了，尽管曲翠霞十分诚心诚意地要留她吃饭，她还是婉拒了。

曲翠霞送她下楼，很急切地问她和女儿聊得怎么样。祝瑾年说：“是强迫症，最好带她去有心理门诊的医院看看，吃药加心理疏导。好在涵希是个明白人，并不抵触这些，应该能配合。”

“可是她怎么老想着怀孕的事呢？”曲翠霞还是愁眉苦脸。

祝瑾年想了想，有所保留地说：“这可能跟某种潜意识里的焦虑有关。在她的成长过程中，尤其青春期，你和邓叔叔是不是对她和异性的交往管得比较严？是不是在言语中多次强调早恋、未婚先孕的羞耻和罪恶？是不是对所谓‘女性的贞洁’看得非常重？这些都会让她产生一种对性和男女感情的恐惧，一旦自己有类似行为或者想到自己做这些事时，都会从心底萌发一种不洁和罪恶感。在升学和家庭对她都不构成压力的情况下，性的焦虑是她面临的最大难题。”

“大家对子女的管教不都是这样吗？我看别人都没有这样，怎么就她胡思乱想？”曲翠霞百思不得其解，“她是不是喜欢上哪个男的了？还是哪个男的在追她？”

祝瑾年想到自己初中时的经历，便问：“她有没有提过自己暗恋或者欣赏哪个男生？”

“从来没有，我们也不允许她动这个心思，从小就告诫她，不要跟男生走得太近，也不能跟他们交朋友，普通朋友也不行，否则就废掉了。她认识的男生不多，恐怕就只有班上几个男同学，她老师也从来没说她和哪个走得特别近。我看她也不太敢跟男同学多接触，一直挺乖的，不是去画画培训，就是在家里，要好的朋友也不多。”

“一叶知秋”难道是她的网友？祝瑾年疑惑。

“她长大了，马上就要上大学，完全不跟男生接触，也不太可能。”祝瑾年笑着说，“不如从现在开始转变一下态度，慢慢引导她跟男生正确交往，即便有男朋友，也要学会保护自己之类，这比一味压抑和限制要好得多，毕竟她也成年了。”

“唉，能顺利考上裕师再说吧……这两三年我们给她请那个老师，花了不少钱啊！”

“哪位名师，这么贵？”祝瑾年开了电动车的锁，随口道。

“裕师美院的秋闻梵老师。”

祝瑾年脑筋一转，明明没听说过，却连连点头：“我知道他！是秋天的秋吧？挺有名的！你有他的联系方式吗？我一朋友是他的粉丝。”

“当然有！”曲翠霞露出高兴和自豪的神色，把手机拿出来，指着一个名字道，“这就是他。”

这个备注为“秋老师”的ID就是一叶知秋！祝瑾年为难地咬了咬下唇，

忽然有些不知所措。

曲翠霞没看出她的顾虑，自顾自地说："我们希希基础不是很好，本来还以为他不好请，谁知他看了希希的画之后很快就答应了，还说一定好好培养。希希跟着他学没几次就哭着闹着说不去了，好说歹说才继续学，后来果然进步非常大。就两年时间，她就变成这届美术考生中数一数二的。秋老师真是个好老师！"

祝瑾年继续诓她："我朋友说秋老师已经结婚了，是吗？"

"早就结了，还挺浪漫，情人节有时还晒晒玫瑰什么的，不愧是搞艺术的。"

祝瑾年目光一凛，这件事她绝不能坐视不管。要查清楚这二人究竟怎么回事，如果有可能，再跟邓涵希谈一谈，尽量把邓涵希拉出泥沼。

（3）

当晚，祝瑾年一边听聂羽峥说今天下午和郑文秀见面的始末，一边在搜索栏里输入"秋闻梵"。

"所以，你真没理她？"她不敢相信地问，学他一贯的口吻道，"证据呢？"

他无奈道："没有证据。"

"'你老婆'长得漂亮吗？"祝瑾年继续耍无赖。

"再见。"

她投降，笑着说："别挂别挂，逗逗你而已，我办正经事儿呢。"

"你先忙，等办不正经事时再叫我。"

"真别挂，我有事请教你呢。"

搜索结果出来了，秋闻梵是个小有名气的画家，也是裕师美院的副教授，在意大利留过学，擅长油画、素描，笔名"落叶知"。

落叶知秋，他笔名是这个意思吗？

大家对秋闻梵的评价都挺好，暂时没发现他有什么作风问题。然而，祝瑾年一想到下午在邓涵希手机上看到的那一句露骨的表白，就觉得鸡皮疙瘩乱掉。世界上最不能直视的，一是太阳，二就是人心。人心可以很好，舍不得踩死一只蚂蚁，也可以很坏，将罪恶之手伸向无辜者。

祝瑾年掩去了邓涵希的真实信息，将这个案例分享给聂羽峥，并说了自己的想法："她能接触到的男性不多，最容易接触和能以最合理的理由接触的，就是自己的老师。"

"成为第三者、插足他人婚姻的罪恶感和性焦虑叠加，确实可能造成她的强迫症。"聂羽峥表示赞同。

"我觉得这女孩一开始是很排斥老师的，她曾表示过自己不愿意再去补课了，说明当时有反抗的心理，后来也不知道是怎么回事，默许了。"祝瑾年气愤地说，"一个已婚男人，对一个比自己小那么多岁的女孩子说那么下流无耻的话，我真不敢想象他们私下相处的时候都干了些什么。遇到这种情况就应该报警！"

"是情不自禁，就像……我对你一样。"

"不一样！"祝瑾年翻了个白眼，"你怎么能跟他相提并论？"

聂羽峥笑："哦？这么说我以后可以再过分一点？"

"你敢！"

"瑾年。"

"嗯？"

"早点回来。"

祝瑾年抿唇一笑，逗他："想我了？"

"不想。"

"你一点也不老实、不浪漫，你看人家美术老师，想什么说什么，根本不害臊。"

那边静了几秒，然后他提醒道："你刚才还说他那句'想念你双腿之间的味道'是下流无耻。"

“因人而异嘛。”

他嗓音低沉：“我又没见过，怎么想？”

祝瑾年差点被这句话噎得吐血，脸有些热，想当面捶他几下，这么一来，对他的想念忽然排山倒海而来，很想现在就扑到他的怀里。

结束通话，祝瑾年更加专心地探究秋闻梵，在一些论坛上找到了许多女生对他发的花痴，还有人称他为心目中的“高冷男神”。她点进一些女生的相册，发现好几个人的相貌、身材都在邓涵希之上。她有些不可思议，师大向来出美女，既然秋闻梵在学校中风评和人气如此高，对哪个迷恋他的女生下手都易如反掌，为什么会对长相、身材平平的邓涵希情有独钟？想到这里，祝瑾年脑洞大开，难不成邓涵希男朋友的网名恰好也是“一叶知秋”，或者，邓涵希跟纠缠聂羽峥的曹筱柳一样患有恋爱妄想症，雇了一个人假扮秋闻梵？

一条讲座预通知引起了祝瑾年的注意，秋闻梵将于四天后在裕师开一场《意大利文艺复兴与尼德兰文艺复兴艺术的对比》讲座。

讲座只安排短短两个小时，来回一趟，半天就能搞定。祝瑾年马上买了去延丰市的车票，要去见见这人的庐山真面目。

四天后。

听讲座的人还挺多，离开场还有半个小时，会场就快坐满了。

讲座开始，一个身着得体黑色西装的男子不疾不徐走上讲台，看不出具体年龄，三十来岁，深沉内敛，虽没有令人惊艳的英俊，却十分稳重耐看。

再听他的讲座，幽默风趣，举手投足自信又富有男性魅力，连祝瑾年这个外行人都能听懂并牢牢记住相关知识点，若没有邓涵希的事情，说不定她也会欣赏他。于是，她不禁再次怀疑邓涵希手机里的那个“一叶知秋”是否就是台上那个男人。

到了回答现场提问环节，祝瑾年身边一个女生得到提问的机会，很是激动，话筒都拿不好，掉在地上。祝瑾年好心捡起来给她，再抬眼，见走下台来跟大家互动的秋闻梵忽然很惊讶地望着自己，以至于那个女生问了什么问题他都没听清。

女生重复了一遍问题后，秋闻梵朝这里走来，虽说在回答提问，可目光还是久久落在祝瑾年身上，看了她好久。又回答了几个问题，他指了指手表，示意主持人，提问环节到此为止。

讲座结束，就在祝瑾年犹疑着要不要跟上去叫住他的时候，他再一次向她走来，连续问了好几个问题："小禾，是你吗？你回来了？这些年去哪儿了？怎么会来这里？"

祝瑾年蒙了，眨了眨眼睛。

他一愣，也有些犹疑，再次试探地问："你是……禾诗蕊？"

真是意外收获。祝瑾年摇摇头："你认错人了。"

"不好意思。"他马上礼貌地微微倾身，微笑地说，"你跟我一个朋友长得很像，我很久没见过她了。"

他很彬彬有礼，可祝瑾年一想到邓涵希的手机信息，就觉得很硌硬。见他转身要走，她上前一步："禾诗蕊已经失踪十年了，很多人说我跟她有点像，你会认错也正常。"

"原来，你也知道她。"他驻足，但没有继续交谈的意思，看上去并不是一个爱撩女人的浪荡子，显得儒雅而疏离，仿佛既然认错，就没有继续说话的必要了。

祝瑾年眼珠转转，觉得这是个切入点，就说："她的朋友和警察们一直都没放弃找她。今天我来听你的讲座，没想到你也认识她，我一个朋友恰好负责她的案子，你能不能跟我说说，她有可能会去哪里？或者，她这几年有没有联系过你？"

他沉吟了一下，转身道："这里很吵，换个地方说。"

祝瑾年答应着，留了个心眼，暗地开了手机录音。

秋闻梵带她去了位于会场二楼的一间小教室，刚进门，他就说："时间过得很快，当时我还是鹏市美院的学生，和小禾在一次校外活动中认识，我恰好在创作一组希腊神话题材的作品，创意现在看来并不高明——就是让希腊诸神拥有东方人面孔，赋予他们一些国人的特质，为的是展现中西方审美的交融。”

他半倚着讲台，就像上课一样，进一步解释说：“我邀她当模特，想以她为原型创作女神赫斯提亚。她答应得很爽快。后来，我出国留学，这个题材还在继续创作中，就想向她要一张照片，她的精神状态似乎不太好，语气很冷淡，对当模特的事也反悔了，很决绝，说模特不当了，自己配不上女神之类很沮丧的话。在我印象中，她本来就是个很情绪化的人，见她这样，我也不好勉强。我听到一些关于她的风言风语，说一个跟踪狂一直缠着她，回国后又听说她……直到现在，我都没有她的消息。”

祝瑾年绕到讲台另一侧，自然而然把手机放在跟前：“警察没找过你？”

秋闻梵失笑，反问：“为什么要找我？”

“你可能是最后几个与她有联系的人。”

“但我当时已在国外，没有和她正面接触的机会，警察不会浪费时间。”

“也对。”祝瑾年从他这里没得到什么有价值的线索，失望道。

不一会儿，她深吸一口气，说：“秋老师，我今天来这里，其实有别的事想问问你。”

秋闻梵沉默着，等她继续。

“关于你的学生——邓涵希。”她说，无惧地抬眼和他对视，试图捕捉他任何一丝表情的变化。

他的眉头轻轻蹙了蹙，眼里闪过一丝冷光，整个人又开始给人一种疏离感。

二人僵持着，祝瑾年等他开口，不知他会勃然大怒还是一问三不知，见此情势，后者的可能性比较大。而秋闻梵则淡淡地看着她，面无表情，多了几分不怒自威。

“她最近是不是有点心不在焉？”祝瑾年笑。

他回答得天衣无缝：“她的水平一直很稳定。如果你是为了她的校考前来，至少得让我知道你与她的关系——你看上去并不像她的长辈。”

“这是我的名片。”

“谢谢。”他保持着基本的礼貌，双手接过，目光一滞，“心理咨询师？”

“据我了解，她最近的一些心理波动可能与一位名叫‘一叶知秋’的网友有关，秋老师知不知道这个网友是谁？”就像当初毅然决定跟踪小志一样，祝瑾年对待心理咨询事业和对待爱情完全不同，总有一种不怕前路是否有虎豹豺狼的勇气和拼劲。

他带着审视，上下打量她一遍，温文一笑：“在我向你全盘托出之前，希望你能把录音程序关掉。”

祝瑾年呼吸一滞。

秋闻梵看了看表，淡漠地望向窗外，语气很轻，却极为强势：“心理咨询涉及隐私，你没有权利在我不同意的情况下录音。”

祝瑾年看了看他，关掉了录音程序。

（4）

秋闻梵扬了扬嘴角，依旧稳重：“我给你讲一个故事，这故事很俗，充满了套路，你听了开头或许就能猜中结尾。很多年前，某个制氧厂效益还很不错，是一些相关专业的大学生毕业实习的首选。有一个刚刚走出象牙塔的女学生也去了，她很兴奋、很新奇，觉得工作虽然累但很有趣，前辈们教会她在学校里学不到的东西，每个人都有自己的个性，都待她很好。一个晚上，轮到她值班，带班的是她所在车间的主任。那天很冷，主任叫了几个外卖，请她吃夜宵，喝酒。”

祝瑾年瞪大眼睛，似乎明白他指的是谁，但仍不明白他为何说这个。

“她也不是全然没有心眼，大概五六瓶啤酒的量，说自己最多两瓶，那个主任果然就软磨硬泡要她喝两瓶，接着手脚也不安分起来。她很清醒，但毕竟是第一次经历这样的职场性骚扰，想到还在实习期，忍下了。但软柿子如果不硬起来，就永远会被欺负。随后，言语骚扰不断，身体的接触也不再用酒精为借口。这种骚扰持续了她整个实习期，在考评前，这个主任恰好要出差，很直白地要她以私人名义陪他去，并且住一间房。好在软柿子不傻，也终于想通一件事，有些疯狗不是你以礼相待就能感化的，该撕破的脸皮，迟早得撕。”他目无焦距，看定一个点，眼中流露出些许悲伤。

祝瑾年可以确定，他说的那个主任就是邓涵希的爸爸邓建刚。

“她冲到了厂长办公室，告了主任一状。厂长把主任叫来，当面对质，主任却反咬一口，说她自作多情，叫她拿出证据。当时的手机没有那么发达，动动手指就能录音录像。”他嘲讽地看了祝瑾年一眼，但目光仍是友好的，好像一个长辈在看恶作剧的孩子。

祝瑾年问：“后来呢？”

“不了了之。”他说，“她没能留下来，回家继续读书，专升本，又考了研。那个车间主任受此事影响，干脆辞职下海，生意起起伏伏，家境还算小康。他有一个女儿，是他的掌上明珠。每个人都有父母，当你在轻贱别人的女儿时，作为一个父亲，想没想过以后你的女儿被人玩弄时，自己是什么心情，开心？快乐？还是愤怒得恨不能将那人碎尸万段？自己的女儿长大了，遇到一个像父亲一样禽兽的男人，是报应，还是轮回？”

“这就是你染指邓涵希的理由？”祝瑾年厉声问。

“我只不过给你讲故事——我妻子的故事。再说染指？”秋闻梵笑，目光中带有几分报复性的狡黠，“你有证据吗？”

祝瑾年眉头紧皱：“你俩的聊天记录难道不是证据？”

“那些还不知道存不存在的证据对你来说是染指，对她来说可能只是一场不足为外人道也的恋爱。”

“你不觉得自己为人师表，这么做很卑鄙吗？”

他又避开了这个话题，认真地说：“我很爱她。”

“邓涵希？”祝瑾年诧异。

他纠正：“我妻子。”

祝瑾年轻哼一声，表示不屑。

“我心疼她，怜惜她，当年的一切给她留下了巨大的心理阴影，她很爱我，但我任何亲热的触碰都能引起她强烈的不适。即便如此，我对她一如既往，也可以为她不顾一切。禾诗蕊拒绝当我的模特后，女神赫斯提亚一直没能动笔，直到我遇到我妻子，才以她为原型画完了作品，现在，在我心中，她才是当之无愧的赫斯提亚。”他抿了抿唇，“或许我们一辈子都不会有自己的孩子，但是，如果我能有个女儿，一定会端正自己的言行举止，不去糟践别人的女儿，以免以后命运安排一个浑蛋来糟践我的女儿。”

他自始至终没有承认自己对邓涵希的玩弄，像邓建刚当年一样，令人抓不到把柄，可事实又包含在这个套路满满却令人痛心的故事里。他与邓涵希进行的应该是一些边缘性行为，否则邓涵希也不会一直保持完璧。这就是秋闻梵的狡猾之处，就算邓涵希某天醒悟过来，告他强奸之类，他也能以此为借口，推掉罪责。

“可以停止这种行为吗？”祝瑾年正视他，“任何事都要适可而止，涵希是无辜的。”

他置若罔闻，只是问：“我妻子生来就该被人轻贱？她心地善良，多愁善感，没做过什么亏心事，只不过当时年少，不了世事，稚嫩又胆怯，不擅长对人说‘不’。难道就不无辜？”

“一事归一事，哪有什么‘父债女偿’的道理？”

他不以为然：“别人的女儿、妻子、姐妹就能被轻贱，他的女儿就不能？”

见他固执己见，祝瑾年说：“你这种行为也是在伤害你的妻子！”

“你把现在的她，想得太脆弱了。”他意味深长地笑，似乎自己这种行为早已得到妻子的理解甚至是支持。

祝瑾年使劲抿了抿唇，静心思考几秒：“据我观察，你并不是一个沉迷女色、内心猥琐的人，你对故事中的‘车间主任’充满了藐视，打心底是看不起这种人的，如此说来，你又怎么可能希望自己变得跟他一样呢？相信你做这件事时心中也常怀痛苦，你不放过他们的同时，也没放过自己。报复仇人是很爽的，但恐怕是伤人一万自损八千。你钻了牛角尖，是没有出路的。”

秋闻梵沉着脸，一言不发。

“你一定听过瞎子摸象的故事吧？”祝瑾年停顿一下，“摸了尾巴，以为大象像条绳子，摸了耳朵，以为它像把扇子。角度不同，看到的、想到的也不同。你只看到你爱人当年受到的委屈和现在留下的后遗症，而我看到的是一个受过挫折的女子终于找到了值得托付一生的丈夫，是一个苦尽甘来的故事，遇见你之后，她以前受过的那些苦难可能早就不算什么苦难了。至于心理障碍，并不是一生都难以破除的。我只能说……荒漠甘泉心理工作室欢迎你们。”

“‘荒漠甘泉’的咨询师都像你这样吗？”秋闻梵半眯着眼，看表情，似乎有了迷途知返的样子。

“几位主心理师的水平远在我之上。”

他又看了她好一会儿，一直不置可否。

祝瑾年趁热打铁：“这不是小孩子过家家，无论怎么做都好像不用负法律责任。虽然没有直接证据，但你也有身败名裂的可能。到那时，你爱人所受的压力不比当年小。你会把她推到一个被人指点议论的焦点位置，她所受到的指责肯定不亚于你。”

“翻出当年陈芝麻烂谷子的事，鱼死网破而已。”他眼中似有寒冰，“你是心理咨询师，肯定知道这么一个道理——心结不解，就无平静生活的可能。”

“难道你以为心结的解开就是以暴制暴？报复了仇人的女儿，当年的事就能一笔勾销吗？我想，你误会了心理咨询的含义。”祝瑾年勇敢地与他对视，“心理疏导的作用不是让人的心理阴影彻底消失，而是教人学会跟这个阴影和平共处，心结一直都在，只是看你怎么看待而已。报复仇人是挺爽的，可这抹杀不了过去，车间主任也不会因为你的报复留下跟你爱人一样的心理阴影，知道女儿被玩弄，他最多就气愤、伤心一下，睡不着觉，等过几天，人家就跟没事人儿一样。而你们呢？有阴影的一样有阴影，没阴影的身败名裂、臭名远扬，还不如直接扇他几巴掌来得爽。不信你试试？”

他严肃而沉静地看着她，忽然就这么笑了，摇了摇头。

“笑什么？”祝瑾年被他这么一笑，莫名其妙的同时，有些不满。

他把她的名片收进了钱包夹层中。

这是不是代表着他会考虑带妻子去“荒漠甘泉”？

“谢谢。”他伸手，目光平静无波。

祝瑾年迟疑了一下，也伸出手去。

秋闻梵礼节性地与她握了握手，很快松开了，转身离开。

祝瑾年坐在回平岭市的班车上，不断回想秋闻梵说的话。他自始至终没有说出自己究竟对邓涵希做了什么，她不是警察或者律师，他这种行为算不算犯罪、又犯了什么罪，她无法说出个所以然。祝瑾年想，回去后要跟邓涵希谈谈，鼓励她大胆揭发秋闻梵。无论如何，只希望自己的一番话能让秋闻梵重新思考妻子的过去，停止对邓涵希的侵害。

她又听了一遍录音，正要删除，一个来自康坚扬的电话打了进来。

“小祝，你们什么时候上班？”听声音，他有些急切。

“正月十六。怎么了，康总？”

“唉，我昨晚熬夜拟了个项目预案，回到家都早上六点了，妈的！没睡几个小时，又做那个噩梦了！”他气恼道，“还他妈跟以前一样，人不人，鬼不鬼，我还没反应过来，已经醒了！等你们上班，我再去找你，你不要接受别人的预约。”

“康总你别急，我绝对把时间留给你。”

康坚扬慢慢舒一口气：“有你这句话就够了。”

第十五章

黑白人心

/HE NI DE SHIJIE TANTAN 2/

（1）

挂了电话之后，祝瑾年忙着上官网看假期后的预约情况，暂时把删录音的事抛在脑后。

接下来几天，祝瑾年去了趟邓涵希家，劝了她很久。邓涵希说不打算揭发秋闻梵，也央求祝瑾年不要将这件事告诉父母，否则就死给他们看。祝瑾年恨铁不成钢，无奈手头没有任何证据，只能先将此事搁置，以后再慢慢做邓涵希的思想工作。

春节假期其余时间，祝瑾年都留在家里陪父母和年迈的外公外婆，听妈妈说，邓涵希不知又在想些什么，大哭一场之后说不去考裕师了。曲翠霞一开始很担心，可又发现女儿竟不再整天担心怀孕的事了。这么看来，似乎秋闻梵有所动作，跟邓涵希划清了界限。

秋闻梵本就不是淫邪之人，想必做这种事也令他感觉很痛苦，及时停止对双方都好，只是，不知他会不会受到法律制裁。

祝瑾年上网查了一些相关案例和调查，才知道每十个女性就可能有一个遇到过性骚扰甚至比这更过分的事，男性长辈、上司、朋友，都有可能对她们伸出魔爪。取证难，处罚轻，曝光后女人的损失比男人大，所以一些男人总是屡教不改，而很多女性要不忍气吞声，要不鱼死网破，都艰难又可怜地维护着自己。

她忽然想到秋闻梵说的，每个人都有父母亲友，当你轻薄别人的子女、姐妹时，想一想自己的子女、姐妹若有一天也遭人如此对待，你会是什么心情。

“涵希，我明天就要回鹏市了。希望你能把这件事告诉父母，再勇敢站出来揭发秋闻梵的所作所为。”假期结束时，祝瑾年给邓涵希发了条短信。

她回了一句“好的”，之后再无话。

正月十五下午，祝瑾年走出车站，见聂羽峥的车缓缓驶来，有些兴奋地招招手。

半个月不见，还真想他。

他降下车窗，偏头微笑。

她今天穿得很休闲，还扎个丸子头，方才远远小跑过来的样子，青春朝气得好像大一新生。她平常都像个披荆斩棘的女战士，偶尔也该当一个被他疼爱的小姑娘。

“这位小妹妹，是你叫的车吗？”

“是呀。”

“去市区包车五百，送到家再加五百。坐，还是不坐？”他挑眉，一手闲适地搭在方向盘上。

“这也太黑了，比黑车还黑。”祝瑾年嫌弃道，还是忍不住“扑哧”一下笑了，坐进去，上下打量他。

都说每逢佳节胖三斤，他倒好，一点没变，胡子老久没刮，沉稳成熟的同时，多了许多硬挺的男人味，竟让她的心跳加速了一阵，脸也开始发热，有些不好意思地别过头去。

“怎么了？”他偏要凑过来，在她耳边低声说。

“你没刮胡子，又老又丑。”她心虚地说。

聂羽峥摸了摸下巴：“真的？”

“嗯。”她含糊答，脸颊忽然感觉到一阵刺刺的刮擦，还有些小疼，就条件反射地躲了一下，才发现他故意用胡子扎她。

她捂着脸：“会疼哎……”

“我不心疼。”他戏谑道。

“相由心生啊。”她感叹，撇了撇嘴。

他伸手捏了捏她的脸：“我摸摸你的心。”

车子顺着车流驶入干道，祝瑾年问：“乔怡潼怎么样了？”

“第一阶段治疗算是结束，可以进行催眠了。”他瞥了她一眼，故作严肃道，“邹英的电话，打了吗？”

“打了，聂总。”她没好气地答，“长途加漫游，这话费你得负责报销。”

“你的收获决定了我是否批准报销。”

“你也太公事公办了。”祝瑾年抱怨，骗他说，“我什么都没问出来，你看怎么办吧，报还是不报，一句话。”

“报。”他指了指脸，“亲我一下，我报。”

“我只听见了最后两个字哦。”祝瑾年得意地笑，打开手机记事本，“一个半小时的长途，我打听出洪玉桂经常念的两个童谣，一个是‘摇啊摇，摇到外婆桥，外婆请我吃年糕。糖蘸蘸，多吃块；盐蘸蘸，少吃块；酱油蘸蘸没吃头’，还有一个是‘正月正，麻雀儿飞过看龙灯，二月二，城隍山上放鹞儿，鹞儿飞得高，回来吃年糕，鹞儿飞得低，回来抱弟弟’。她有很浓重的杭城腔，这些童谣一定也是那个腔调的。洪玉桂虽然去世了，可她的亲妹妹还在，既然是亲姐妹，两个人声音应该有那么点相似吧，我们请她录两段童谣，到时候放给乔怡潼听。”

“可行。”聂羽峥颔首道。

祝瑾年酸溜溜地说：“谢谢聂总肯定。”

“调皮。”他语含嗔怪，却宠溺地握住她的手，拇指摩挲着她的手心。

她家明明该左转，聂羽峥却右拐了。

祝瑾年看了眼路标，他正往怡和路开去。

“你不送我回家啊？”

“你家现在冷冷清清，没水没电没吃没喝。元宵节这样重大的节日，我怎么能让你去那种地方。”

她只不过在回老家前习惯性把电闸拉掉、水闸关掉而已，被他这么一形容，她家就像个贫民窟。

“唉，不比聂总这样的土豪啊，我看，你家一定是过年好吃的剩了太多，我一回来就拉我去吃剩饭剩菜。”

他淡定接话：“残羹冷炙总得有人吃完，否则，倒掉也挺浪费。”

祝瑾年深吸一口气，双手一摊：“第一次去，我可什么礼物都没带。”

他扬扬嘴角，说了句俗得不能再俗的话：“人来了就好，带什么礼物。”

祝瑾年知道他话只说了一半，就等他继续。

几秒后，他笑纹加深：“比起拆礼物，我更期待拆你。”

“救命！我要下车！”祝瑾年拍了拍车窗。

车子停在一处二层小洋楼前，黄砖灰瓦，满墙的爬山虎，充满怀旧又奢靡的气息，看看奠基，竟是1930年。

这一片都是这种老式小洋楼，近年，越来越多的新人选择到这里拍一组怀旧风的婚纱照。祝瑾年路过几次，都没进来细看，一是学业、工作太忙，二是对这种年代的建筑并不感兴趣。

今天却很新奇，在门口驻足，东张西望。

“我带你转转。”他停好车，自然地牵起她的右手，先是皱着眉头看了看她手心的伤疤，再十指交握着一起揣进大衣口袋。

两人漫步在充满小资情调的怡和路，头顶树荫参差，夕阳余晖斑斑驳驳铺在路上，四周都是青草香气。

“弯弯绕绕的，要是没有你带，我八成会迷路。”祝瑾年方向感不太好，在陌生的地方多绕几个弯就不记得回去的路了。

他重重地拍了拍她的肩，正色道："用心记，否则你变成鹏市第一个在自己家附近迷路的傻子，贻笑大方。"

"谁家还不一定呢。"她不以为然，"平时吵架总吵不过你，想到有可能一辈子都没办法打赢嘴仗，我就打退堂鼓。"

"我们……"聂羽峥假装很费劲地回忆了一阵，"吵过架？"

"没有吗？"她怎么记得从见面伊始就不断打嘴仗，直到从凉肃市回来，他才开始对自己百依百顺，但一旦有讽刺打击她的机会，他一点也不留情。

"不可能。"他笃定道，"我的原则是能动手的绝对不动口，你最好有思想准备。"

明知他又想捉弄她，她还是很配合地装出很害怕很紧张的样子："动手？你……要怎么动手？"

他垂下眼睫，掩去目光中的促狭，忽然将她整个人抱起来，原地转了好几圈才停下："这么动手。"

"大庭广众的……"祝瑾年双手抓着他的上臂维持平衡，他手臂的肌肉贲起，坚实如铁，她轻轻捶了一下，脸已然涨红了，"放我下来！"

"不放。"

"别人都看着呢！"她窘迫地左右瞅瞅，见他还没有放手的意思，而路过的两个中年妇女已开始互相使眼色并窃笑了，就赌气道，"你也不嫌重！"

"要不要好好认路？"

"认！必须认！"祝瑾年从善如流，点头如捣蒜，"争取闭着眼睛都能倒着走回去！"

他不屑地发出一声轻笑，但还是让她下了地。

天色已暗，祝瑾年第一次踏入聂羽峥的家，见餐桌上的食物热气腾腾，颇感惊讶。直到一个戴着围裙的中年女子从厨房里端着一个砂锅出来，叫了句"聂先生，您回来了"，又微笑着跟她点了点头，她才反应过来，回了一句"您好"。

这女子也不多话，又说了句“都弄好了”，就脱了围裙走出门去。后来祝瑾年得知，聂羽峥聘请了个家政，负责早、晚餐和清洁工作。

这生活，也太安逸了。

参观了一圈，下楼时，她见他换了身宽松的黑色运动服，正拿着电动剃须刀，不禁打趣：“哈，我第一次做客就发现你是那种不上班就不刮胡子的糙汉子，多来几次，你埋藏多年的秘密就会一个个暴露，不怕吗？”

话音刚落，原本还沙沙作响的电动剃须刀忽然安静下来。

“我现在就有个秘密，要不要跟你分享一下？”

祝瑾年心里咯噔一下，转身就往楼上跑。

离二楼只差几步时，她被扑倒在最后一级阶梯上。

“聂羽峥你浑蛋！很疼！啊——”

祝瑾年躲闪着，可哪里是他的对手，她笑也不是，叫也不是，脸颊和脖子被他的胡楂扎得又痒又疼，她抬腿就踹，蹬了几下他的腿，脚踝就被他的手握住了。他手一抬，把她的一条腿架在自己肩上，膝盖一顶，将她另一条腿压住，再以一吻，将她的几句不痛不痒的咒骂堵了回去。

（2）

这种姿势太过羞耻，然而这一吻又是如此绵长热烈，成全了半个月来二人的相互思念，她沉溺于其间，身体酥软。他双手直探而上，覆上她胸口柔软雪峰，轻慢揉捻，一点红梅因此娇挺绽放，每一次触碰，都能引得一阵战栗扩散至下，勾出山涧清泉，柔水泽芳。几个磨蹭间，祝瑾年最为敏感之处就能感觉到来自他的坚硬，她的腿从他肩上滑落，想合拢不成，只能夹着他劲瘦的腰，这么一来，两人贴得更近，他的吻蔓延至她锁骨处，手上力道加重，滔天欲念已成燎原之势，席卷她的身体。她衣服下摆被推高，他舌尖炙热，掌心粗粝，一寸寸抚过肌肤，向下突破，令她溃不成军。

警笛在祝瑾年脑中一遍一遍拉响，她轻喘着用双手推了推他的肩膀："羽峥……不要，你停下！"

"不要我停下？"他埋首于香软雪峰，故意听错。

"好了好了——我还没吃饭呢！"她不得不撒娇，"再说这里也太危险了，你不怕我们一起滚到楼下去？"

聂羽峥闭了闭眼，像是在压抑着什么，紧接着深吸一口气，翻身坐到一旁。

祝瑾年这才爬起来，赶紧整理着衣服，一时慌乱，竟怎么也扣不上内衣的搭扣。

"需要帮忙吗？"他本就意犹未尽，现在如同一只偷腥不够的野猫。

"不要。"她低着头，独自又反手窸窸窣窣弄了一会儿，好不容易才扣好。转头看看他，他也刚好看过来，她有点尴尬，只能"哈哈"笑了两声掩饰。他却没打算就这么放过她，直接抓起她的手，按在自己仍保持如铁般坚硬之处。

"你说，该怎么办？"

"冲冲冷水澡就好了。"她没心没肺地回答，真是最毒妇人心。

聂羽峥嗓音低沉，略带威胁："你不为我想，也该掂量掂量自己的将来。"

"我才不像你这么……"

"什么？"他将她的手往下压了压。

"这么变态！"她急于把手缩回来，但一直没成功。

他不以为意地勾一勾嘴角："这是你对我最初的评价，我不敢辜负。"

她默了默，才把目光往下移，盯住那明显的轮廓，咬了咬下唇，最后柔柔地靠在他肩上，"扑哧"一笑："我错了。你就……饶了我吧，嗯？"

他不再逗她，轻轻拍了拍她的背，牵着她站起来，一起下楼。

见了一桌美食，祝瑾年如获大赦，一屁股坐在餐桌旁。

掀开砂锅的盖子，热气升腾起来，原来是一锅清炖羊肉。再看旁边几样，粉丝蒸蟹、三杯鸡、虎皮青椒、孜然土豆片，分量小，但色香味俱全，都是她爱吃的，一人面前还有一个小碗，里头各六个汤圆。这一小桌的元宵家宴，洋溢着淡淡的温馨，看得出用心。

祝瑾年囫囵吃下汤圆，又盛了满满一碗羊肉汤，才喝几口，身上就暖意融融。

这一刻，她感觉非常幸福。

“瑾年姐新年好哇！”

走进“荒漠甘泉”，照例迎上琪琪可爱亲切的笑脸。

“新年好！”祝瑾年笑着回答，拿出一包瓜子送给她，“我妈自己炒的小西瓜子，咸香口味的。”

琪琪马上拆开嗑了一个，啧啧称赞。

“对了，瑾年姐，有位康先生预约了你整个上午，估计马上就要来了。”

祝瑾年比了个“OK”的手势，就去了自己办公室。新年第一天，“荒漠甘泉”就生意红火，刚才听聂羽峥说，乔怡潼也将在今天上午来这儿进行第一次的催眠治疗。

坐下没一会儿，康坚扬就来了，又是大大咧咧往沙发里一坐，捏着眉心大叹一口气。

“连续两次！连续两次！”他咬牙道，“昨晚我又梦见那鬼东西，搞得下半夜都他妈没睡着……”

祝瑾年耐心地听他发牢骚，待他安静下来，就问：“这些日子以来，你的梦一直没有新内容，总是重复同一个画面？”

康坚扬先是摇摇头，忽然又愣住，凝神想了想，紧皱眉头：“昨晚的……有点不一样。之前‘他’都只站在那里，昨天‘他’好像在刨地，又好像在冲我招手。”

“梦里的符号，在现实生活中都没有什么具体事件跟它们相关？”

他有些语无伦次：“要不你……就像上次总是梦见下红雨的人那样，帮我理理？”

“OK，你梦中的那个人为什么总是穿着白色的衣服？他为什么不直接扑到你身上？最近一次的梦里，他开始冲你做一些有可能是‘召唤’之意的动作，这又是为什么？”祝瑾年边思考边讲，“白色，在你心里其实不一定就是白色的衣服，很有可能是白色的其他什么东西，它一直在你内心深处，但你不愿意去想，一直回避，于是在梦里猛烈地一再出现；那个人不向你移动，也不跟你说话，就说明你们之间的互动为零，你打心底是不想跟他交流的，所以也不希望他靠近你自己，因为你被这个梦困扰了，急切地找心理咨询师想弄清楚它的含义，所以梦中人也有了交流的欲望，开始有了动作。所以康总，我冒昧问你一句，你以前的探险之旅中，出过什么不寻常的事吗？”

康坚扬大吃一惊，瞪大眼睛望着她：“你为什么会提起……探险？”

“三次。”祝瑾年答，指了指他的手腕，“我一共跟你见过三次面，你每次都戴着这块户外腕表。你的西装和鞋子，还有手包，无一例外都是奢侈品牌，这块略微陈旧的手表跟它们比，有点太便宜了。我想，或许它对你来说，很有意义。你第一次来时聊起自己的探险经历，说以后都没有打算再去挑战新地点。”

说到这里，她停顿了一下，想起同样热爱徒步、探险的郝易期曾经说过的几句话，接着道：“我几个朋友也有类似爱好，他们说，那些人间险境，去过一次并活着回来，就会上瘾，真正的探险爱好者是永不止步的，唯一能终止他们的不是年龄、琐事，而是死亡。我不知道你是不是这样狂热的爱好者，但你连无人区都走过，应该不只是玩玩而已。虽然肩负着一家公司的运营，但作为老板，留点时间去旅游探险根本不难，可能为了家庭，你不会再去无人区，但去一些不怎么危险的地方也不耽误什么啊。因为工作和压力就放弃探险爱好，在我看来实在有点牵强。退一万步说，就算你决定不再去探险了，那又为什么戴着那块表？是戴着顺手，还是怀念？可能连你自己也知道，谈生意时戴一块百达翡丽、卡地亚之类的更显得财大气粗吧？”

康坚扬抬腕，怔怔地看了一会儿：“你眼睛挺尖，分析得也没错，但我不觉得那件事跟我做噩梦有什么关系。说白了那事于我没多大影响，只是让我看到了生命的脆弱和无常，以前说什么不怕死都他妈是假的，当你真的直面过死亡时，你就不敢那么不珍惜自己的命了。这块手表是我对自己的一个提醒，不再冒着生命危险求刺激，这就是我不再去探险的原因。话说回来，当你去了那么多绝境之后，普通旅游就没什么吸引力了，你想啊，四五千海拔的野雪山都攀过，叫你爬个两千米的小破山，有什么鬼意思？”

“你提到的那件事——能跟我说说吗？”

他点点头，开启手机地图，指着一个区域说：“两年前，我们十几个临时组合的驴友相约去昌朵地区爬冰川，当地人叫雅龙冰川。我们的计划是，用四五天的时间，徒步走过十二公里的雅龙冰川，然后从岗日噶山主峰斜插过去下冰川，走一个大大的倒U形，最后到乌来村。这条线路很难走，非常危险，但你能见识到少有人烟的冰川之景。从海拔4000米的地方一直上到6000米，你要克服高原反应、寒冷和不知道位于何处的地缝、冰洞，那可是上万年形成的冰川啊！危险，但是非常美，远看是灰色的，像岩石，但有的上面覆盖着冰，冰里头是天蓝色的，带着荧光，你没身临其境绝对想象不到……”

康坚扬的脸上露出了怀念和向往，抿唇又回味了一阵，才找出几张当时拍的集体照，接着说：“我们头一天还好好的，虽然大多数人都高原反应，头都快炸了，可都坚持下来。晚上很冷，就算钻进睡袋，还有帐篷挡风，可大家都睡不好，第二天时就有人顶不住了，一对小夫妻，喏，就这两个——”

祝瑾年认真看了看，他们一群人“全副武装”，都戴着防风帽和墨镜，根本看不出相貌。

“男的网名叫‘黑白条’，女的叫‘瘦成闪电’，嚷嚷着说不玩了，要原路走回去。向导只有一个，不可能由着他们胡来，他们倒好，不听劝，说就在原地扎营，要向导带我们去乌来村之后折回来再带他们下冰川。就为这事，我们站那儿争论了起码半天，最后没办法，向导联系了另一个当地人，让夫妻俩在原地等着，她带我们继续走。”

祝瑾年点了点头，等着他继续说。

“那夫妻俩一路都不太高兴，总是吵架，搞得队伍里气氛也是怪怪的。从他们的争吵中我大概也能听出来，这两人基本没有户外探险经验，就跟着旅游团上过两次高原，可能没尽兴，纯粹是猎奇、好玩，才参加了我们的活动。他们脱离队伍，我是挺高兴的，不过，我当时就有种不祥的预感，果然，当晚就出事了。”②

（3）

祝瑾年瞪了瞪眼，急切地问：“出了什么事？”

“向导的朋友说，到达约定的地点后根本没看到黑白条和闪电，我们打电话给他们，也联系不上。向导说，他们可能是等得不耐烦，想按记忆中的原路返回。雅龙冰川看上去好像一条路通到底，可根本不是你所见的那样，有些地方根本没办法走，没有向导带你，自己乱绕乱走，很快就会迷路，灰茫茫一片，视觉疲劳，你就会忽视一些危险，尤其有些被冰雪覆盖的冰缝。”说到这里，康坚扬大叹了一口气，“我们发现不妙，就原路返回，天都亮了，只找到了黑白条，他说他快冻死了，手机没电也不能求救，而闪电掉冰缝里去了，都掉下去几个小时了。向导说掉下去就是九死一生，不摔死也得冻死！”

“后来呢？”

“当然是赶紧叫救援了！但一时半会儿赶不到。向导比较有经验，靠近看了看，说人卡在下面，但就是叫了没回应。大家都凑过去，伸着头往下看，叫着闪电的名字。我想知道人卡哪里了，还有没有救，结果不知道被谁碰了一下，失去平衡，脚下一滑，也‘嗖’一下滑下去。那时我真他妈想抽死自己，第一次离死那么近，还好向导眼疾手快扯住了我的袖子，可她一个女的也拉不动我一大男人，自己都快跟着我一起下去了。你知道吗，那一伙路上跟我

---

②此部分所有地名、事件都是虚构，如有雷同，纯属巧合。

称兄道弟的驴友，有几个还是一起走过无人区的，一哄而散，没一个上来拉的，我急眼了，怕向导放手，喊道，你拉着我，我给你一百万，谁过来救我，我也给一百万！”

祝瑾年听得入神，差点就问出口个类似“那你最后上来没”的傻问题，还好及时咽下去了。

康坚扬说：“向导拉不住了，我非常绝望，又往下滑了一点，踩到一块微微凸起的坚冰，暂时稳住了，这时才想起来我们带了登山绳，我用尽全身力气告诉他们绳子在哪儿，他们才来救我。绳子放下来的时候，向导力气用尽了，我一下子滑下去，脚碰到什么东西，拼尽全力拽住绳子末端才保住命。也就是在那个时候，我往下看到闪电了，她就卡在我脚下大概两三米的地方，仰着头，一只手高举着，眼睛和嘴都张得很大，眼球都充血了，看上去没有生气，又僵又白，我伸手想去拉她，她却离我越来越远。我上去之后，见有人居然在收自拍杆，也就是说我九死一生的时候还有人顾着照相！我冲上去就给了那人一顿揍，他们要没拉开我，我打死那人都可能！过了很久救援队来了，按我说的位置下去却没找到闪电，说是可能被我一震，滑到更深处去了，听说，冰缝有的深达几百米，有的几千米，如果滑到下面去，只有等一千一万年后科技进步，后人把她当化石挖出来——而我他妈的差点跟她一样。”

“太险了……”祝瑾年摇摇头，她光是用听的就觉得冷汗直冒，更何况康坚扬是亲历者。

“从滑下去到爬上来不过短短一分钟，险是其次，主要是……心凉。”康坚扬抹把脸，重重地拍一拍扶手，“出了这样的事，我们也没心情继续走了，就地散去。他们几番暗示我，关于那一百万的承诺，我都没理，还他妈落下个过河拆桥的名声。他们还议论说是我把闪电撞下去的，操他妈的……倒是那向导大姐，很淳朴，我要给她钱，她说自己住在村里，有那么多钱没地儿花，还是累赘，怕遭人惦记，最后也就意思意思拿了一万块，说回去送给村小学用。她叫我不要多想，这是人之常情，我快掉下去时，她拉住我是本能，别人如果也上来拉，可能一起掉下去，所以人家不拉是惜命，换我，我没准也不会上去救人，看着就是死路一条，谁会那么蠢呢？她还问我，我们这些人来这么危险的地区是为了什么，如果是为了体验死，那我算是体验到了，没亏，如果是为了活，又为什么在死的边缘走，为什么要去挑战死神。她跟我说，乌来村有句土话，大概含义就是，人心是世界上最光明磊落也最阴暗猥琐的东西。”

祝瑾年回味着向导说的几句话，感叹道：“很有哲理啊……不是有句话是这么说的吗——世界上有两样东西不可直视，一是太阳，二是人心。”

“这话也不完全对。”康坚扬笑着插科打诨道，“不可直视的一是太阳二是人心，三是……电焊。”

她被他逗笑，暗地发誓以后再也不说这句话了。

康坚扬说：“向导还跟我说了这么一件事，乌来村交通闭塞，夏季还好些，到了雨季两个月，进出村的路都是走不通的，非要进出，就只能走雅龙冰川，绕到山下去。早期探路的通常是父子搭档，一定是儿子牵着绳子走在前面开路，父亲紧跟着走儿子走过的安全道路。你知道为什么这样吗？”

祝瑾年想也没想：“孝道吧……”

他笑了，眼中却没有肯定之色。

她忽然倒吸一口凉气：“难不成……难不成是因为儿子忽然掉下去，父亲是一定会拉住儿子的，如果父亲走前面，掉下去了，儿子就不一定会尽全力把他拉上来？”

康坚扬竖起大拇指：“你也让我不可直视啊！”

“这到底是夸我还是损我？”她歪头问。

他笑着敷衍过去：“那次的事直接导致我对探险丧失了兴趣，有句成语怎么说来着……因噎废食！对，就是因噎废食。说真的，我也开始惜命，这块手表是我对自己的一个提醒。从昌朵回来后，我连续几个晚上做噩梦，梦到闪电僵白的脸和血红的眼睛，梦到她拉着我从冰缝里滑下去，一直往下掉，越底下越黑，也是以吓醒为结束。就像你之前跟我说的，这个噩梦是有迹可循的，就算现在天天做，我也不会来心理咨询，再说，那事对我来说非但不是心理创伤，反而是件好事啊，我能活到现在，说不定都是拜它所赐，否则，我没准就死在接下来的某次探险上了。而我近一年梦见的那玩意……我不觉得跟它有关。”

“名为‘瘦成闪电’女网友红色的眼睛、僵白的脸，以及你最后一次见到她时，她一动不动，也说不出话。”祝瑾年提醒道，“这跟你梦里的一些信息重合了。”

“可我跟她一点也不熟，连她具体长啥样也忘了。”康坚扬莫名其妙地耸耸肩，“她的死对我来说不是什么打击，也不至于难以忘怀，你不问，我都不会主动去想，就算想，也是想我自己差点死了。”

祝瑾年细细品一遍他的话：“你不觉得事情有点古怪吗？”

“嗯？”他一愣，很是茫然。

“你们找到黑白条时，他真的跟你们那样说？”祝瑾年确认道，“‘我快冻死了，手机没电也不能求救，我老婆掉冰缝里去了，好几个小时了！’——是这样说吗？”

康坚扬想了想，皱着眉说：“是啊！我就记得当时他说第一句话时我心里很不高兴，很想揍他，老子摸黑找了你们好几个小时都没说冷，你倒唧唧歪歪的。后来他说闪电掉下去了，我吓一跳，只想着她的死活，才忍住没动手。”

“我考你个题吧。”她深吸一口气，把聂羽峥难住许多考生的那道“男朋友和闺蜜谁是鬼”的题背了出来，“你陷入两难，该相信谁？”

康坚扬愕然：“我又不是同性恋，我怎么知道！”

她哭笑不得：“假设你是女的。”

“那……闺蜜长得漂亮不？”他挑眉，不正经地问，“漂亮就信她。牡丹花下死，做鬼也风流。”

祝瑾年抿唇，一脸无奈。说真的，康坚扬这种性格实在不像需要心理疏导的人，经历过生死大劫，凡事都挺想得开。

康坚扬大大咧咧地摆摆手："好了好了，我不知道。你告诉我吧。"

"应该相信闺蜜，因为她第一时间告诉你关于生死的事。不知道你有没有听过一句话——除了生死，什么都是小事。"以前不觉得聂羽峥出的考题有什么实际意义，现在真碰上了，才发觉他不是故意刁难考生。一想到他，祝瑾年有点走神。

康坚扬一听，似有所启发，低声骂了一句"我操"："我要是黑白条，在那个时候见着有人来，第一时间就该说闪电的事，怎么会先讲什么手机没电呢……"

"假设跟闪电在一起的人是你，她掉下去后，你都会第一时间向赶来救援的人说这事，更何况她老公。"祝瑾年回神，郑重道，"如果所有细节都是你亲眼所见，是有很多不对劲之处的。很多时候，都是当局者迷，你觉得自己一直记得的，都是差点没命这件事，而我这个旁观者，看到的东西比你多一点，并不这么认为。从昌朵回来后，即使做噩梦，你也应该做一些自己掉下冰缝的梦，可又为什么同时梦见闪电？一些你以为印象深刻的细节确实被你记住了，其他细节则进入了你的潜意识。或许你潜意识里一直纠结着那次事故，可时过境迁，死无对证，你也是无能为力的。"

康坚扬坐直身子："说起来……我爬上来之后黑白条的态度确实有点不寻常，只是当时我心情太糟糕了，没空多管他。"

"他什么表现？"

（4）

康坚扬认真地回忆着："我就记得他一直远远坐着，我说闪电掉下去看不见了，他也没什么反应，即使他们说闪电是被我撞下去的，他都没找我问个清楚。反正，我就记得他再没跟我说过一句话。"

“一般人对至亲都会抱着盲目乐观的心理，即使对方被绝症判了死刑，都期待着奇迹的发生。在闪电掉下冰缝但还能隐约看见卡在哪儿时，黑白条应该抱着一丝等待救援的希望，但闪电掉下深处，不但没有救上来的可能，连尸体都不能回乡入土的时候，他完全有理由冲你发火，至少也得拉着你问问具体怎么回事，可他也没这么干。”

“他们说他是吓的，加上难过，整个人像傻了似的。那次事件后，据说他也退出了圈子，把所有人的联系方式都删了，还注销了论坛和微博的ID。我……我也试过联系他，想跟他说清楚，可是，本来就没什么交情，根本联系不上。真是憋死我了！”

祝瑾年沉心想了想，觉得再纠结当年事情的经过似乎不再有意义，毕竟逝者已逝，人在那种极端的条件下，行动反常或许反而是种正常。她看了看康坚扬，忽然抓住了关键点：“闪电掉落深处导致失去救援可能，到底是不是因为你的‘临门一脚’，是不是连你自己都有所怀疑？”

康坚扬脸色阴沉地沉默了一阵：“我掉下去的时候她早就死了！否则那么大动静怎么叫都不叫一声？而且，我好像闻到什么臭味，说不上来，肯定是尸体的味道……我不知道这跟我有什么关系，连黑白条都没跟我计较，他们胡说个什么劲？”说罢，他右手大拇指摩挲着腕表的表盘，神情焦虑。

祝瑾年似乎窥见了他反复噩梦的根源，比起被面孔狰狞的闪电拉下冰缝，床头一动不动的白色人影看上去没那么惊悚，而是康坚扬意识更深处的怀疑和自责。

“你有没有后悔过，当时不应该好奇地靠近冰缝？你不再去探险，究竟是对人性的失望多一点，还是对闪电坠死异乡的愧疚多一点？”

康坚扬再次沉默了，过了很久才问：“这跟我做噩梦有关系吗？”

“在我看来，刚从昌朵回来时，你各方面情绪还不稳定，所以做的那个跟闪电一起掉落的噩梦是大脑很浅的意识活动，跟大多数人白天看了鬼片，晚上做一个跟情节有关的噩梦是一样的道理。随着时间的推移，你激烈的情感渐渐平复，白色的冰雪、僵白的脸变成床头人影身上白色的衣服，血红的眼睛就变成白衣服上的血，你们一直没有交流也恰恰是你对她当时是死是活的不确定。”祝瑾年直视他，“你仔细想想，是不是这样？”

“我……可能需要好好想想。我也不太清楚自己是不是真的还没迈过那个坎。”康坚扬慢慢地点了点头，“是不是心结解开了，就不会再做噩梦？”

“你之所以称它为噩梦，是因为你对它反映的意识根源问题不了解，因为未知，所以让你有了困惑和恐惧。你必须告诉自己，闪电掉下去不是你害的，而你掉下去的本意不是为了将她推入深渊，既然是意外，那就是内外因共同作用的结果。凡事都讲究个先来后到，她不掉下去，也没后续那么多事。之前我就提醒过你，不要把一些负面的事全往自己身上揽，你在这件事上起到的作用其实是很小很小的，就算没有你，闪电还是会掉下去，受伤加上冰冻，也不一定救得回来。”

康坚扬如释重负地长舒一口气，没多说什么，只是再次重重点了点头。看了看表，他站起身，照例说有空请她吃饭，离开了工作室。

祝瑾年心情挺好，将今天发生的情况写成咨询笔记，见午餐时间到，便走出办公室。聂羽峥和贺昴腾的办公室都大门紧闭，看来，乔怡潼的第一次催眠治疗仍未结束。

她叫上琪琪，二人一起去了大厦斜对面的一家简餐店。

正有说有笑地吃着，旁边一桌的一个女生忽然很生气地叫来服务员，说自己的套餐里的鳕鱼臭掉了。

服务员有些惊异，连忙解释：“不好意思这位美女，我们店里的鳕鱼都是从国外进口，一路冷鲜保存的，应该是不会坏的。”

“你自己尝一口啊，真的臭了……”女生不听他的解释，愤怒地将盘子往前一推。

“还好我不爱吃鱼。”琪琪低声笑道，夹起自己盘中的辣子鸡丁送进嘴里。

祝瑾年却愣愣的，脑中好像有什么念头呼之欲出，又一时抓不住。

旁座那个女生闹到店老板亲自过来，换了一份套餐还给打了5折才作罢。

祝瑾年望着被端走的鳕鱼套餐，忽然“啊”了一声，不禁道：“对呀，怎么可能臭呢？”

琪琪目瞪口呆地望着她：“瑾年姐，你说什么呀？”

“没什么……”祝瑾年笑着敷衍过去，心里却想，康坚扬说自己掉下冰缝时闻到了闪电发出的臭味，怀疑她已经死了并且发出了尸臭味。换作夏天，或许有几分可能，但那是冰川，零下十几度的气温，就算闪电死了，也像鳕鱼进了冰箱，不可能这么快臭掉。这究竟是康坚扬自我安慰产生的欺骗记忆，还是另有猫腻？

她草草吃完了午餐，回到工作室。乔怡潼已经被带走了，贺昴腾见了她，竖起大拇指，很得意地指了指自己，看来，第一次催眠治疗的效果还不错。

“乔怡潼是个很容易被暗示的人，进入催眠状态很快，我跟她交谈了约半个多小时。”贺昴腾说，“跟你们预测的一样，叶欣雪这个人格对自己的状态早有怀疑，因为吸毒，她不敢求助正规的医院或者警察，于是就以梦游为借口选择心理咨询，让你去刺探她体内另一个未知的‘自己’。叶欣雪这个人格出现的具体时间是跟卓磊重逢之后，也就是说，乔怡潼诱使卓磊复吸后，自己这个主人格隐退，变成了次人格叶欣雪。而叶欣雪对此事毫不知情，我提起乔怡潼的时候，她忽然变成了欣雪2。我怀疑，欣雪2是这两个人格之间的过渡，当叶欣雪即将涌起所有关于乔怡潼这个人的记忆时，就自动转换成欣雪2。可以说，欣雪2是乔怡潼这个主人格的挡箭牌和防火墙，只要我们再往下突破，就能跟乔怡潼‘见面’了。”

他说完，隔着魔法师大袍揉了揉腹部：“唉，忙一上午，前胸贴后背，不行了，我得填饱肚子去……”

祝瑾年目送他出门，环视一圈，同事们大多出去吃午饭了。她见聂羽峥办公室的门仍旧紧闭着，低头想了想，去了催眠治疗室，只见聂羽峥坐在显示器后，还在看催眠过程监拍。

“嗨，这么废寝忘食的，杜师兄给不给你加班费？”她敲了敲门，戏谑问。

聂羽峥回神，抬起手腕看了看表，讶然：“一点半了……”

“你原来也有工作狂的潜质。”她赞叹道。

“不是潜质。”聂羽峥站起来，自然地搂过她的腰，“你不出现的时候，我就是。”

祝瑾年轻轻推开他，调侃道：“快去吃饭吧，你年纪大了，要多注意保养。”

“谁年纪大？”他挑眉。

她笑着掩饰过去，指了指外面，催他。

“还有半小时。”工作狂用下巴指了一下显示器。

“算了，我帮你叫个外卖。”早就体会过他工作时的认真严谨，祝瑾年拿他没办法，一边点开 APP 一边说，“二十分钟就能送到……趁这空当，你也别看监拍了，听我讲个故事，我请教你一些问题。”

他接受了她的建议，走到窗边，一边放松地做扩胸动作一边问：“我的咨询费用是很高的，你付得起吗？”

“付不起，你说怎么办？”

他果然笑得不怀好意：“拿你自己抵债。”

“我呢，说故事最多半小时，你解答半小时，你的咨询费一小时是……很好，原来我在你眼里就值三千块。”祝瑾年佯装生气，虎着脸瞪了他一眼，“我不理你了。”

说着，她就往外走。还没走两步，他已经挡在她跟前，看着她说：“我言多必失，但你不能不理我。”

“就不理你。”祝瑾年好不容易降住他一回，当然得可劲儿作一下。

他举起双手做投降状，无奈地望着她。

祝瑾年摇摇头，适可而止，不再跟他闹，说：“好好听故事，帮我分析分析。”

“遵命。”他走回椅子端正地坐下，像个认真听课的学生。

她把康坚扬所说的那次事故重复一遍给他听，还提出了自己留意到的不合理之处。

“你说，小 K 应不应该对女驴友之死负责？”

聂羽峥不假思索就说：“小 K 完全不必介意自己的冒失，女驴友在他不小心滑下冰缝之前就已经被人勒死了。”

祝瑾年不是没想过这个可能，亲耳听到聂羽峥的结论后，仍有几分惊诧。

“如果真是这样，就是一场完美的谋杀！你是怎么发现的？”她急切地问道。

（5）

聂羽峥虚望着窗外，慢慢分析：“你也留意到女驴友丈夫在看到同伴时不正常的表达顺序，不论多惊慌失措和万念俱灰，在看到救命稻草时都不会顾左右而言他。那种情景，别说是夫妻，就算一个陌生人，甚至一头牲口在他面前滑下冰缝，他都应该马上提起，之所以先说别的，是为自己做一个心理缓冲，让自己有足够的自信说出谎言。再者，小 K 是世界上最后一个见到女驴友的人，说她眼睛瞪得很大、充血，还闻到了臭味。也就是说，女驴友存在着结膜下出血的表征，并且有了异味。”

祝瑾年不禁追问：“我就是想不通，零下十几度甚至更低温的冰川就像个大冰箱，死亡不超过一天的尸体怎么会发臭呢？”

聂羽峥的声音不疾不徐：“如果她真的只是不慎滑下冰缝，大概两种死法，一是冻死，二是撞到什么要害。冻死的人是不会有双红眼睛的，撞到要害会不会导致结膜下出血，我毕竟不是法医，不太确定。但据我所知，70% 机械性窒息的尸体都存在结膜下点状出血的表征，而且，死者被勒死或扼死时都会有失禁的现象——那个女驴友同时具备了这两个条件，小 K 闻到的不是尸臭，而是女驴友被扼杀时失禁的臭味。不是所有人都闻过真正的尸臭，他在高度紧张的情况下，把那种味道以为是尸臭，很正常。”

“事情过去一两年了，小K没有任何的佐证来证明自己没有记错，最重要的是，找不到尸体。”祝瑾年皱着眉，双手一摊，显得无可奈何。

“这就是女驴友的丈夫一直不愿意跟小K多说一句话的原因。”

“怎么说？”

“在小K掉下去之前，他内心充满恐惧，怕救援队真的将女驴友的尸体找回来，按程序一验尸，真正的死因就暴露了。他杀了自己的妻子，装成伤心的样子，别人自然不会在他面前多提这个事故，而小K更加不可能在他面前重述他妻子的死状，就避免了驴友中万一有个具备一些法医学常识的人发现不对劲之处。小K的冒失反而帮了他，尸体再也找不回来了，就没有验尸的可能，他其实非常感激小K，为了避免自己如释重负的情绪过于明显，他选择了沉默。再说，小K被人‘碰了一下’才会掉下去，那个碰小K的人，会不会就是女驴友的丈夫？”

“如果是这样，那男的真是居心叵测、阴险毒辣！”祝瑾年咬牙道，“我现在完全有理由相信，小K连连不断的噩梦就是女驴友冤魂的托梦啊！”

“子不语，怪力乱神。”聂羽峥明显不同意她这种鬼神之说。

“可是……”

“这件事也并非没有转机，小K掉下冰缝时，拿着自拍杆在拍摄的人看上去分不清轻重、将别人生死攸关的瞬间当成噱头，但很有可能拍下了一些东西，也许是女驴友丈夫反常的举动和表情，也许是尸体的样貌，当然，也有可能只是一段毫无价值的自拍。”

“就是不知道过了这么久，那人是不是把照片或者视频删掉了。”祝瑾年叹了一口气，“要知道，因为这个，那人可是挨了小K一顿揍啊……”

“小K是你的访客？”他一脸心知肚明地望着她。

她微笑，不愿再透露。

“既然如此，我可不可以认为，咨询已结束？”他不再多问，换了个话题。

祝瑾年点点头，抱拳拱手，以表谢意。

“我的报酬呢？”他挑眉，“你总得给我点甜头。”

“可以，我给你泡一杯蜂蜜水。”祝瑾年装傻道，被他一把拉住，一屁股跌坐在他腿上。

“你好，请问是你们叫的外卖吗？”一个快递小哥走过来问。

“呃……”祝瑾年慌忙站起来，非常尴尬地接过，转身放在聂羽峥跟前，虎着脸命令他，“两点了，快吃吧。”

聂羽峥瞄了一眼塑料袋上贴着的小票，流下冷汗一滴：“你从邻座坏掉的鳕鱼里找到了灵感，为了纪念这有意义的一天，所以给我点了同款鳕鱼？”

“呃……哈哈哈……”祝瑾年干笑着，“我只是给老板一个证明这批鳕鱼很新鲜的机会。”说着，趁他还没上前抓住自己，她赶紧逃回了自己办公室。

提起话筒，本想给康坚扬打个电话，号码按到一半，她又放弃了。目前，谁都没证据证明当年之事是意外还是人为，闪电之死或许跟康坚扬没有任何关系，但他如果知道自己间接助力了一次完美谋杀，心理压力会不会增大。

还是再观望一阵好了。

乔怡潼每周来两次，听贺昴腾说，随着治疗的深入，欣雪 2 在生活中出现的次数越来越少，时间也越来越短。原本预计用十次催眠剔除欣雪 2，但到第八次催眠后，乔怡潼的心理测试和沙盘游戏结果显示，次人格叶欣雪已经正视了自己的过去，人格稳定下来，欣雪 2 不再出现了。贺昴腾联系上了洪玉桂的妹妹，请求她录了两段童谣音频，运用到第二疗程召唤主人格的催眠治疗中去。

第二疗程远比第一疗程困难许多，乔怡潼进入催眠状态后，贺昴腾选择恰当时机一边播放童谣音频，一边轻轻拍打她的肩部，同时，不断地呼唤乔怡潼的小名“潼潼”。他试图给她建立这样一个心锚，用这样的动作去刺激主次人格之间的切换。

然而，五次催眠后，毫无进展，乔怡潼连一丝现身的意思都没有。

“主人格是不会被杀死的。”聂羽峥看完贺昴腾的催眠录像，面对愁眉不展的他，笃定地说，“或者，用这个方法继续，或者，寻找别的刺激手段。”

祝瑾年听说后，暗自揣摩了很久，抱着试一试的心理找到聂羽峥：“洪玉桂的童谣还是主要的刺激手段，但我们能不能大胆地换种方式？”

“愿闻其详。”聂羽峥看她的目光充满欣赏和期待。

“夺去。”祝瑾年眯了眯眼，语气中多了一丝狠绝，“重听邻居慈祥老奶奶的童谣对乔怡潼来说是种享受，人在满足的时候怎么会愿意清醒呢？一直不醒来，就一直能听见，换我，我也选择继续沉睡。好，前五次让她满足，从第六次开始，试着中途夺走她的‘洪奶奶’。既然这段记忆来自她的童年，那处于孩童阶段的人大多都是任性又容易急眼的，就好像你忽然抢走一个孩子手中的棒棒糖，他不跳起来哭叫才怪。所以我觉得，‘夺去’那一刹那，才是让乔怡潼个人意识觉醒的心锚。”

聂羽峥静静听完，沉下眼睫思忖了许久，忽然站起来向她走去。

祝瑾年一愣，刚想问他，自己的提议可不可行，就被他抱个满怀。她忍不住笑了，轻轻挣了挣：“干吗呀你……”

“抱抱我的小狐狸。”他在她耳边低声说。

“蜘蛛精抱小狐狸，真是奇异的CP。”祝瑾年耸耸肩，“你跟贺老师商量商量吧，我去做个回访。”

回到办公室，她给康坚扬打了个电话，他在参与鹏市一块土地开发权的竞标，一时没空，但他好像有事要说，就约了中午吃个便饭。

十二点，祝瑾年去了约定的和风餐厅，入座后，他们随意聊了聊近况。康坚扬他们公司参与竞标的是鹏市今年的“地王”，就目前的状况看，拿下的概率很大。

康坚扬絮絮叨叨地说“地王”在征地时的一些轶事，什么差点让征迁办和公安局打起架来的“最牛钉子户”、一下子赔了八套房子的“一夜暴发户”之类，过了一会儿，切入了主题：“最近，没有做那个梦，但你的话我一直记在心里，也算是好奇吧，我想知道黑白条现在过得怎么样，就抽空翻了翻以前常上的驴友论坛，发现一件大事。”

他挑挑眉，忽然卖了个关子。

祝瑾年很配合，饶有兴趣地问：“什么事呢？”

他说：“‘黑白条’只不过是闪电老公的一个小号，他在另外一个比较著名的论坛里也有个 ID。他啊，根本不是什么第一次徒步雅龙冰川的人，在闪电出事的前一两年，他就参与了至少三次雅龙冰川活动，我在其他论坛网友前几年发的徒步照片里，看见了他！他是个冰川发烧友，别说是雅龙冰川了，他曾组队去巴尔托洛冰川徒步十四天，论经验和对冰川的熟悉程度远远超过我们那一批十几个驴友。不过，他是真的从网上销声匿迹了，另一个 ID 也很久没登录过。”

“你还能联系上那十几个人吗？”

“他们的 ID 没有注销，只要想联系，是可以联系上的。但我拉不下脸。”

祝瑾年斟酌了一下，谨慎地问：“你曾说有人不顾你安危，竟然还有心情用自拍杆照相，事后，你看过他拍下的东西吗？”

他一脸嫌弃：“这……我没想起来要看。”

“那种情况下还自拍，我觉得不太可能，他有没有可能在拍现场的一些状况？我有个建议——既然这件事让你体会了一番生死，也算很有意义了，留下一两个镜头也好。”

康坚扬不置可否。

“对了，康总，那个……”祝瑾年欲言又止。

“有什么事，你说。”他慷慨道，“菜不够？再点几个！”

“够了够了。我是想问……公司不会再给小夏机会了吗？”

他一怔：“小夏……哦，你说的是夏经理？”沉吟了一会儿，“如果她是因为别的事离开了公司，想再回来，我一万个欢迎。但这事，我知道她也算受害者，可不是每个人都能理解，我也只好冷血一回了，毕竟，我也要对公司其他人负责。”

祝瑾年微叹口气，瞥了一眼手心的疤痕，一时没有言语。

第十六章

被唤醒的主人格

/HE NI DE SHIJIE TANTAN 2/

（1）

听完聂羽峥的话，贺昴腾及时修改了乔怡潼的催眠方案，在童谣播放到一半时忽然插入邹英的声音，叫乔怡潼回家，之后就不再播放童谣，取而代之的是邹英的喋喋不休。

如此反复到第三次时，一直静静半躺着的乔怡潼忽然用了一种他们没听过的嗓音喊了一句："奶奶！"

贺昴腾面露喜色，一直在另一个房间看监拍的聂羽峥飞快地站起来，眼中染上几分势在必得的笑意。

很快，乔怡潼又静默了，直到被唤醒，主人格都没再出现过。

虽然只有那么一两秒，这种变化也是令人振奋的。至少，长时间不肯露面的主人格有了自己的诉求和表达的欲望，这说明他们施加的刺激是正确的，戛然而止的童谣才是乔怡潼的心锚。

心急吃不了热豆腐，贺昴腾稳扎稳打，接下来的每次催眠，乔怡潼现身的时间越来越长。他小心翼翼地维持着这种状态，跟她建立起足够的信任。当主人格状态越来越稳定，而且越来越轻易就现身时，他大胆地在主人格意识出现并能从容对话时，唤醒了乔怡潼。

毋庸置疑，经过近三个月、两个疗程的催眠治疗，真正的乔怡潼终于出现在大家面前。她宛若做了一场长长的梦，带着几分谨慎、几分犹疑、几分卑怯，打量着充满哈利·波特魔法元素的催眠室。

和次人格叶欣雪不同，她腼腆而扭捏，防备性很强，因为丢失了次人格状态时的记忆，除了贺昴腾之外，她并不认识“荒漠甘泉”的其他人。她始终像一个受害者，压抑而寡言，任何看到她这副样子的人都不会喜欢跟这样一个头顶好像自带一团黑云的人多接触。

其实，这才是乔怡潼一贯的样子。

对乔怡潼的心理疏导很快跟进，祝瑾年理所当然接下了这个 Case，这也是心理鉴定的一部分。

看得出来，乔怡潼被唤醒后，她就出现了两个人格互相交替出现的症状，次人格叶欣雪仍占据着大部分时间，随着心理疏导的深入，主人格乔怡潼有了极强的自我保护和倾诉的欲望。

乔怡潼断断续续说了很多，跟母亲邹英一样，并没有什么条理，夹杂着插叙、倒叙，但乔怡潼说话比较简洁，祝瑾年听来并不觉得烦躁。她收集整理了录音，结合几份心理测试卷，慢慢还原出一个真实的乔怡潼——

不出所料，叶欣雪一直是乔怡潼羡慕的对象，无论是家庭条件还是为人处世，她都好像站在乔怡潼世界的另一端，过着完全不同的生活。乔怡潼需要十分努力才能得到的东西，叶欣雪却能不费吹灰之力得到，前者就算努力了也不见得能得到的东西，后者或许努力一下，也可以得到。

她总是躲在暗处，观察着叶欣雪的一举一动，极力想知道人前人后的叶欣雪是什么样子。对叶欣雪的在意和下意识地观察，使乔怡潼不自觉地暗暗幻想，如果二人交换，会是什么样的情境。每晚睡觉前，她都会习惯性地进行“角色扮演”，她变成了一个跟叶欣雪一样的人，左右逢源不说，桃花运还特别好，像一个小公主，受万人爱戴。她如同电视剧的编剧一样，创造出一个又一个的情节，体味着身为女主角叶欣雪的酸甜苦辣，甚至“演”得忘情，会心痛，会激动，会把枕头当作别人，或哭或笑。

角色扮演初期，她有时是来自沙漠的神秘美女叶欣雪，邂逅了位高权重的大将军，有时是从未来穿越过来的古怪女生叶欣雪，和某个霸道总裁发生了一段刻骨铭心的爱恋，有时是隐姓埋名的异能少女叶欣雪，和一个神枪手一路升级打怪最后终成眷属。万变不离其宗的是，她所扮演的女主角永远带着叶欣雪的烙印，仿佛只有成为那样的人，才能顺理成章地发生那些事。

渐渐，扮演一个人不再能满足她，她开始尝试分饰两角、三角……她能游刃有余地在不同角色里切换，时男时女。某次她所扮演的“男主角”对女主角进行霸王硬上弓式的调戏时，她身体竟然起了反应，感觉很兴奋，她一会儿变成女主角去直面自己的欲望，一会儿变成男主角去挑起更多的反应。她开始学会自我抚慰，慢慢探索自己，给自己极致的快感。在此期间，她做过好几次跟性有关的梦。有时，她不知自己是男是女，正爱抚着一个想不起面貌的女子；有时，她具有男人的性别特征，跟一个女人做爱，但进入对方身体没一会儿后她就能感觉到一阵极致的快感，进而惊醒。

从一开始躺着“演出”，到后来摸黑站着表演，白天怎样她都不在意，临睡前的世界才承载着她所有的爱和忧伤。这种“角色扮演”从小学五年级一直持续到了高中，她越来越沉迷那个幻想的世界，“演技”也越来越炉火纯青。这种行为，跟聂羽峥所说的那种“潜意识的模仿”如出一辙。在彻底人格分裂前，她早已有了癔症倾向，而且具备了假扮叶欣雪的心理条件。

卓磊的出现改变了她对叶欣雪的感觉，从以前的羡慕，变成了嫉妒，尤其是发现卓磊的不坚定和叶欣雪有意无意的挑衅和暗送秋波后。

其实，卓磊那伙人背地里干什么勾当，她早有所察觉。卓磊本就没把她放在心上，也不在乎她会不会发现。他们几个都是没有正经收入的人，长久以来坚持的套路就是以谈恋爱为掩护，拉有钱的女孩下水。

一群人聚会 KTV 那天，乔怡潼幸运地刚巧处在生理期，躲在厕所，逃过了一次劫难。但因好胜心作祟而被卓磊骗来赴约的叶欣雪没有逃过，乔怡潼目睹了那不堪入目的一幕，本可以马上报警，可出于一种解恨的心理，她选择了沉默，继续躲在厕所里，等待一切归于平静。

从此，她因众人的猜疑而背上了骂名，还有人说，她是故意约欣雪而来。她不怎么懂法，当卓磊来找她“避难”时，她没有拒绝，是事情实在闹得太大，且卓磊瘾头来了，逼她去购买毒品，还说了很多难听的话，包括他利用她引出叶欣雪的真相，她气急，才去的派出所。

卓磊的这种行为让她想起自己自出生后就没见过几次面的爸爸。她不明白为什么这两个男人都从未把自己放在心上，她只不过和所有少女一样，渴望着被重视、被爱、被理解，就像她睡前扮演的人物一样。

乔怡潼离开凉肃后，开启了一段新生活。鹏市根本没人认识她，她忽然就鼓起勇气，用叶欣雪的性格去待人接物，就像她一直在临睡前扮演的那样，轻车熟路。她多多少少听了一些家乡的事，叶欣雪就这么被卓磊拉入了魔道，人不人，鬼不鬼。从那时起，乔怡潼觉得自己变得有些不像原来的自己了，而且，她更喜欢在鹏市的自己。

她对叶欣雪的情感变得更加复杂，羡慕依旧，嫉妒、解恨也有，因为习惯性地会把坏事往自己身上揽，她的罪恶感越来越强烈，徒生出一种巨大的愧疚。她也越来越分不清，谁是乔怡潼，谁又是叶欣雪。

她开始在乔怡潼和叶欣雪之间徘徊，出现了人格分裂的初期症状，那时的她不仅仅只扮演叶欣雪了，她开始真的把自己当成了叶欣雪，并自然而然地揣摩着她的心理活动，她想象着叶欣雪会恨乔怡潼，恨卓磊。跟鹏市的朋友或者同事去夜店、酒吧玩时，在巨大音响和眼花缭乱射灯造成的眩晕中，脑中有个什么沙哑的声音在鼓动她，去尝一尝那种东西。

她就尝了。

反复几次，当她猛然意识到自己已经不受控制时，为时已晚。这时，两个噩耗接连传来，叶欣雪吸毒过量而死，邻居那位慈祥的洪奶奶也因病逝世，她感觉震惊的同时，有种什么东西似乎要破体而出。她选择了一种非常极端的方式，割腕，来对抗这种莫名的异感和巨大的悲伤与罪恶。

是她，害死了叶欣雪。

同时，她也愧对一直把她当亲孙女的洪奶奶。

自己为什么是这样一个人，为什么把日子过得如此糟糕？想起母亲邹英一直以来那种不该把她生下来的说辞，她真心诚意地想，对，自己本就不该来到这个世界上。

在此期间，她分裂成了叶欣雪，并留下了一个自己癔症而来的“纯洁过去的叶欣雪”，后者，是乔怡潼的盾牌，用来阻挡次人格对自己的探索，也阻挡了自我意识的表达。

她彻底变成叶欣雪，用恨意去报复卓磊，将出狱的他再次拉下水。大脑的损伤加上主人格的隐退，让不堪的过去渐渐从记忆中消失，但她敏感地察觉到了未知自己的存在，才有了去“荒漠甘泉”做心理咨询那一段。

“这就是乔怡潼的心路历程。”祝瑾年在心理分析会上重述了这段过去，这本就不是来访者出于个人意愿的心理咨询，所以不在保密范围内。

她环顾一圈，聂羽峥恰好抬眼看她，眉尖微微一挑，似乎让她继续。她不解，轻轻摇了摇头，表示已说完。

他有意无视，问：“你个人有什么看法？”

祝瑾年虚望着桌面：“实在不知道怎么评价。”

参加会议的其他几个人都无奈地笑笑，亲自召唤乔怡潼出来的贺昴腾把玩着一根魔杖，开口道：“从模仿到变成真正的叶欣雪，或许是乔怡潼一直以来的执念。我有个感觉，如果我们没让主人格重新苏醒，她会从叶欣雪再‘进化’成一个她眼中更加完美的‘叶欣雪’，她虽然是人格分裂，但她却是努力朝着一个人格发展的，只要新的人格发育完全，前一个人格就会慢慢隐退。唉，我们现在让她倒退成了乔怡潼和叶欣雪并存的状态，对她，不知是好是坏。”

聂羽峥等了一会儿，没有人再提出异议，就说：“既然没有新的看法补充，我就简述一下对乔怡潼的心理分析。”

（2）

“和脑外伤所引起的精神分裂、人格分裂不同，乔怡潼最初呈现的分离性心理障碍更多的是心理和情感的因素。她性格内向，属于内倾感觉型人格，极度自卑、敏感和偏执。自我意志不坚定，容易怀疑他人和自我怀疑，受暗示能力极强。情商低，对正常情感的感知力模糊，双性恋倾向，但不自知。”

聂羽峥的嗓音清冽，回荡在小会议室中，越加磁性。

“双性恋啊……”贺昴腾的助理小闵愕然，“您……是根据她的梦发现的吗？”

聂羽峥颔首：“弗洛伊德提出，梦是人内心愿望的满足。他说，梦往往代表达成的心愿，而且多半是性欲的愿望以改装过的、象征的形式出现。对叶欣雪的复杂感情，就是同性恋心理的折射；对卓磊的所谓喜欢，是年少时缺乏父爱的补偿，一开始的百依百顺，到后来的怨恨和反击，跟邹英对丈夫的情感如出一辙，是一种继承，也是变本加厉。‘睡觉’这一行为无疑是人格转换的驱动，因为，她对叶欣雪毫无顾忌地模仿和扮演，甚至性幻想，就是从临睡状态开始的。我相信，她就是通过一次次的睡觉和醒来，在两个人格之间徘徊切换，次人格叶欣雪正是感觉到这种异样，才以梦游症为借口前来咨询。”

祝瑾年听完后愕然：“等等，你们这些后荣格学派的不是……不喜欢谈弗洛伊德吗？”

这种无厘头的插科打诨让聂羽峥严肃的表情缓和了些，他带着无奈的目光看了看她：“我个人认为心理学与哲学有一些相通之处，各个学派之间意见不同，但没有绝对正确和绝对错误的一方，能自圆其说、能用于分析和解决问题的，不应该拘泥于学派。”

祝瑾年撑着下巴，若有所思地点点头。说起睡觉，她就又想起康坚扬，不知说出那次疑点重重的事故后，近两个月他有没有再做噩梦。

“我可以继续了吗？”他一副征求夫人意见才敢接着说的宠溺表情。

“可、可以！”祝瑾年赶紧说。

聂羽峥的话锋一转：“我们这次的心理分析并不是要百分百地还原乔怡潼本人，而是为警方提供她在实施吸毒和教唆吸毒行为时处在的人格状态。”

“很明显，吸毒的是主人格，教唆吸毒的是次人格。”贺昴腾用魔棒敲了敲桌面，“这个 Case 说来并不是那么复杂，但有一点我总百思不得其解。叶欣雪死了之后，乔怡潼就彻底分裂成两个人格，拥有了叶欣雪的憎恶和仇恨，令人不禁毛骨悚然，这——真的就像许多小说中描写的那样……灵魂穿越。”

走神的祝瑾年听到最后几个字，猛然间回神，差点要伸手鼓掌。她挑衅地瞥了眼聂羽峥，当初自己随口说了这个词，被他嘲笑为三岁小女孩。

无神论的聂羽峥同样对贺昴腾投去了“你怎么也这么幼稚”的目光，不过，看看他头顶夸张的魔法帽和手中紧紧握着的魔棒，聂羽峥选择了沉默。

心理分析报告上交后，听说乔怡潼去了康宁医院做系统治疗，那里有专业的心理医师帮助她重建自信和重塑自我，但祝瑾年大概可以想见，完全变回主人格，需要一个多漫长的过程，又或者，根本就是一条看不到尽头的路。

其实，她一直暗暗坚持着自己那点幼稚的看法——叶欣雪用这种方式，在乔怡潼的体内复活并继续生活着。因为无论是心理分析报告也好，体检报告也好，都解释不了为什么声音还算清脆的乔怡潼分裂成次人格时能用一种跟叶欣雪一模一样的烟嗓说话。

世间纷繁，总有人类认知难以到达的地方。

今天是五四青年节，祝瑾年在 OA 上看到一条通知，二十八岁以下的员工下午放假半天。她嘴角凝笑，拍下来传给聂羽峥，调侃道：“老聂，下午请按时上班。我呢，就自动休假了。”

一会儿，他回：“儿童不在放假范围内。”

祝瑾年自觉心智挺成熟，也不知为什么，全天下就聂羽峥总把她当儿童，虽然，论心智比他确实……幼稚了点。

前几天，乔怡潼的心理鉴定告一段落，琪琪还在惋惜，以后他们英明神武、俊帅无敌的聂总就又不常来工作室了。她说得没错，这几天，聂羽峥就算送祝瑾年到楼下，也没有要上来露个面的意思。

正想着，琪琪敲门进来，身后跟着一个花店小弟。

“您好，请您签收一下。”他捧着一束红艳艳的玫瑰。

“给我的？”祝瑾年倒觉得自惭形秽了，明天是她生日，聂羽峥提前搞了个小浪漫，她却调侃他不是青年节的放假对象。

“谁呀？这么浪漫！”琪琪赞叹。

祝瑾年有些不好意思地挠挠脖子，几句话把她打发走，对着玫瑰拍了张照片发给聂羽峥：“好吧……谢谢你。”

很意外，他发了个“？”过来。

“太高调了。”祝瑾年还沉浸在惊喜和羞怯中。

他发了条语音过来，语气透着酸意和肃然——“请你告诉我，谁敢这么撩拨我的女人？”

听完最后一个字，祝瑾年愕然，回头再看那束妖娆的玫瑰，一张卡片斜插在繁复的包装上，一面是她的照片，另一面是一行手写的“宝贝，生日快乐”，没有落款。

她凝视着照片，却想不起来何时留下过这么一个镜头。

最近，除了聂羽峥之外，她并没有跟任何一个异性保持男女感情之上的交往，也没有人向她表明过爱意。

脑筋转了转，她回复道：“谁知道呢？没准是哪个疯狂暗恋我的帅哥。”

消息发出去之后，她忽然被“疯狂”二字撞了一下脑袋，蹦出一个许久不曾出现在脑海中的人名——

章靖鸣。

上次聂羽峥警告过他之后，他便再没有堂而皇之地出现在她家门口，但时不时的骚扰与跟踪仍在，微博下留个露骨的评论、发几条示爱图片的私信。甚至有一次，她跟兰洁斐看完一场电影才发现他就坐在身后的位置……章靖鸣就像必经之路上凸起的一个水泥板，一不小心总让你险些摔个跟头。

她咬咬下唇，心有余悸地把玫瑰放在墙脚。

回到办公桌边，她瞥见一条新信息："欢迎竞争者，反正我不会输。"

男人的心理就是这样，越抢手的越争得不亦乐乎，这就是为什么一个追求者甚多的女人总有更多的追求者前赴后继，就好比那个素未谋面却如雷贯耳的禾诗蕊。

祝瑾年较真起来，给聂羽峥去了个电话。

"你这是投案自首？"他接起，语气很不认真，充满一贯的玩笑意味。

"你记得禾诗蕊的生日吗？会不会是章靖鸣送来的？"

那边默了几秒，传出翻阅纸张的声音，一会儿，他说："5 月 4 日，就是今天。"

"卡片上我的照片，也像是偷拍的。我看……八成是他。"祝瑾年雷厉风行，马上找了个黑色垃圾袋，一下子把整束花套住，丢进垃圾桶里。

禾诗蕊失踪案的资料躺在聂羽峥的桌面上，几个月前他草草翻阅过一遍，里头有用的信息并不多，不能推断出禾诗蕊可能的去处，也怪不得警方迟迟没能将她找出来。章靖鸣对祝瑾年一再的骚扰，让他一次一次怀疑此人是不是真的是失踪案的始作俑者，或许是沈子平的坚持和偏见影响了他的判断，他重点看了章靖鸣的询问笔录，除了能看出这个跟踪狂对禾诗蕊狂热的喜爱外，并无其他。

"章靖鸣从不掩饰自己对别人的偷窥和骚扰，问问花店，结果自然揭晓。"他建议。

祝瑾年不得不打开垃圾袋，看了看花店的名字，打了个电话过去问，送花人留下的支付宝账号果然是章靖鸣。

"是他没错，真是阴魂不散。"祝瑾年无语道，"他一定把我当成了禾诗蕊。"

“禾诗蕊的案子恐怕会成为悬案。”聂羽峥有点遗憾地说，“相关证据太少，连专业刑侦人员都理不出头绪，这么多年没有新证据补充。在我看来，很难。”

祝瑾年忽然想起秋闻梵和禾诗蕊的一点交集：“对了，你那儿的笔录中有没有提到禾诗蕊失踪前还答应一个画家当模特的事？”

“并没有。你为什么知道这件事？”

“说来……有点复杂。我下午去研究所找你吧。”

“我去接你。”

“不麻烦您老人家了，让我这个青年跑跑腿吧。”她找准机会，狠狠打击了他一次。

下班后，她草草吃了个午饭，就打车去了公共危机干预研究所，已是第二次来，她轻车熟路地找到聂羽峥的办公室。办公室的门敞开着，里头好像有客人。为了不唐突，她敲了敲门进去，发现一个面容憔悴的中年女人坐在一侧沙发上，聂羽峥正往茶杯里倒水，好像在说什么心理咨询之类的话题。

她的脚步声让他俩不约而同转头看来。

中年女人一愣，深深吸了一口气，张着唇，似乎处在巨大的惊愕中。

“你来了。”他和颜悦色站起身，十分自然而又比平时多了几分亲昵地搂过她的腰，“这是郑文秀老师。”

郑文秀……祝瑾年一激灵，想起自己曾经对聂羽峥的误会，不禁敷衍地笑笑：“您好，郑老师。我姓祝，在‘荒漠甘泉’……”

“我爱人，祝瑾年。”聂羽峥打断她的自我介绍，直接一言蔽之，语气温和，“路上怎么样？”

“挺好的。”祝瑾年听出了他的意思，表示自己这次没被章靖鸣跟踪。

“祝……瑾年……”郑文秀品咂着这个名字，慢慢点点头，勉强挤开一个微笑，“你跟我丈夫院里一个女生很像，当年她很出名，小聂或许也知道？”

聂羽峥笑笑：“看来郑老师对她的印象更深。”

“……当然，我也是凉肃人，和她算是老乡。”郑文秀微微叹口气，“她非常优秀，就是命不太好，招惹上章靖鸣那样的人。记得她找院领导、包括我们老曹反映过好几次，也不是没跟法学院交涉过，那人有点关系，警告也有，处分也有，但谁也没办法彻底处理掉。她失踪后，都说是章靖鸣给绑架的，老曹他们可能怕担责任，都很少主动提起这个事。”

聂羽峥压了压眉心：“对前来调查的警察也不提？”

“这个我就不清楚了，毕竟警察没有找过我。时间不早了，我先走了。小聂，你的建议我会考虑，如果我有时间，能抽出身来去一下‘荒漠’就好了。”郑文秀识趣地起身，欠了欠身子便离开了。

出门前，她又回首望着祝瑾年，喃喃道：“真是……太像了。”

聂羽峥送了一段，祝瑾年独自坐了一会儿，待他回来，就说：“你‘丈母娘’看上去并不像是个胡搅蛮缠的人。”

“祝瑾年。”他提高声调，直呼她的全名来纠正她的用词。

她举起双手做投降状。

“去年年底，一起很出名的连环杀人案有了结果，公安系统今年要求进行一次旧案、悬案的复查行动。郑文秀可能从新闻、报纸上看到了一些消息，渴望从我这里打听到一些曹义黎的新进展。她和她女儿都不相信警方的判断，总抱着一丝希望。另外，她最近的状态不太好，有抑郁倾向，我建议她先做个心理咨询。”

“调查结果你不是也不信吗？”祝瑾年挑眉。

“我只说过，存在疑点。”聂羽峥轻巧地推开这个话题，“况且我没有收到再次进专案组的邀请。”

“好吧，说正事……”祝瑾年掏出手机，正要将这段录音的始末说明白，就听他说：“嗯，说正事。”

他回身走到办公桌后，从抽屉里拿出一个扁平的正方形盒子：“这才是你的生日礼物，所以，今晚十二点过后再打开。”

祝瑾年张了张唇，发现这个男人永远出其不意。她有些傻地笑着，将盒子抱在怀里："谢主隆恩！"

"年妃免礼。今晚朕去你宫里，好好准备接驾。"他配合地沉声道。

年妃……我果然只是个二奶！祝瑾年失笑。

（3）

自己为什么会录到秋闻梵的这段话，祝瑾年并没有多谈，过年时她跟聂羽峥提过邓涵希的事，但他们的真实姓名和具体职业半个字都没透露，她不知道聂羽峥会不会猜出这个名叫秋闻梵的画家就是她那回说的衣冠禽兽老师。

其实，他就算猜中，也绝不会表现出来。

"禾诗蕊失踪前，秋闻梵就出国了，所以警方并没有找到他询问情况。"祝瑾年解释道，"他俩并不算太熟，我没说，他甚至不知道禾诗蕊一直没被找到。"

"沈子平、何安邦他们当时把所有的精力都放在调查章靖鸣上，这种没有作案可能的人，他们是不会花时间细查的。"聂羽峥又听了一遍录音，琢磨了一会儿，又说，"禾诗蕊以自己不配做女神原型为理由拒绝秋闻梵的邀约——不太正常。当时校本部有个绘画爱好者组成的社团，曾经画过一组作品，在我看来十分无聊，主题是学校排名前十的……"

说到这里，他果真很不屑地冷哼一声。

祝瑾年释然："难不成是十大美女之类？"

她在校时也看一些社团或者院系热衷于组织这样的活动，什么"XX 院之星""XX 十强""最美 XX"，确实能吸引大批参与者和"亲友团"。

"禾诗蕊位列第一。"他颔首，接着道，"我曾听王谦提过，学生会活动时，绘画社团找禾诗蕊要照片，她不但不觉得唐突，反而很配合也很高兴地挑了一张照片给他们，还让他们画完了复制一份给她留念。这说明，她对当画作模特的事一点也不排斥，甚至很向往，这很符合她外向、张扬的性格特征。

她对秋闻梵的出尔反尔一定有些不为人知的原因，甚至用‘配不上’这样的词，这种心理波动出现在她人间蒸发之前，是个非常值得深挖的细节，当时，居然给漏掉了。”

祝瑾年意识到事情的严重性，赶紧问：“需要再跟秋闻梵谈谈吗？”

“有针对性地再谈一次很有必要。”他笃定道。

祝瑾年借口自己同事的女儿也想考裕师美院，向曲翠霞要了秋闻梵的手机号，约定今晚视频通话。顺便又微信联系了邓涵希，再次劝她求助警方，可她又拒绝，表示自己之前跟秋闻梵是恋爱关系，现在既然已经断了来往，就不想再惹风波，并再次强调不让祝瑾年告诉父母。

当事人已满十八岁，且态度这么坚决，祝瑾年只能作罢。

因下午跟兰洁斐约了喝咖啡，她得先走一步。聂羽峥送她过去之后，绕道去了刑侦支队。

沈子平刚刚开完打击盗抢犯罪视频会，回到办公室就见他站在窗边等自己，背影挺拔，侧颜俊朗，透着一贯的干练和清冷，怪不得刚才技术室两个来实习的女孩频频往他办公室里看。微讶同时，他笑着问：“聂组长大驾光临，有什么课题需要我们配合的吗？”

“我刚得到了禾诗蕊失踪案的一些新线索。”面对沈子平这样的老熟人，他并不热衷于这样的寒暄和打趣，直入主题。

沈子平一愣，接着眉头一皱，紧上前两步，问道：“什么线索，快告诉我！”

聂羽峥将秋闻梵的话复述一遍，问：“你有什么想法？”

沈子平并没有什么惊喜之色，最初的兴奋和希冀过后，他的表情又显得有几分失望：“羽峥，你说的这些……可能我的看法会令你不舒服，但我觉得，不是什么有价值的线索。禾诗蕊在失踪前的情绪波动甚至失控，我们早就从她的舍友和同学那里听说了，章靖鸣越来越下作的骚扰，她有些承受不住，换作别的女人，也一样情绪不稳定。况且你说的画家，根本没有作案的时间和条件，他的几句忆当年，跟禾诗蕊的舍友们说的内容都差不多，我不知道你为什么觉得，这是个新线索。不过还是谢谢你亲自……”

“章靖鸣对她的跟踪和骚扰不是一天两天，至少持续了两年之久。”聂羽峥正色望着没精打采的沈子平，“我看了你对章靖鸣所有的调查内容，包括他写的那些下流的日记。禾诗蕊大约在大四下半学期的 4 月 12 日左右失踪。而章靖鸣第一次将自己写的淫词秽语寄给禾诗蕊是大三下学期 4 月份；第一次在她面前袒露下半身是大四上学期的 9 月份，随后他至少三次做出这种行为；第一次躲在禾诗蕊身后手淫，将精液喷射在她身上是在大四上学期 12 月份左右，大四下半学期 3 月份还有一次。”

这些细节沈子平也记忆犹新，他紧蹙着眉头，不解地问：“你计算这些……有用吗？”

“对禾诗蕊来说，他具有变态性质的骚扰发生了十次，而且扭曲程度越来越重。在此期间，禾诗蕊并没有受到什么巨大的精神刺激，仅仅是觉得困扰、情绪糟糕而已。为什么在失踪前的一个月，她会一转常态，不仅出尔反尔，还说出那样不符合她个性的丧气话？章靖鸣在那年的 2 月到 4 月期间对禾诗蕊只进行了一次变态性质的骚扰，为什么她就忽然不堪重负、情绪失控？在此期间，有没有另外一种可能——”他顿了顿，猜测道，“她受到了除章靖鸣之外的某种压力的困扰，而且从来没对别人说过？”

沈子平还是坚持着自己的看法：“会不会是章靖鸣那个变态对她做了什么更下作的事……国外不乏先例，几个女明星被自己跟踪狂粉丝枪杀、强暴、绑架囚禁，我有种强烈的预感，禾诗蕊的案子，只有在章靖鸣身上才能找到突破点。”

沈子平对禾诗蕊的执念以及章靖鸣的偏见一直影响着案件的调查，聂羽峥站在客观的角度告诉他：“以前的调查内容几乎 90% 围绕着章靖鸣展开，充斥着所有对他不利的证据。这么多年，你有没有想过，禾诗蕊失踪的原因也许藏在另外 10% 的范围内？”

“我一听说她不见了，就马上开始找，当年我不过是个菜鸟小刑警，为了找她，我费了多少工夫你知道吗？！白天我到处走访，晚上我熬夜看能调到的所有监控！因为章靖鸣那个浑蛋，我险些转不了正，案子也交给别人办了！他那些变态的日记都说得这么清楚了！他想占有她！囚禁她！蹂躏她！爱她爱到想细细品味她的每一寸肌肤、每一节骨头！想把她吞进肚子里！——这是什么句子？你去看看全世界著名的变态杀人狂！哪一个不是这样？那些被害人多少年后才被挖出来，哪个留有全尸？！”沈子平用拳头用力捶着墙壁，咬牙道，“禾诗蕊一直找不到，只说明一个问题，章靖鸣隐藏得好！说句不好听的，小祝失踪了，最大的嫌疑人会是谁？章靖鸣！拿脚指头想都知道！”

“沈子平，我也深深认为，章靖鸣那样的人，一定没有好下场。”面对怒气冲冲的他，聂羽峥冷静地说，“我介入这个案子的初衷是想找到证据将章靖鸣以绑架或者杀人罪送进监狱，但后来我发现，这起失踪案的关键之处其实并不在于谁是嫌疑最大的人，而是禾诗蕊究竟在哪里，生要见人，死要见尸。我相信，找到了她，就能梳理出当年的一切。如果你同意我以警方特聘心理顾问身份插手，我会尽全力试一试。她是你心里的一根刺，非要拔出来，你才能清醒面对自己的已婚身份。”

沈子平如梦初醒，抹了把脸，猛地转身看住他：“对不起！我刚才口不择言……你揍我一顿解解气！”

聂羽峥抬了抬眉毛，眼中几分促狭，单手握拳：“揍你算不算袭警？”

“不算，你尽管冲我来！”沈子平指了指自己的胸口。

“你好像忘了，我曾经参加过什么比赛……”聂羽峥冷笑，开始活动肩膀和手腕，“那我……就不客气了。”

“慢着！”他这么有意一提示，沈子平忽然想起这小子曾是全省大学生自由搏击（非专业组）冠军得主，“我去趟厕所，回来你再打。”

他这趟厕所，一上就是两个小时。

而聂羽峥，根本不会真的傻等他。

“礼物？拿出来看看啊。”兰洁斐放下小叉子，饶有兴趣地盯着祝瑾年的包看，见她半天没动静，调侃道，“你什么时候变得这么听话，叫你今晚十二点拆，没到点儿你就不敢动呀？呵呵，我就说了，如果世界上非有个男人能制住你，还得是他聂羽峥。”

“他一向不按常理出牌，我怕是什么世界十大鬼片合集之类，让你受到惊吓。”

“我不怕，快点来惊吓我。”兰洁斐最近被一个小鲜肉追求，估计惊喜和惊吓都已见怪不怪。

说来，祝瑾年自己也有许多好奇，她犹豫了一会儿，把盒子掏出来，因对鲱鱼罐头心有余悸，还特地凑近闻了闻，才撕开封贴。

原木色小画框露出一角，她小心地抽出来，是一幅贝壳画。看着画的内容，她讶然，这——奇异的组合究竟有什么深意？

“我能看看吗？”兰洁斐双眼放光地问。

“给。”祝瑾年伸手。

兰洁斐翻来覆去看了一阵：“一只小猪站在水塘边看里头的两条鱼？挺漂亮的，很精致，贝壳的碎片拼起来原来这么好看。就是不知道送这个干什么……唉，我还以为是个大桃心呢。”

祝瑾年端起咖啡抿了一口，又把目光落在贝壳画上，忽然，她笑着摇摇头，明白了画的含义，同时也感动于他亲手制作这张贝壳画时的细致和用心。

一只猪，一条锦鲤，一条鲶鱼。

恐怕也只有善于怼人的聂羽峥才会想起用这三只动物去指代她的名字。

第十七章

处女神

/HE NI DE SHIJIE TANTAN 2/

（1）

跟兰洁斐吃完晚饭出来，看见停在门口的黑色 A8，祝瑾年按捺住生日礼物带给她的惊喜和感动，佯装不知情地坐进去。

驾驶座上那人偏头看了看她，她绷着脸，继续装傻哼着小调。

“看来是拆开了？”聂羽峥一侧眉尖微挑，低声问。

祝瑾年眨眨眼，转头看向窗外，生硬地说：“我不知道你说什么。”

晚上九点，秋闻梵如约上线。

早就等在电脑旁的祝瑾年移动鼠标，几秒后，秋闻梵的身影出现在对话框一侧。毕竟有求于他，祝瑾年忍住内心的不满，客气地说：“秋老师，介绍一下，这是当年负责禾诗蕊失踪案件的警官沈子平，这么多年过去，他还是没有放弃寻找她。听说你与她的一段小渊源，有些事情想继续打听清楚。旁边这位……是心理分析师聂羽峥，受沈警官之托，也介入了失踪案的调查。”

秋闻梵点点头，神色平静：“二位还想知道些什么？”

“你好。”沈子平并不对秋闻梵报什么希望，一句问候之后，就用胳膊肘动了动聂羽峥。

与他相比，聂羽峥显得郑重多了：“秋老师，你当年想邀请禾诗蕊当哪一幅画作的模特？”

秋闻梵那边有了动作，似乎在电脑中找什么图片，一会儿，他发了三张图片过来，简单介绍了一下当年自己把东方人面孔融于希腊神话的创意，然后才回答：“我想以小禾为原型画灶神赫斯提亚，她是一个很神秘的女神，关于她的故事很少。这一系列我一共画了三幅作品，除了赫斯提亚，还有智慧女神雅典娜和狩猎女神阿耳忒弥斯。小禾拒绝之后，我遇到我妻子，以她为原型画完了赫斯提亚，我觉得这一系列作品还算圆满。”

祝瑾年是个外行人，只觉得画作颜色柔和，充满东方人对清雅的独特审美要求，在一旁碎碎念：“创意挺不错的，就是只画了三张，是不是有点少了？”

这句话提醒了聂羽峥，他随即问：“希腊神话中，还有很多著名的女神，赫拉、阿芙洛狄忒、盖亚……为什么你只创作了三幅作品？是因为原型模特难求，还是想独树一帜？”

秋闻梵微微摇了摇头，像上课一样娓娓道来：“阿耳忒弥斯、雅典娜和赫斯提亚并称‘三处女神’。你们应该多多少少听过一些希腊神话，众神都给人一种风流成性的感觉，私通和私生子的故事比比皆是，而这三位女神却发誓要保持处女之身，也算是希腊神话中的一股清流。当然，我并不是在强调女性贞洁的重要性，而是想表达一种坚持自我、不入俗流的内涵……”

沈子平双眼微微一瞪，也发觉了其中的线索所在，急吼吼地问：“这件事诗蕊知道吗？”

“知道。我请她当模特时，怕她误会我的用意，就详细说了想反映出的内涵，还告诉她为什么想以她为原型画赫斯提亚。赫斯提亚很有魅力，太阳神阿波罗和海神波塞冬都向她求过婚，可她都拒绝了。我当时听说追小禾的人很多，而她并没有在大学时谈恋爱，十分符合赫斯提亚给我的感觉——美丽、聪明，很有自己的思想，但又高不可攀，男人很想靠近，却好像橱窗后的钻石项链一样难以触碰。”

“你邀请她和她拒绝你，分别是什么日期，你记得吗？”

“这么久了，不记得……”秋闻梵冥思苦想一阵，“大概是下半学期刚开学时我跟她提过这事，我 4 月初要出国，所以肯定得在出国前正式邀请她当模特，结果被拒绝。”

沈子平沉默了，双手握拳，紧紧贴着膝盖，看上去有几分沮丧。

关于其他，秋闻梵再没提供什么新信息，视频通话结束。

祝瑾年思量许久，说：“上次，秋老师对我提起这件事时，说虽然被禾诗蕊放了鸽子，但后来这个角色换成了以他妻子为原型，他一点也不遗憾，而且还觉得妻子更适合这个角色。他的妻子由于一些身体和心理原因，和他结婚这些年，都没有夫妻之实。所以，至今很可能还是……我猜想，秋老师的这些画虽不是在强调女性贞洁，但有个基本的前提，那就是符合‘处女’这个条件。禾诗蕊一开始答应，后来又反悔，那……”

“她出尔反尔难道是因为……我操！”沈子平显然不能接受这个猜测，爆了句粗口，“她是不是被章——”

“秋闻梵下半学期开学后，也就是 2 月下旬向她发出当模特的邀请，她欣然同意，那时，她的心理状态和生活都没有巨大改变。仅仅过了一个月左右，她就一反常态地拒绝，而且连自己的照片都不愿意提供，接着就失踪了。这说明 2 月下旬到 4 月初这段时间，也就是失踪前一个月多里，她遭到了一次巨大的打击，直接损伤了她强烈的自尊甚至是自负心。”聂羽峥出言截断了沈子平的臆断，“秋闻梵认为她所具备的条件，在她自己眼里，忽然没有了，因此，羞于再坐在画家的面前，以自己的外貌去诠释女神。一个月内，她的相貌、学业、人气和家庭都没有巨大的变化，所谓配不上赫斯提亚，很可能因为她已不再具备那个‘前提’。这种改变是否出于自愿？显然不是，而且，已经影响到了她的自信。”

“具体是什么？”祝瑾年不解道。

“她身边的女性同伴并没提到在她身上发现什么伤痕，暴力性侵的可能性很小，余下的无非就是非理性和丧失行动能力状态下与人发生关系。我们没有直接的证据，仅能从她这句话中做出一些推测，但是，至少引出了一种新的方向。”

沈子平屏息，脸色铁青。

祝瑾年的看法跟沈子平倒是一致：“也许章靖鸣真的得逞了？”

“不是他。”

聂羽峥话音未落，沈子平就拍案而起：“怎么就不是他？！肯定是他！我他妈饶不了他！老子这就去重新……”

聂羽峥站起来，重重按了按他的肩膀，让他坐下，随即走到一旁，把当年的调查资料搬过来放在他们面前。

“虽然很不愿意，但我不得不费神分析一下章靖鸣。”他揉揉眉心，确实是一副备受困扰的模样，“他是一个行为和思想都很极端的人，在表达感情和欲望时毫不掩饰，缺乏正常人该有的廉耻心和恐惧感，他完全有可能对禾诗蕊做出那种事，并且也一直很希望占有她。他富于幻想，但能非常清晰地区分幻境和现实，尽管在这些变态的日记中，他已经占有了禾诗蕊一万次，然而现实里，他知道自己与她还有距离。假设禾诗蕊真的遭到了侵犯，作案人是章靖鸣，那么以他那种极端的性格，很有可能出现两种极端的反应。”

沈子平冷静下来，抿了口茶，闷闷不乐地问：“哪两种？”

“一种，是范进中举一般的狂喜。”聂羽峥回答，“他是学法律的，实施了犯罪行为，也该明白一旦事情败露，将面临多少年的牢狱，这种狂喜不会表现在日常言论中，但一定会表现在日记里。他的秘密日记，本来就是写给自己看的，所以包含大量真实的思想活动，不加掩饰。他所有用来意淫禾诗蕊的文字都是泛泛而谈，用词低俗、偏大众化，几乎所有男人都会有这类笼统的幻想，就像他写的，36D、纤腰、红色的指甲油、欲拒还迎的态度……”

说到这里，他特意瞥了一眼祝瑾年，眼中掠过浓浓的笑意，仿佛在说她与这种幻想不符。

祝瑾年白了他一眼，他才继续道：“假设他侵犯过禾诗蕊，那么从某一天开始，他的日记中会忽然出现大量的细节描写，其中应该包括对禾诗蕊某几个部位特征的描述，比如颜色、大小、是否有胎记等具有个性的特征。他必须用这种方式去纪念自己的这种行为，去标榜这段让他兴奋和自豪的经历。可是——我找不到这样的语句，从第一篇意淫的日记到最后一篇，他的用词、造句都是很统一的，每篇的内容大同小异，就算将禾诗蕊的改成其他名字，也毫无违和感。”

祝瑾年有些走神，疑惑地看了一眼聂羽峥，好像在说“你把他的日记当黄色小说看了吧”。

沈子平一边听一边翻章靖鸣日记的影印版，半天才跟上他的思路：“另一种呢？”

“好像一个点运动到抛物线的制高点，接下去就是索然无味的俯冲。”聂羽峥用手指空画了一道弧线，“他将会感觉这个女人不过如此，兴趣程度忽然降低，甚至转而倾向别的女人。”

沈子平皱眉道：“可是禾诗蕊失踪的前两三天，他还继续写这些乱七八糟的东西，而且还跟踪过她！”

“既不狂喜，也不收敛，正说明章靖鸣没有得逞，所以才在禾诗蕊失踪后，跟踪骚扰许多跟她有些相似的女子，遇到小年之后，更是一发不可收拾。”聂羽峥看向祝瑾年，“禾诗蕊风光无限，校内校外，并不只有章靖鸣一个人对她心怀非分之想，只是，不是每个人都像他一样把自己暴露在明处。你当年难道对她只有欣赏之情？”

沈子平重重咳嗽一声，无奈道：“喂……”

聂羽峥笑笑。

祝瑾年肃然：“你的意思是，当年很有可能有个人一直在暗处像章靖鸣一样窥视着她，最后把她……”

“目前不能确定禾诗蕊的失踪是预谋已久还是激情犯罪，但就像我之前说的，有了新的方向，就很可能有新的突破。”聂羽峥屈指敲了敲资料封面，一脸了然，“这份出自你电脑硬盘的调查内容，是一部分，还是全部？”

沈子平沉默了。

（2）

“你就这么让他走了？”祝瑾年看了看钟，十点不到。

引经据典“大触”的回答非常不正经：“春宵一刻值千金，他好意思留到明天早上？”

“可他给你的明明不是所有……”

“他会拿出来的，只不过需要一段时间的心理缓冲和调试。他一直怀疑的章靖鸣八成不是失踪案的主谋，对我来说是新的开始，对他来说……”聂羽峥释然，上前几步将门带上，“前功尽弃，一团乱麻。”

“我希望你们赶紧把禾诗蕊找出来。”祝瑾年抿唇，沉默了几秒后看着他说，“太好奇了，这个跟我长得那么像的人这十年里到底有什么样的一段经历，是埋在土里永远沉睡还是到了未知角落继续当她的万人迷。”

聂羽峥站在她身后，双臂环抱着她，在她耳边低声说：“我也很好奇，为什么明明长得那么像，某人却不是万人迷？”

“萝卜青菜各有所爱。”她狡猾地反驳，“迷恋她的一万个人中，你是漏网之鱼。谁知道呢，十年之后你被我给捞起来了。有首歌唱得好，十年之前，我不认识你，你不属于我……”

聂羽峥静静听她把副歌部分哼完，才开口道：“还好我能听清楚歌词，否则根本不知道你唱的是哪首歌。”

毫无音乐细胞的祝瑾年被打击哭了，感觉到来自身后的一阵森森的恶意。

他丝毫不怜香惜玉地捏了下她的下巴，接着道：“如果我没记错，禾诗蕊得过校园十佳歌手比赛一等奖。看来，群众的眼睛是雪亮的。”

她无言以对，在嘴仗方面，她根本没赢过他，实在憋屈。

忽然，楼上传来几声异响，好像有东西掉了下来。

“嗯？”祝瑾年警觉地绷紧身子，“什么声音？”

聂羽峥眼里掠过微不可察的笑意。

“羽倩是吧？”祝瑾年不疑有他，供羽倩小住的客房就在楼上。

“……不是。”他低声答。

她一愣，蒙蒙地看着他。

聂羽峥微叹口气：“……暴露了。你听我解释，我只是一时冲动，玩玩而已，没有真感情。”

“我不听！”祝瑾年故意捂住耳朵，装出伤心欲绝的样子。

“以后不会了，再给我一次机会？我保证这是最后一次。”聂羽峥这句话说得跟背书一样，毫无演技。

祝瑾年发笑地推了他一把，咚咚咚跑上几级台阶，边跑边喊：“我倒要看看那个小妖精是何方神圣……”

话未说完，她愣在那里，瞪大眼睛看着上方。

一只黄白色小加菲猫打了个哈欠，探着脑袋跟她对视，怯怯软软的，伸伸爪子，想下楼又怕滚下去，求助一样“喵”了一声，把祝瑾年的心都叫化了。

聂羽峥不知何时走到了她身边，她急切地问：“这是……”

他不答，反而问：“如果我跟它同时掉河里，你会先救谁？”

祝瑾年沉吟几秒，讨好道：“当然救你。”

他对这个回答很满意，几步上楼，单手把小猫托起，放进她怀里：“生日礼物之一，又提早被‘拆开’了。”

“我太喜欢了！”祝瑾年抬头，双眼亮晶晶的，浑身上下都看得出雀跃，“谢谢你！”

“不过——”他话锋一转，强行抱走了小猫，“你暂时不适合饲养它，寄养在我这儿才能两全其美。”

祝瑾年一想，自己每天七点多就得出门，晚上到家最早也八点了，确实不适合照顾这样的小猫，而聂羽峥家不仅宽敞，还有个家政，它不至于饿着渴着。不过，怎么嗅到了一阵浓浓的阴谋味儿？

“如果你想每天跟它待在一块儿……”聂羽峥在小猫的下巴处挠啊挠，它舒服地昂着头，眯起眼睛，“可以搬到我这儿来。”

这个诱饵……

祝瑾年咬咬后槽牙，陷入了激烈的思想斗争中。

聂羽峥也不强求她的回答，抓了把猫粮：“起个名字？”

她歪着头又看了一会儿：“奶黄包？”

“这么说，它姓奶，名黄包？”

“不不，还是跟我姓好了，叫——”

“祝奶黄包？”聂羽峥忽然一脸嫌弃。

她又斟酌了好一会儿：“祝奶包。”

他嫌弃神色仍在。

祝瑾年拍了下手：“就这么定了。”

“牛奶包听上去更有胃口，猪奶包——”他故意重复了一遍，“是什么黑暗料理？”

祝瑾年不理他，径自叫了小猫好几句“奶包”，让它快快记住自己的名字。某人很不满这样的冷落，将奶包拎到一旁吃猫粮，就地扑倒祝瑾年以示惩戒。

“哎呀……你别这样，有人看着呢！”

“谁？”

“奶包。”

“……它看不懂。”

然而，奶包很快就吃饱了，滚过来挤进祝瑾年怀里，让聂羽峥再次受到了冷落。

鹏市夏冬长，春秋短，五月中旬，天气开始热了起来，连续几日的蓝天白云、艳阳高照，大街上的姑娘们纷纷穿上新买的夏裙短衫，释放捂了一个冬天的热辣。

一小时的咨询时限已到，华小姐将杯子倒扣在茶盘上，表示自己已准备离开。祝瑾年勉强笑了笑，起身送了几步。

不出所料，华小姐还是没有抵御住有妇之夫X总有意无意的示好和回应，当了他的地下情人。

要不是杜格致一再跟她强调，心理咨询师工作的目标是引导访客用正确的心态去处理生活中的困惑，而不是把个人好恶强加给他们，她一定用最刻薄的话语去讽刺甘当第三者还一脸无辜渴望别人来安慰自己的华小姐。

用手机连接聂羽峥家的摄像头，看了奶包好一会儿，祝瑾年才回到办公室，给几个上个月接待过的访客打了回访电话。

康坚扬的名字虽不在回访名单里，祝瑾年瞥了眼时钟，还是拨了他的号码。

“嗨，小祝！”他心情似乎不错，声音洪亮地打招呼。

祝瑾年开门见山，问他最近是否还做那个梦。

“肯定不会再做了。你知道吗？上次听你那么一说，我也就不计前嫌地联系上那个见死不救还拍照的驴友，嘿！原来他真不是在自拍，而是拿自拍杆夹着手机伸下去录视频呢，不仅录到了卡在下面的闪电，还录到了我掉下去又被救上来的画面。当时他不敢拿出来，回家后他觉得晦气，但又舍不得删，就传到网盘里。我拿到视频后，找了个法医朋友帮着看看，他告诉我闪电更像是被勒死的！”

虽早就听聂羽峥分析过，祝瑾年还是不禁倒吸一口气。

“我报了警，移交给当地的公安，现在立案了，他们查得怎么样我不太清楚，也管不着，但我觉得非常轻松！”他拖着长音，“他妈的，就算我不掉下去，闪电也活不了，原来她一开始就被她老公给弄死了！而且，多亏了我，不然她还不知道冤死多久。唉！梦这个东西还真挺神奇，也不知道是闪电托梦于我呢，还是真像你说的，潜意识记住了这些‘对我来说不怎么重要’

的细节。”

“那真是太好了。”祝瑾年笑着说。

“对了，我看了一下官网，发现你们也做企业 EAP[③]？这样，你有空把以前做过的方案和课程发到我邮箱，近期我们公司准备引进这个员工福利项目。‘荒漠甘泉’行业风评很好，加上还有小祝和杜总这样出色的咨询师，我绝对相信你们的实力。”

“好的，我认真整理整理发给你。”祝瑾年尽量按捺住内心的兴奋，平静地回答。杜格致说得一点没错，服务好康坚扬这个土豪，果然能为工作室创收。

挂了电话，她到商务总监诸葛千惠那儿细说了此事，GM 房地产这样的大公司主动提出这个要求，诸葛千惠马上吩咐助理准备资料。

一时没有访客的祝瑾年有些百无聊赖地逛了逛，坐在休息室里看外卖单，不经意瞥见书架上一本弗洛伊德的《梦的解析》。这本书以前看过一遍，她抽出书又翻了翻，陷入沉思。

弗洛伊德认为，梦是人愿望的满足。总是梦见下血雨的那位访客通过这样的梦，达到了谴责自己、警示自己的目的；康坚扬梦见一个白色血衣女子站在房中，反映出的内心愿望是弄清当年闪电意外坠落的真相。

等等，她忽略了一个重要的问题，为什么梦中人总是站在他的卧室？假设梦代表着康坚扬潜意识里对冰川事故的介怀，至少也得出现一次冰川的背景画面吧？

不过，弗洛伊德说，梦在选择材料的逻辑和人清醒的状态下，是完全不一样甚至相悖的，而且，梦会伪装，呈现出来的东西并不是你最直接的体验，你要拐上几道弯，才能摸到它的尾巴。

“瑾年姐，这是我早上自己做的寿司，你尝尝呗。”琪琪捧着个饭盒一溜烟跑进来，打断了她的思路。

“哦……谢谢。”祝瑾年回过神，琪琪塞了双一次性筷子给她。但愿康

---

③企业 EAP（Employee Assistance Program）即企业员工心理援助计划（项目），又称全员心理管理技术，帮助和改善企业的环境和氛围，解决员工及亲属的各种心理和行为问题，提高员工在企业中的工作绩效。

坚扬再不会做那个梦了，GM 房地产和荒漠甘泉也能达成企业 EAP 的合作。

万一不呢？

祝瑾年总有点不放心，打算有空再把《梦的解析》看一遍。

（3）

周日，阳光甚好，小院里几处鲜花簇拥着盛开，小圆池中的铜钱草舒展身体，生机勃勃。聂羽峥在一个花盆里种的猫草已长出十厘米那么长，祝瑾年淘的猫爬架、猫窝和玩具陆续到货，奶包已经完全适应了这里的生活。

一脸愁云的沈子平把车停在门口，抱着一个灰扑扑的大箱子下来，见祝瑾年和聂羽倩正坐在石凳上给一只黄白色的小猫梳毛，而聂羽峥则在一旁组装猫爬架，其乐融融的样子，他不禁说：“唉，我都不好意思打扰你们一家四口的天伦之乐了！”

“非也非也，你应该说，一个电灯泡和一家三口的天伦之乐。”聂羽倩不认识沈子平，说罢，就转身对着她哥哥自嘲道，“以前我在这儿来去自如，现在我要是不打声招呼就过来蹭吃蹭喝，我哥肯定打死我。”

聂羽峥合上工具箱，斜睨着她：“在这位刑警队长面前讲话要注意言辞，打是肯定的，但一定不会打死。”

聂羽倩愤愤不平地冲他做鬼脸。

聂羽峥指了一下其中一个石凳，示意沈子平将纸箱放在上面，挑高一道眉，问：“想通了？”

沈子平清清嗓子，有点尴尬地说：“是我一直有偏见……这不，我把当年所有的东西都找出来了，反正你有查阅案卷的权限，我也就不怕犯什么纪律了。”

“谁呀？谁失踪了？”聂羽倩好奇地打开纸箱，只觉得一个黑黑的东西蹿了出去，她定睛一看，指着祝瑾年说，“哎呀，有个蟑螂爬你腿上去了。”

祝瑾年只觉得浑身寒毛竖起，往下一看，还真有一只大蟑螂趴在她裤脚，两只触角还动来动去的。

接下来，就是一声惊天动地的尖叫。

沈子平和聂羽倩都忙着追打蟑螂，聂羽峥张开双臂站在石桌旁以备随时接住祝瑾年——她下意识就跳到桌子上去了，吓得又是跺脚又是叫，场面真叫一个混乱。

“死了死了！”聂羽倩气喘吁吁地把蟑螂扔进垃圾桶，一边洗手一边说。

祝瑾年脸色惨白地蹲在桌上，觉得十分丢脸，她还是第一次在众人面前这么失态。

“鸡飞狗跳，原来是这样的。”聂羽峥尽管像护宝一样把她抱下来，嘴上却没饶过任何人，通通打击个遍。

沈子平在纸箱子里翻来翻去，看看里头还有没有蟑螂，只听聂羽峥又说：“你吓着我的女人了，现在打算怎么办？”

“对不住！对不住！”沈子平双手合十，苦哈哈地说，“中午我请你们吃饭！”

“听见了？地点你挑。”他揉揉祝瑾年的发顶表示安慰，柔声说。

祝瑾年仍觉得丢人，佯装要给奶包喂水，躲到了屋子里。聂羽峥给聂羽倩使了个眼色，她乖乖跟进去。

沈子平望着她俩的背影，摸摸下巴：“你俩第一次见面时发生的事，我听陈昱他们说了。说真的，从第一次见你们俩相处的样子，我就隐隐觉得你们能成。我一直有个问题想问你，你以前是不是——”

“不是，我对禾诗蕊印象不深，第一次见瑾年时，只感觉她有点眼熟。”聂羽峥洞悉力超强，他想问什么，一猜便中。

沈子平不住点着头，点了根烟：“我觉得挺亏欠我老婆……我工作是顾不上家的，她很少埋怨我。禾诗蕊是我的一个结，加上又是我加入刑警队伍后接手的第一起案件的当事人，过不去这个坎儿我一辈子心都不定。”

这个话题聂羽峥没接，他俯身扶起两个方才他们追打蟑螂弄翻的花盆。

“我说，你结婚以后遇到诱惑的话，能抗得住吗？”沈子平叼着烟，从这个话题引申开，打趣他道。

他想也不想：“我没有机会‘受到诱惑’。”

“少来，你照照镜子。”

聂羽峥抬眼看住他。

沈子平单手插口袋，眯着眼睛笑：“我夸你呢！”

“你有什么特别讨厌的东西吗？”他忽然问。

“呃……”沈子平差点呛住，好半天才说，“榴莲，臭得不得了，闻了就想吐。”

“瑾年喜欢。”他说了一半，忽然停住不再继续。

沈子平揣摩了一阵，疑惑道：“你该不会想说——中午她很有可能挑一家主打榴莲的餐馆？”

这悟性让聂羽峥眼中闪过一丝无奈：“心向往之，才有诱惑。”

他才反应过来：“你就这么确定，世界上没有比祝瑾年漂亮性感的女人？”

“一直有。”他说，“但我不喜欢。”

沈子平捏着烟，半晌才说：“如果你最后没能跟祝瑾年在一起，十年之后，会不会像我一样，还急切地想为她做一点事情，哪怕她根本不知道、也不会在意？或许非到那时，你才能体会今天的我，才不会觉得我是个背叛家庭的男人。”

“欢迎到‘荒漠甘泉’进行心理疏导。”可见，聂羽峥对他的“心结”依旧不敢苟同。

沈子平不以为然。

将门留了条缝、一直在偷听的聂羽倩悄悄关上门，三步并作两步跑到祝瑾年跟前：“我听到哥哥跟那个警察的谈话了！”

“被你哥知道后，他不会‘打死’你吗？”祝瑾年扬起嘴角坏笑地问。

“打死我也要说。”聂羽倩说着，就把他俩的对话添油加醋、手舞足蹈学了一遍，还径自总结，“聂羽峥说他简直爱死你了，美女们就算脱光了衣服冲上来，他看都不带看一眼的。”

“他能说出这种话？”祝瑾年一脸受惊的表情，“除了工作之外，他90%的时间都是在无所不用其极地损我，他那种内心阴暗嘴上更阴暗的人一定是打赌输了才不得不讲这些。”

“你不信就算喽。他那么不爱发信息聊天的人，微信里只有你一个‘好友’，我多少次偷偷加他，都被他踢走了。他呀，就爱跟你磨磨唧唧、卿卿我我，对我们，可一点人性和亲情都没有！”

“怎么没有？你的小名‘壮壮’还是他起的呢。”

聂羽倩一脸嫌弃：“快别提了，那种小名……你要你拿走。”

祝瑾年没忍住，笑出声来。

“也不知道他是怎么想的，难道是因为我小时候经常尿他身上？我找我爸妈理论了好几次，不许他们叫我小名，可谁都不答应，也不肯告诉我为什么给我起这破名字。”

“可能是希望你健康成长，白白胖胖吧。我听说，只有家人才会不嫌弃你胖。”

聂羽倩摆摆手表示自己并不相信：“他一定是为了捉弄我……”

“你哥挺宠你的，但他一向嘴上不饶人。对我，不也是这样吗？有时真被他怼得说不出话。”

“你出现之前，宠我，你出现之后呢，我就彻底失宠了。”

祝瑾年的脸有点热，瞥见从窗纱透进来的一米阳光，心情比那阳光还要明媚。

我真的是你的唯一？

世界那么大，谢谢让我遇见你。

几个人吃完午饭，绕道将聂羽倩送回宿舍，祝瑾年去附近超市买了瘦肉和皮蛋回来，准备晚上煮点粥喝。这个月以来，周末几乎都在聂羽峥这儿过，加上多了一只宠物猫，她还真需要考虑考虑是不是要搬过来住。

然而又有点不好意思。

待她洗了个手出来，聂羽峥只穿了条运动裤，背对着她正在整理沈子平送来的资料，一举一动，块状肌肉的牵拉起伏，多了几分男性荷尔蒙的性感和具有攻击力的野性。她倒了杯水过去，他转过身，结实的胸膛和腹间紧实的肌肉，跟坐在办公室西装笔挺时完全不同，男人味和力量感兼具。

是啊，天气渐渐热了，这样的“美景”以后只会更多。

“光看有什么意思？”他发现了她一瞬间的呆滞，接过杯子，牵起她另一只手按在自己胸口，“下手。”

祝瑾年捏了几下，男人胸膛那温热而坚硬的触感，勾得她心念一动，抬眼看他，他亦回看自己，专注中又带着一丝熟悉的意味。

“算了算了，君子动口不动手。”祝瑾年缩回手，不再敢轻举妄动。

“既然你说要动口……”聂羽峥的手移到运动裤的系带上。

“好好整理你的东西，别没事乱开车！”她气急败坏地跑开。

聂羽峥笑中带宠，又看了她一会儿，才埋头继续归类。

沈子平拿来的资料分为派出所做的报案人笔录、寻人启事、协查通报的复印件、立案后刑警走访问询时做记录的笔记本、监控视频备份、禾诗蕊基本信息、直系亲属DNA数据、她电脑所有数据的拷贝、失踪前两周的通讯记录和与之有过接触人员的资料等，这是珍贵的第一手资料，相信禾诗蕊的失踪之谜一定藏在这些调查记录中。

祝瑾年忙了一阵，见他手头的活儿已接近尾声，就好心地提醒他：“你最好每页每页抖一抖，别夹带着什么蟑螂卵、老鼠蛋之类的，孵出一堆小蟑螂小老鼠，把你家啃出好几个洞。”

聂羽峥平静地应了一声，拈着触角把一只死蟑螂提起来给她看：“恐惧果然能摧毁人的理智和智商，我第一次听说，老鼠会下蛋。”

祝瑾年五官揪到了一起，一副快要吐了似的表情，别过头："站着说话不腰疼，谁都有害怕的东西。难道你就没有？"

"有。"

她一下子来了兴趣，眨了眨眼问："什么啊？"

聂羽峥看了看她，勾起嘴角，一字一顿道："母老虎。"

祝瑾年撇嘴："懒得理你，我做饭去。"

聂羽峥把跳上桌子左嗅嗅右挠挠的奶包抱起来："夫人，我们越来越像一家三口了。"

她嗤之以鼻，真的不再理他。

第十八章

我看过你的心

/HE NI DE SHIJIE TANTAN 2/

（1）

厨房里响起锅碗瓢盆的叮当声，以及她偶尔几句自言自语。有她相伴的每个周末都好似这样平淡悠闲，但又格外让人期待。

他掸了掸灰，随手拿起几个笔记本翻了翻，一会儿，瞥见“曹义黎”的名字，双眼不禁微微一瞪。

作为政治与公共管理学院院长，曹义黎的名字出现在了禾诗蕊的电话记录中，在她失踪前半个月内，他们一共通了两次电话，第一次并未接通，第二次通话仅不到 30 秒。

聂羽峥眉心一蹙，又翻了几页，发现曹义黎的问话内容仅出现了一次，显然，他的回答并没有给警方带来什么有价值的信息，可看上去总有几分不对劲。

他一时没有深究，这是全凭第六感猜测还是理智的推断。

如今，曹义黎已失踪三年多，跟禾诗蕊一样生不见人、死不见尸，不知是不是一个巧合？若是，只能感叹命运之神的顽劣，若不是，又找不出什么关联之处。

看来，接下去工作量不小。

许是快要下一场暴雨，原本阳光明媚的天空乌云密布。聂羽峥冲了个澡，再走出来时发现外头已下起了大雨，噼噼啪啪的声音特别大。腾起的土腥味和空气中一股焦味混在一起，显得有点怪。

“冰雹！”祝瑾年的声音传来，只见她噔噔噔从外头过来，还系着围裙，捏着两个桂圆大小的冰珠子献宝一样举高，“你看！下冰雹了！”

聂羽峥顺势将她抱了个满怀。

她都不知道自己现在有多可爱，平时总是女精英模样，微皱着眉头一脸严肃地开导这个、分析那个，与他相处也是克制得很，哪里能像现在这般，小马尾松垮，小香肩微露，捡到几个天上掉下来的小冰坨子，兴奋成这样。

她在他怀里，还小心地握着冰雹，无奈不中用的冰珠子敌不过体温，一下子就化成一摊水。

“没了。”她撇嘴，嗓音有些蛮横和娇气，“都怪你。”

“嗯，怪我。罚我今晚不准睡觉。”

“不行，你睡没睡觉我又看不见，万一趁我不在偷偷睡了呢？”

“不如请祝长官费个心，整晚监督我？”

“亏本的生意我才不做。”祝瑾年摆摆手，“我去看看粥煲得怎么样了……”

“不用看。”他笑笑，“煳了。”

祝瑾年一愣，仰头嗅了嗅，还真有点焦焦的味道，她一脸生无可恋，丧气道：“我……光顾着出去捡冰雹了……”

聂羽峥很自觉地上楼换衣服。

一会儿后，忽至的冰雹变成了淅淅沥沥的小雨，远处的天空已经放晴。祝瑾年收拾完厨房的失败作品，坐进副驾驶时还有点沮丧，低声问：“喂，跟我在一起那么久，是不是发现其实我也没那么能干？”

“你以前很能干吗？”他反问道。

她翻了个白眼，他一句话堵住别人一腔热血的本事真是与生俱来，而且收放自如。

他一边倒车出库，一边说：“第一，我们在一起还不够久，至少得再过四五十年，才配得上这个‘久’字。第二，用洗衣、做饭、扫地来衡量你是不是一个能干的人——你是哪个家政公司的职工？”

“那你倒是说说，你是用什么标准来衡量我的？”

他转头看了她一下：“对你，我没有原则，也没有标准。”

“花言巧语。”但心情好了许多。

“我很少夸人，但总是不遗余力地夸你，这就证明了一切。”

祝瑾年一副难以置信的样子：“我真没听出你哪句话是在夸我……”

“每一句。”

“你夸人的手法挺惊悚的。”她受教地点点头。

他眯着眼笑：“你喜欢吗？”

“呃……”她勉强道，“喜欢。”

“是喜欢我夸你的手法，还是喜欢我？”他追问。

“更喜欢你。”

他对这个回答十分满意。

祝瑾年早就熟练掌握了他的说话方式，此时接着说：“因为你的外表比内心好看多了。”

他也不急，悠然问：“你看过我的心？”

祝瑾年被难住了，胡乱道：“看过。”

“偷看我洗澡了？”

“是内心！这跟你洗澡有什么关系啊！”

他匀速开着车，不疾不徐道：“这两者你对哪个比较有兴趣？”

“内心！”祝瑾年觉得自己被他绕进去了，好像上了贼船。

“也是，人对自己没看过的东西确实有着很大的好奇心。”

“我什么时候看过你洗……”她忽然停下，心虚地看向窗外。

“什么时候？我想想……”他假装很认真地回忆了一下，“那次我们去碧水湾温泉……”

"这顿饭我请！"她举手投降，还说呢，那次差点没擦枪走火。

聂羽峥握住她的左手，拇指搔刮着她的手心："你还是请我再去一次碧水湾吧。"

"天热了，谁还去泡温泉……"

"人少一些，更好。"他笑得很无害，但明显居心不良。

诸葛千惠拿起印章，在 EAP 项目合同上重重一压，与 GM 房地产公司的合作正式开始。

"康总非常认可贵工作室的专业水平，我们可就将全公司员工的'正能量'交给你们啦！"GM 房地产副经理段科书笑着说。

诸葛千惠和祝瑾年相视而笑："劳烦段总跟康总表一表我们的决心，绝对不敢有负所托。"

寒暄几句后，几人起身离开。车子快到松海大厦时，诸葛千惠拍拍祝瑾年的肩膀，说："谈得挺顺利，回头得让格致请你吃顿饭。哦，或者……让羽峥做东？"说着，她意味深长地又看看祝瑾年。

女人的洞察力和第六感总是很强，何况诸葛千惠又是个人精，恐怕早在聂羽峥来工作室坐班的那段日子就看出了他和祝瑾年的端倪，一直没说而已。自祝瑾年收到章靖鸣的花束后，聂羽峥似乎就开始"不怎么注意影响"了，他的车基本每天都停在大厦楼下，但人都没上来，久了，大家就发现了。

秘密恋情总有公开的一天，祝瑾年倒也大方："那就让羽峥请。"

"哈哈，你替格致省了顿饭钱，他也不知道是哭是笑呢？"诸葛千惠一语双关，看看表，她跟自己的助理章湘说，"我们可能会迟几分钟，跟前台说一声，四点的那位访客如果到了，请他们接待一下。"

回到工作室，果然迟到了十分钟。诸葛千惠一出电梯，就快步朝门口的待客沙发走去："哎呀，真是抱歉，路上太堵了，应小姐您久等了！"

祝瑾年本要回办公室，余光瞥见应小姐身边的一位男子，猛地停下来。

是秋闻梵。

这时，应小姐笑笑说：“没关系。对了，这是我的丈夫，他陪我一起来。”

“那是最好了。”诸葛千惠热情地说，看样子，这夫妻俩要咨询什么内容，她已经从初诊记录里知晓。

祝瑾年打量一番，只见应小姐身材苗条，长相柔美，披肩的黑色鬈发，穿一件烟灰色针织衫，一条亮眼的三色及膝裙，脖颈搭配一条撞色丝巾，整个人看上去时尚富有朝气，跟秋闻梵站在一起还挺般配。

“小然，你先进去，我跟这个朋友说几句话。”秋闻梵搂住妻子应然的肩膀，低声道。

应然答应着，看向祝瑾年，点个头算是打招呼，没多问什么，就跟着诸葛千惠走了，怕也是心照不宣。

“你还逍遥法外呢。”祝瑾年并不想与他多谈，冷脸道。

秋闻梵从公文包内抽出她的名片：“祝瑾年，我能说服妻子来到这里，就说明我已开始尝试用积极的态度去对待之前种种的不是。圣人云，知错能改，善莫大焉。”

又来了一位引经据典爱好者。

“虽然千惠姐的擅长方向是创伤后心理障碍干预，可你居然没有选择我这个知情人，我很意外。”她严肃地问，“邓涵希的事，你是怎么处理的？”

他很谨慎，并没有马上作答，而是低着头，似笑非笑的样子。

祝瑾年特别讨厌他这种妄图滴水不漏掩盖一切的样子。

这时，他抬头，目光冷漠固执：“你不信任我，同样的，我也不信任你。这样的关系，适合进行咨询吗？”说着，他转身往疏导室的方向走去。

祝瑾年被他呛得无话可说，独自生了会儿闷气，刚从通讯录里找出聂羽峥的号码，又悻悻放下手机。这几天他都在梳理禾诗蕊失踪案的资料，还是不要让他分心。

正烦着，手机响起，来电人是沈子平。

“小祝，你在哪儿？”他急吼吼地问。

“上班呢，怎么了？”

“工作室？”他又确认道。

“当然，我又没换工作。”

“三点半到四点之间，你在哪里？”

（2）

祝瑾年诧异，这种问法怎么跟排查不在场证据似的？“我跟我们商务总监去了趟GM房地产，你说的那个时间我们恰好在回来的途中。”

“大约半小时前，章靖鸣被一辆车撞了，现在送医院抢救。派出所的哥们刚告诉我，车牌是遮起来的，司机也捂得挺严实，怀疑蓄意。排查工作很快就会展开，我给你提个醒，让你有个思想准备。半小时前在哪里、谁可以证明，都先想清楚了。”

祝瑾年听他那语调，不仅没有一点同情，反而有种小兴奋感：“沈师兄，谢谢你。不过呢，我觉得他被撞……你嫌疑最大。”

“哈哈哈！你真是被聂羽峥带坏了，嘴上不饶人。”他大笑着说，看来心情真的很好，“我也跟你报告一下，这几天我这儿有个案子，忙成狗。半小时前我还在审犯人，全队同志都能证明。再说，我至于那样吗？要动手我早就……唉，我跟你说这些干吗，挂了。”

说真的，她也挺高兴，至少这几天出门不用疑神疑鬼、老怕被跟踪了。

她去休息室泡杯咖啡，刚好看见诸葛千惠领着应然去了心理宣泄室。她想，诸葛千惠是要让应然充分释放负面情绪，换作自己，也会先试试这种疏导方法。

祝瑾年打了个电话给曲翠霞，问了一下邓涵希的近况。除感谢之外，曲翠霞还告诉她，女儿已经通过了北方的一所名校考试，只要高考分数踩线就行。她虽觉得没上裕师很遗憾，可那所学校也不错，很欣慰了。自从决定不考裕师后，女儿的强迫症就没再犯过，她也很奇怪。

这么说，秋闻梵很可能真的收手了。

一个小时后，应然筋疲力尽地走出来，脸上还有泪痕。秋闻梵赶紧上前一步扶住，心疼地揉揉她的肩膀，她扑入丈夫怀里，表情悲切却有又一丝平静的幸福。

那二人就这么相拥而坐，看得琪琪好一阵感慨。

祝瑾年冷眼旁观，心里却五味杂陈。秋闻梵很可能就这么全身而退，跟当年的邓建刚一样，整件事让人很憋屈。

当晚，她从聂羽峥那儿听说了关于车祸的最新消息——章靖鸣虽然抢救回来了，可还没有脱离生命危险，目前，警方已经锁定了嫌疑车辆来源和逃窜方向，正在进行排查和追捕。

生活就是这样一出没有剧透的连续剧，你永远不知道下一秒会发生什么剧情，只能老老实实当个即兴演员。

"天意啊……"祝瑾年幸灾乐祸地哼了口气，使劲地切着一把小葱，像是在泄愤。

聂羽峥靠在厨房推拉门一侧，望着暖黄色灯光下她窈窕的背影。

"怪不得沈子平会直觉认为，你是最大的嫌疑人。"

她"扑哧"一笑："可我分明听说，你也被询问了。"

"不是询问，是请教。"他纠正她，"我建议他们，从章靖鸣以往迫害过的女人里头寻找嫌疑人。就你我来说，都不具备这样的仇恨度，非要对他实施这样的犯罪行为。"

这话祝瑾年不爱听了，质问道："难道我被他一再骚扰跟踪，你心里一点生气的感觉都没有？你……就不想揍他？"

"我动手的话，可能也会出人命。"他回答，"几番自我心理调试，还是觉得做一个守法公民更适合我。"

不了解聂羽峥身手的祝瑾年丝毫不以为意，把切好的小葱往锅里一撒，拍拍手："大功告成！还是自己家的锅碗瓢盆用着顺手。这次的皮蛋瘦肉粥，我敢说——"她双手竖起食指，分别往左右方向一指，瞪大眼睛，学着某节目主持人的招牌动作和语气，"完美！"

"老板娘，你卖多少钱一碗？"他笑着逗她。

祝瑾年双手叉腰："十块！"

"哦？这么便宜……"他若有所思地点点头，真的掏出钱包，找了找，抽了张五十出来，"没零钱，这五个晚上我就都住这儿了。"

祝瑾年才反应过来，这阴险的家伙说的不是碗筷的碗而是晚上的晚。她哧了一声，自顾自装了一碗："瞧你多没诚意，我明明瞅见你包里一大沓红票子，最后就掏了张五十出来，可见对我的新鲜度也不过五天。"

听她这么说，聂羽峥从善如流地把整个钱包往她桌上一放："现金、卡，所有身家都给你，包你一辈子。"

"你这是在侮辱我。"祝瑾年虎着脸把碗往他面前一放，随即笑开，一把操起钱包抱在怀里，"以后请尽情侮辱我吧！"

聂羽峥不再跟她贫嘴，尝了口粥，沉默了一会儿，点点头，竖起大拇指。

"禾诗蕊的案子……你看得怎么样了，有没有发现什么？"祝瑾年又装了一碗粥出来，随口打听道，话音刚落，她自觉失言，"这好像不是我这个局外人能问的，你可以不说。"

"破绽百出。"他言简意赅道。

"那……她现在还……还……"她含蓄地问。

"不知道。"

"唉，好吧。"

"等沈子平手头的案子结了，组织个案情分析会，可能会重启侦查。"

祝瑾年由衷地说："他肯定后悔没早点找你，若十年前就把你拉进来一起办案，说不定当年就把禾诗蕊给找着了。"

"我不是搞刑侦出身，现场痕迹、监控侦查等方面都是外行，仅能从心理学方面分析每个线索是否可靠。我敢肯定，那些人中一定有人隐瞒或者说谎，如果每个人都说真话，一个大活人不可能凭空消失。”

“你虽不是刑侦专业的，可看起来比沈子平、林睿他们靠谱多了。”

聂羽峥停箸，抬眼看了她一会儿：“你一直奉承我，是因为我还没把银行卡的密码告诉你吗？”

“偶尔说几句实话，倒被当成居心叵测了。”祝瑾年耸耸肩。

饭毕，聂羽峥绕到她身后，捏了捏她的肩膀：“夫人辛苦，洗碗这种小事，为夫代劳。”

祝瑾年刚答应，好像又想到什么，改口道：“算了，我是东道主，还是我来吧。”说着，急忙收拾了碗筷跑进厨房。站在水池边，她苦恼地看着还剩大半锅的皮蛋瘦肉粥，不知如何处理。

这时，一个声音自身后响起：“原来，‘完美’一词仅仅是形容口味，而不是分量。”

被他发现了。

祝瑾年讪笑着转身。

他不饶她，继续道：“在你心中，我们俩究竟谁是饭桶？”

她眼珠转转，狡辩道：“我这是一步到位，把明天的早饭一块儿做了，起床热一热就能吃，多方便！”

“早饭吃这么多？”他扶额，“我恐怕是养不起你了。”

祝瑾年撇嘴，戴上防水手套洗碗：“好了好了，你就别管了，君子远庖厨！”

君子远庖厨是这个意思吗？引经据典大触挑眉，没拆穿她，而是顺着她道：“君子远庖厨，小人长戚戚。”

这种混搭的句式把祝瑾年搞蒙了，转头愣愣地看着他。

“浪费可耻，不如明早我们一起把剩饭吃完？”

祝瑾年还没参透他此话的深意：“好啊，分你一半。本来我想着章靖鸣住院了，你就不用这么早起过来接我上班，现在倒好，要一起吃早饭的话，你还得起更早一点儿。”

他走到她身边，伸手环住她的腰，刻意压低了声音：“你说得很有道理，也不知道明天我们能不能按时起床。”

这下，祝瑾年忽然反应过来，横他一眼。感觉到他掌心的热度，她又忍不住脸红，就用手肘去推他，一推，没推开，他却迎上来，低头吻住了她。

祝瑾年狼狈极了：“我手套都没脱……”

他将她抱起来坐在料理台上：“我帮你。”

祝瑾年伸手等他，他脱的却不是她的手套。

“喂！”她喊道，无奈地自己扯掉手套，回抱着他，任他索吻。他指尖抚过之处，都像点燃一小团火苗，汇聚成燎原之势，令她心口滚烫，理智缥缈。

或许是今天心情太好，或许是厨房狭窄的空间增加了亲密感，又或许是被他撩拨得欲罢不能，祝瑾年感觉到那紧紧抵着自己的坚硬，脸热得不行，咬着下唇一直没叫停。

倒是他，攻势稍有停顿，双唇贴着她的耳垂：“以往到这一步，你已经喊停了……”

他记性真好！

“那就……停了吧？”祝瑾年哑声道。

“我不停。”他轻轻咬了一下她的耳垂，宣告战火重燃。

敌军势如破竹，祝瑾年无招架之力，只能趴在他肩上，又急又羞地叫：“不行啦！我家没那个！”

他会意，垂眸凝住她红彤彤的脸颊，故意问：“哪个？”

她重重捶了他一下，挣扎着要下地。

他横抱起她：“我们去买。”

“我不去。”祝瑾年指着门，“谁用谁买。”

“一个巴掌拍不响。”他放她下地，“给你一分钟整理衣服。”

祝瑾年看看他，又低头看看自己，气呼呼地想，为什么每次撩完自己，他都衣冠楚楚，而她衣衫不整甚至有时衣不蔽体？

“温馨提示，还有五十秒。”

（3）

祝瑾年站在屈臣氏门口，抿了抿唇，却迟迟没踏进去。这是离她家最近的、能买到那个东东的地方，她经常来买个喷雾、洗发水什么的，却从没想过有一天要被聂羽峥挟持着一起来买……

“怎么不进去？”魔爪搭上她的肩膀，大魔头关切地问。

“你进去，我在这儿等你。”

他与她十指交握，带着她往前走：“我不了解你的口味和爱好。”

“又不是吃的，还讲究什么口味啊……”她嘟囔着被他拉着一起走，到卖套套的区域后就甩开他的手，背过身随便拿了包纸巾在看，假装不认识他。

导购很快就迎了过来，习惯性地走向女客人，可瞥见聂羽峥，眼睛一亮，马上改变路线站在了他的身边，笑得比平时更加灿烂：“先生，需要什么帮助吗？平时习惯用哪种牌子？您看这款，是超薄的，只有0.01公分，晶莹剔透，戴了跟没戴一样，又称‘皇帝的新装’！别看它薄，但是韧性超好的，刀子都捅不破，弹性绝对没得说！”

祝瑾年憋着笑，别看导购好像在推销，可越听越像在调戏。

“有最小号吗？”

祝瑾年差点把手中的纸巾掉在地上，他这句话也不知是在逗谁。

导购的脸色变了变，带着失望的神情上下打量聂羽峥一遍，一副“可惜好皮囊”的样子，小声敷衍道：“呃……我去问问库存那边……”说着，急步离开。

祝瑾年回头看了一眼，他双手揣口袋，气定神闲慢慢浏览货架。

亏他想得出来。

“你没什么特殊的爱好吗？”他背对着她，漫不经心地问。

“我又不是你，哪有那么多不为人知的爱好。”

“真的不过来看一眼？”

“不看！”

“那我就不客气了。”他说罢，抬手看似随意地拿了一盒，转身搂住她的腰，走向收银台。

匆匆赶来的导购迟了一步，只看见聂羽峥从货架上拿了一盒 L size，搂着个女的走了。她摇摇头，心怀怜悯地想，为了面子，在女朋友面前打肿脸充胖子，真的是大丈夫吗……

祝瑾年一路低着头，走出电梯更是磨磨蹭蹭，好像脚上挂满了铅块。聂羽峥信步走着，等她开门。好一会儿，她才慢慢跟上来，不知是不是紧张，钥匙几次都没对准锁孔。

老半天，门才打开，她却缩起肩膀，像一只受惊的小鸟，带着一丝防备和怯意抬眼看了看他。

他站在门口，没有进去。

“晚安。”

祝瑾年一愣，张了张唇。

他把小盒子塞给祝瑾年，又从口袋里掏出车钥匙，很明显即将打道回府。

“聂羽峥，我……”

“放松，我不强人所难。”聂羽峥捏了一下她的肩膀，还紧绷着呢。

祝瑾年目送他走回电梯，按了向下的按钮。她微叹口气，关上门，看着手中的小纸盒，无奈地摇摇头，也不知道自己在顾及什么。

她听见电梯门打开沙沙的摩擦声，一个女声机械地报着楼层数和方向。

他要回去了。

他又一次选择尊重她的怯意。

明明对他也充满着憧憬和渴望。

迸发而出的情感像冲天而上的井喷，涌进了她的心口。

忽然，她打开门冲了出去，以百米冲刺的速度飞奔过去，奋力伸出手，在电梯门即将合上的时候按住了向下键，电梯门发出“咚”的一声，又缓缓开启。

门还没完全打开，她就探身进去，拉住聂羽峥的手臂，将他扯了出来。

“你？”他不解她此举含义，蹙眉问。

“不让你走。”她抱住他，像个不情愿被送到幼儿园的小女孩一般，蛮横地说。

聂羽峥默了一会儿。

她听见他越来越有力的心跳声。

“不走。”他说着，横抱起她。

……

祝瑾年睡眼惺忪，瞥见天已大亮，在枕边胡乱摸了一把，没找到手机，爬到床头柜边一看，聂羽峥的手机静静躺在那儿，已然八点二十。

聂羽峥从浴室走出来，正用她的浴巾擦头发。

晨光中的美男出浴自然美不胜收，可一想到自己起码要迟到半小时，祝瑾年就无心欣赏。

“我明明定了个七点半的闹钟……”

“显然没什么作用，你并没有醒。”他将浴巾搭在一边，随意向后捋了两下头发，光裸的上身还挂着零星水珠。阳光透过乳白色的小纱帘，细细洒在他结实的肩背，仿佛镀上一层银白色柔光。

既然注定会迟到，祝瑾年淡然了，被单捂着胸口，懒洋洋起身，低头一看，只见昨晚散落一地的衣物、撕开的铝箔包装什么的早就被他收拾干净了，丝毫看不出“战况”的激烈。

她伸手去捞自己的衣服，一下两下都捞不着。他见状，挑起两件衣物给她，叮嘱道：“在我还有自制力时，速战速决，否则你整个上午都别想上班。”

祝瑾年站起来，双腿发软，没好气地问：“你哪还有力气？”

他扬扬嘴角："要不要试试？"

"不试了，我九点四十有个访客，不知道赶不赶得上……"祝瑾年匆匆抱着衣服去了浴室。换好衣服，她探出头来，"我才想起来自己在为你打工！我这样敬业，你难道不感动？"

"不感动。"

"聂羽峥！"

"但我对昨晚很满意。"

满意你个头……

他的语气公事公办："满意归满意，但我不能因此对你放松纪律要求，全勤该扣的，必须扣掉。"

"你也不看看我是为什么起晚了……"她委屈道。

"为什么？"他反问。

祝瑾年语塞，瞪着眼睛看他。

"以后这样的情况将经常发生，你如果每次都以此为借口赖床……"

"经常发生？"祝瑾年一寒。

他已穿戴整齐，一副精英风范："离你今天第一个访客到来还有四十五分钟。"

祝瑾年"砰"一下关上洗手间的门，加快速度洗漱起来。

送她到工作室后，聂羽峥去了鹏市第一医院。章靖鸣躺在 ICU，意识还没恢复。

"聂组长，您怎么来了？"陈昱是这起案件的侦办人之一，刚从主治医生那里了解完情况。

"谁干的？"

"这家伙的仇家太多了，基本每个都有开车撞他的可能。初步锁定了一个嫌疑人，他女儿曾经受到章靖鸣的跟踪骚扰，这八成就是动机。"陈昱鄙弃道，"说真的，简直大快人心啊。我们走访调查的时候，没一个同情他的，都说什么为民除害啊，报应啊……不怕跟您说，我们队里但凡知道他平日里那德行的，听说这个消息后都觉得挺痛快，尤其我们沈副，当下跟中了彩票一样……”

“他现在什么情况？”

“医生下了一个病危通知书，还说，即便苏醒，他的第七节脊椎断裂导致神经损坏，下半身也就此瘫痪。反正，他以后是别想站起来了。”

“确实大快人心。”对于这个结果，聂羽峥诚实地评价。

陈昱赔笑：“积累这么多民怨，我看他很难挺过这一关了。”

他默了几秒：“最好还是醒过来。因为关于禾诗蕊的失踪案，我还有一些事需要向他核实。”

“有眉目了？！”陈昱有些激动地问。

“跟沈子平约个时间。”

“我回去马上汇报！”

“这个案子十年没有结果，很多人为此劳心劳力，拥有许多不同的见解。无论是推倒重来，还是针对某个线索继续查，都会引起一番风波。我仅提一些个人的看法，不需要太多人参与旁听。你理解我的意思吗？”

陈昱细心斟酌一会儿，重重点了点头。

几天后，得知章靖鸣的近况，祝瑾年难以置信地捂住嘴——他恢复了意识，脱离了生命危险，但是腰部以下都瘫痪了，以后别说站起来了，坐不坐得直还是个问题。

制造车祸的人很快就抓到了，是一个刚出狱的中年男人，五十多岁。他女儿被章靖鸣跟踪，导致了严重的心理障碍，他怀恨在心，跟踪了章靖鸣整整三个月，摸清章靖鸣的生活习惯。警察从他家搜出了大量照片和笔记，全是他对章靖鸣行动轨迹的分析，案发那天，他精准预测出章靖鸣的出行路线，开车等待，然后实施了报复。

这可真是讽刺，一个跟踪狂反被人跟踪，最后差点搭上一条命。

祝瑾年推开窗户，俯瞰街景，再远眺前方无尽的高楼大厦，觉得一阵清新空气扑面而来。她仿佛重获自由，不必担心背后有双眼睛盯着自己并忽然冒出来给自己一个大惊吓。

办公电话忽然响起，着实把陶醉在喜悦中的她吓了一大跳。她跑过去接起，只听琪琪问："瑾年姐，康总来了，说要见你。"

祝瑾年很确定，今天的日程里没有康坚扬这一项。

"马上来。"她挂了电话，走到前台那儿一看，康坚扬已疾步朝她走来，神情郁闷，焦躁不安。

"有没有时间？"他虽这么问，可明摆着就是一副"没有时间也得有时间"的架势。

祝瑾年看了下钟："我请康总吃个午饭吧。"

"走。"康坚扬干脆地答应了，转身就往外走。

"他妈的，就在昨晚，我又做梦了，跟以前一模一样。"

电梯里，祝瑾年听见他抱怨了一句，心里不禁"咯噔"一下，微蹙起眉头。虽然闪电是否被丈夫黑白条所害，当地公安那边还没有确切的消息，可闪电掉不掉到更深处都早已失去存活的可能，且跟康坚扬一点关系都没有，他应该已经释怀了，为什么又做了那个梦？她不禁开始怀疑，到底是看上去豁达开朗的康坚扬身上还有未知的故事，还是自己对这个梦的解析从一开始就进入了错误的方向？

"小祝，我是个生意人，非常讲究交换。钱是小事，这阵子我给了你最大的信任，可现在如果我说，我对'荒漠甘泉'，甚至是心理咨询到底能不能解决我的问题产生了怀疑，你也不惊奇吧？"

祝瑾年不卑不亢："康总，我能理解你的做事风格和对我们的质疑。我刚立志要当咨询师时，听我的导师说，心理困惑不是感冒、发烧，今天接触了病菌，两三天后就有了明显症状，打了针吃了药，再过几天就能好。它更像高血压、冠心病一类的慢性病，患上不是一朝一夕，治好更不是两三疗程就能达到的。我们得耐心，来访者更需要耐心，还有……信心。”

“如果我已经失去了耐心和信心，怎么办？”

“重新规划疏导方案，或者，推荐更适合访客的咨询师。”

一楼已到，电梯门开启，祝瑾年一手按住保持开启键，另一手盈盈一个“请”的手势。

第十九章

人格面具

/HE NI DE SHIJIE TANTAN 2/

（1）

悠扬的音乐，漂亮的 Waiter，精致的摆盘，祝瑾年挑的餐厅正合康坚扬的口味，让他焦躁的内心有所平复。

不再担忧身后有双眼睛盯着自己，祝瑾年也心情大好，拍了张美食的图片，发到朋友圈。跟康坚扬聊了几句之后，说出了自己的建议。

“催眠？”康坚扬刀叉一顿，一脸听天书的表情，“这玩意儿真有电视上说的这么玄乎吗？睡着了就什么都说出来？”

祝瑾年笑着摇摇头：“电影、电视剧里，一两次的催眠就让人的心理障碍迎刃而解，或者被催眠后做出一些不可思议的事，都比较夸张。不是谁都能接受催眠的，最多 20% 的人能被催眠成功。前阵子我们接待过一位双重人格的访客，经过两个多月、差不多十次的催眠治疗，才将她的人格稳定下来。”

“双重人格？！”康坚扬瞪大眼睛，“还真有这种人？”

“世间之大，无奇不有。”她挑眉。

“催眠对我有什么用？”康坚扬好奇地问，“催眠完了就不做梦了？”

“梦境出现时，总是一闪而过。看得出来，你对那个梦是充满排斥和抵御的，受这种情绪的影响，梦中的一切你都不想多回忆。是否还有什么遗漏的细节和重要的符号？我想，通过催眠，我们好好回忆和还原一下梦中所见，甚至，由催眠师进行引导，还能实现你跟梦中人的对话，直接问问对方——你是谁？你为什么总是出现在我梦里？你想对我说什么？”

他犹疑了一下，皱眉想了一会儿：“这……有可能吗？”

“有。”祝瑾年谨慎地补了一句，“前提是，康总属于那 20% 的人。”

他有些犹豫，一时不置可否。

“康总与我们工作室签的是咨询套餐合同，我们有义务推荐更合适你的方案和咨询师，我想推荐的就是催眠师贺昴腾。”

“可你们工作室最有名的不是聂羽峥吗？”他眯了眯眼，精光乍现，“你是他的助理咨询师。”

“聂总不做心理咨询，他负责的是心理鉴定这一块。我虽然是他的助理，可平时都是独立工作的，很少跟他搭档。”

“……”

祝瑾年脑筋转转：“我毕竟是他的助理，请他介入并非不可能，但前提是你的梦境要完完全全地还原出来，我们才能对每一个符号进行再次解读。所以，催眠这一步，要走在前面。”

“既然如此，试试吧。”康坚扬随即拍板。

“康总，我对你的咨询内容负有保密责任，如果让催眠师介入，我就必须让他了解一些你的咨询内容，你是否愿意？”

“这个无所谓，根本不是什么秘密。”康坚扬摆摆手，大度地说，“我的那些个哥们都知道我频繁做噩梦，就是他们中的一个引荐我到‘荒漠甘泉’的。做个噩梦没什么好隐瞒的，你们工作室的心理咨询师谁想知道，你就说给他听！俗话说众人拾柴火焰高，黑猫白猫抓得着老鼠的就是好猫，我巴不得你们所有人都来帮我解决这种糟心事！”

祝瑾年喜上眉梢：“康总的性格真的很豪爽！”

“我对美女向来豪爽。”他马上不正经地油嘴滑舌道。

下午，祝瑾年跟贺昴腾约了一下时间，他这一周的日程都排得满满的，考虑到康坚扬所在 GM 房地产的人脉资源，出于长远利益的考虑，贺昴腾决定加个班。

第二天，他挪出一小时跟康坚扬交流，进行了一次浅催眠。康坚扬听从指令醒来之后大呼神奇，说自己真的进入了冥想世界，而且一直很清醒，按照贺昴腾的指引走进一个魔法世界，飞在空中的马车、开满未知鲜花的屋顶，清新的空气和干燥的风让他前所未有的惬意。

贺昴腾和祝瑾年聊起康坚扬时，说："他是一个心态很积极的人，配合度很高，其实我也很想知道这样一个人为什么会做同一个噩梦。既然得到了他的许可，你不妨将他的情况跟聂羽峥说说。"

祝瑾年点点头。

正式的催眠治疗定在三天之后，在贺昴腾的引导下，半躺着的康坚扬成功进入催眠状态，一点一点将总是一闪而过的噩梦场景还原出来。

"不用感觉害怕，这一切都是回忆，我就在你身边，你随时可以得到我的帮助。你只需要看，然后告诉我看到了什么。好，我问你，眼前是什么场景？"贺昴腾问。

"是我的房间，一切都没变，就是很暗。他就站在窗户旁边！白衣服……啊，不对，我看清楚了，不是白衣服，是白色的布，很大一块，可能是床单之类的，裹在他身上，跟木乃伊似的。有血……不是血，是树的影子映在了白布上。他居然……是个男的，短头发，但是我看不见他的脸。"

"他一动不动，可见他到底是善意的，他不想吓你，或许是想提醒你什么。你可以自我介绍一下，或者，请他坐下聊聊。"

"我……"康坚扬的脑门上出了一层薄汗。

半晌之后，他说："他没有回答我，好像没听见我说什么……我该怎么办？"

贺昴腾适时指引道："你的身后有一扇门，请转身，从门里走出来。对的，一直走，你看到了熟悉的街道，看到了熟悉的人……"

康坚扬睁开眼睛，抹了一把额头上的汗：“这梦似乎没那么可怕，以前出现的时间太短，我都没怎么看清楚。这次我可是看得真真的，不是血淋淋的鬼，而是一个不知道为什么裹着个白布的男人。”

贺昴腾把玩着魔棒，对祝瑾年说：“康总既然不把咨询内容当作隐私，要我说，你抽空也向他父母、妻子这种亲近的人了解一下，还有，他的梦中人为什么只出现在他的卧室，而不是客厅、公司之类的地方，也值得好好考虑考虑。会不会是家里的什么东西引起了他在梦里的回应？”

“对，要不——抽空去我家一趟！”康坚扬马上说。

得知结果的祝瑾年心理压力忽然有点大，符号的改变意味着以前做出的推断基本要被推倒重来，闪电和黑白条的恩怨很有可能不是康坚扬频繁做同一个梦的来源。一时间，她有点乱，手边《梦的解析》一不小心掉在了地上，页码被风吹得沙沙响，弗洛伊德似乎帮不上忙。

“你干什么呢？”她给聂羽峥去了条信息。

他来了个电话：“我在第一医院。”

“别跟我说，你专程向章靖鸣推销轮椅？”

他一哂：“我有那么坏？”

祝瑾年双腿交叠，倚靠在工作室休息区的布艺沙发上，右手握着手机，左手卷着自己的头发玩。听他这么一问，她压低了嗓音，眼角几分娇俏。

“你就是坏，坏得很。”

“对你，我还远远不够坏。”

“你真讨厌。”

“真讨厌我？”

“嗯。”

“既然如此，一会儿我用轮椅推着章靖鸣去你那儿，指定你为他做心理疏导。”

祝瑾年哭笑不得：“你敢！”

“我到病房了。你继续讨厌我一阵。回头再说？”

“先忙你的吧，别管我了。”她心情有些舒缓，打算收线。

聂羽峥停住脚步：“我怎么可能不管你，这个时候找我，一定有事，说。”

“没事。真没事。”

“给我半小时速战速决，四十五分钟后见。”

“不行，知道你有正事要办。我这儿也不是什么十万火急的事，就是需要心理督导。”

“你需要心理督导，对我来说就是十万火急。等我。”

“我……”

“嗯？”

“好啦快去吧，朕等你就是了！”

“谢主隆恩。”聂羽峥带着微笑结束通话，拉开病房门时，目光恢复了一贯的沉稳冷淡。

开水沸腾的蒸气将窗户熏出了一小片长扇形的白雾，外头迎风飘扬的红旗变得模糊不清，变成了一个微微摇摆的红影。沈子平揉了揉腹部，方才为了赶时间，狼吞虎咽吃完午饭，现在胃部有些发胀。他调整了一下小风扇的位置，在木质沙发上坐下又站起，颇有几分坐立不安之态。

当时在他之后接手侦办禾诗蕊失踪案的同事、目前在市政法委执法督察处的何安邦第一个赴约，听说这个悬案有了新进展，他也显得有些急迫。一方面，他自信当年自己的工作不会有疏漏，另一方面，纵然听过聂羽峥的大名，他还是不信一个非刑侦工作者能在这么短的时间内解开谜题。

陈昱和林睿随后进来，作为沈子平现在的搭档，他们也很好奇这起看上去很普通的失踪案背后到底有什么猫腻。

聂羽峥姗姗来迟，走进办公室时淡淡环视一圈，似乎很满意这样的氛围。

沈子平快步上前：“他们说你有新发现——你知道禾诗蕊她还……还活

着吗？她到底在哪里？”

“不知道。”

聂羽峥这一个“不”字浇灭了他心头的热火，他难掩失望，颓然坐下。

省去了寒暄，聂羽峥看着沈子平：“你记不记得禾诗蕊失踪当天，见过什么人、都发生了什么事？”

“当然记得。”对于那天的一切，沈子平倒背如流，“4 月 12 日，她上午都待在宿舍，下午晚些时候，她舍友卉璇叫她一起去了图书馆，受到了章靖鸣的跟踪。禾诗蕊发现后非常生气，情绪失控，从包里掏出了一把弹簧刀。卉璇怕出事就上前劝阻，被刀划伤，禾诗蕊送她去校医院。她包扎好，出来却不见禾诗蕊，就自己回了宿舍。晚上，禾诗蕊还没回来，电话无人接听，她的舍友就拜托班里几个男生出去找，也通知了辅导员卫老师，直到第二天早上她都不见人影，几个舍友再次四处寻找打听后，向派出所报案。失踪时，禾诗蕊穿着一件 V 领毛衣，牛仔裤，戴一条白金项链。”

“这些全部得到了证实。”何安邦补充，“她的舍友们互相都能做证，在禾诗蕊失踪的时段再没有人联系过她或者见过她。十年前东南政法正好新建校区，而且那时候联网探头设置得比较少，我们只看见禾诗蕊与卉璇一起进入校医院大门没一会儿就独自离开了，在其他摄像头里也没发现她的影子。可以说，那是她最后一次出现在监控探头中。”

“资料我全部都给你了，你有什么新发现？”沈子平虽然失望，但还是想知道一些关于案件的新进展。

“你给我的资料中，有两样东西最可信、最接近真实情况，这些是其中之一。”聂羽峥搬出几个笔记本，这是当时警察们走访询问时最原始的记录，“当时执法记录仪还不普及，为了快速将与禾诗蕊有关之人提供的线索记录下来，记录在笔记本上的语句没有经过删减，事无巨细。禾诗蕊不可能人间蒸发，这些近期与她有过接触、联系的人之中，一定有真正的知情者。”

何安邦叹口气，不着痕迹地推卸掉一部分责任：“唉！聂组长啊，不瞒你说，那些东西我和子平反复看了至少十遍，也反复核实过，如果他们之中有人说谎或者隐瞒什么，怎么可能不被发现呢？”

（2）

聂羽峥沉默了几秒，这些天他四处奔走，收集有用的佐证，得到太多的信息和推论，需要好好梳理和解释。

“每个提供线索的人对警察来说都是一道几何题的点和线，也许正因为我并不从事刑事侦查，所以我将这些人当成一个完整的立体几何对待。既然是立体几何，就一定有看不见但却绝对存在的平面。”聂羽峥走向白板，用黑笔画了一个大大的三角形，又画了三条横线将它分割成三个部分，其中，中间的部分面积最大。

他指着最上层的一小块：“三角形是人的心理世界，这一块是人的意识，比如回忆、情绪、知觉等，我们能够感知到，通过感知外部世界和内心体验，我们在与人交往时不自觉会形成一张人格面具去适应别人、适应环境。走访询问时，我们面对的根本不是这个人，而是他的人格面具，他们只会说出警察想听的话——与禾诗蕊有关的信息，就是警察想听的话。”

大家不知道聂羽峥说这些的用意是什么，只能凝神认真听。

“难不成他们要说一大堆跟禾诗蕊无关的事？我们可没那么多时间听他们拉家常。”何安邦有些不解。

“问题就在这里。”聂羽峥敲了敲白板，指着三角形中间那个面积最大的部分，“这是个体潜意识，是一组被压抑的心理内容聚集在一起的情绪性观念群，每个人都无法感知，却总是存在。他们用人格面具去应对警察的提问时，潜意识悄悄运作着，让他们不自觉说出一些暴露真实情绪和想法的话，他们发现不了，事后也并不觉得自己说了什么不想说的东西。这些话通过别的内容表达出来了，也就是你说的——无关的事。”

何安邦倒吸一口气，紧皱着眉望着聂羽峥。

聂羽峥偏头示意了一下沈子平："4 月 12 日，禾诗蕊的失踪经过是由她的同学们共同诉说的，其中，舍友卉璇的表述存在着巨大的问题，于是你们将侦查重点转向章靖鸣。"

沈子平心都提到嗓子眼了："什么问题？"

"卉璇的潜意识里有一种对禾诗蕊的不满情绪，只不过这种情绪被对方的失踪给冲淡了，她自己都没能察觉，但是却不自觉被她表述出来。"聂羽峥翻到笔记本的头几页，一字一句读着卉璇的原话：

"我不知道她去了哪里，以为她回了宿舍。我的手很痛，躺在床上睡了一下下，她还没有回来，打电话也没接。我没有出去找她，手不方便嘛，有跟辅导员说。第二天我有去找她，去了图书馆，我记得昨天我把刀抢过来后，（从图书馆）出去的时候我偷偷把她的刀扔掉了，怕她再做什么危险的事……"

沈子平急切地说："那把刀在章靖鸣那里！他……"

聂羽峥抬手往下压了压，语气淡定："我在取证照片里看到了。"

他一肚子话被堵在嘴里，黯然低下头。

"她的话有问题吗？"陈昱难以置信，"她说谎了？"

聂羽峥轻轻摇摇头："她并没有欺骗警察，说的内容也确实反映了禾诗蕊失踪当天的真实行动轨迹。她知道警察想听什么，但又说了一些跟禾诗蕊无关的事，这些事自然被忽略了，所以子平……在你的记忆里，卉璇只是个旁观者。可你别忘了，她是个具有完整人格的人，她必须具备一样东西，那就是——情绪。"

"她的情绪？"何安邦觉得匪夷所思，"为什么我们要在这里讨论她的情绪？"

聂羽峥对这种质疑不以为意："卉璇反复强调了两件事，你们注意到了吗？"

沈子平撑着下巴："什么？"

“受伤的手和自己抢刀的行为。”聂羽峥抬起一只手，“警察不会关注她的手到底疼不疼和她是如何见义勇为阻止禾诗蕊用刀伤害章靖鸣，为什么她至少重复了两次这些警察不想听的东西？因为当时的她有着两个层次的心理活动——第一层，禾诗蕊划伤她后却不告而别让她心里有所不满；第二层，她直觉认为，禾诗蕊为了掩盖罪责，赶着回去收拾弹簧刀，也顺带解释了她为什么会去图书馆找寻禾诗蕊。为了对警察掩饰不满，她不自觉强调了自己血的付出。回答警察提问的时候，她也在进行自我调节，将这种不满的情绪压抑到最深处。”

林睿追问：“难道，她的不满跟禾诗蕊的失踪有关联？”

“据我所知，禾诗蕊不是一个低情商的人，卉璇被她划伤，于情于理，她都必须陪着包扎。有什么重要的事情非走不可？宿舍着火？父母急病？还是重要的面试？”聂羽峥停顿一下，继续说，“如果具备类似理由，只要她告诉卉璇，就能得到理解，可她没有。说明她是故意隐瞒自己要去的地方或者要见的人，而且紧急到连一个谎话都没时间编造。她是怎么想的？”

这句话难住了所有人，当年若能解开这个问题，案子也不会拖延十年未水落石出。

林睿搔搔后脑勺：“看上去，她就是临时起意，不管不顾地走了。”

“所有的临时起意都经过漫长的酝酿，‘临时’只是借口，在你‘起意’的时候，只会朝着肖想了一万次的方向走。”聂羽峥挑眉，“这是前不久一个双重人格案例给我的启示。”

陈昱拍了拍林睿的肩膀，苦笑着说：“我们怎么知道她肖想一万次的地方是哪儿啊……”

“从失踪前一个月禾诗蕊的行动轨迹和生活经历中找。”聂羽峥提示道，并将秋闻梵提供的线索重复了一遍，“极度自尊自信的人一旦遭受到打击，他的反应会比常人剧烈得多，甚至会在一条错误的道路上越走越远。假设我们的猜想为真，禾诗蕊2月底到4月初期间在非自愿的情况下与人发生了关系，不可能不露出任何端倪。”

“非自愿？”何安邦见怪不怪，“也许是自愿的，事后又后悔了。”

沈子平恨恨地瞪了他一眼。

“非自愿。”聂羽峥坚持道。

“你怎么知道？”何安邦质疑。

“她随身带着刀。”

何安邦说：“整天被变态跟踪，带把刀虽然不合法，但也算正常。”

“那把刀一定是为章靖鸣预备的吗？”

何安邦语塞，抿唇沉默了。

“在我得到秋闻梵提供的线索前，出于思维惯性，我也认为刀是用来防备章靖鸣的。后来，我发现了一个矛盾之处——4 月 12 日那天，章靖鸣只是忽然冒出来跟禾诗蕊打了声招呼，说了几句轻浮的话。章靖鸣的骚扰长达两年，想必禾诗蕊对这样的‘不期而遇’已然司空见惯，既然包中藏着刀，为何以前他做更下流之事时没想到掏出来自卫？是不是有一种可能——那把刀是才放进包里没多久，目的其实是防着一个比章靖鸣更加危险的人，这个人就是那个让她在非自愿的情况下失身的人？”

沈子平紧紧握着拳头，面色铁青：“我从来没有想过那把刀竟然不是为章靖鸣准备的……也没把它和失踪案联系起来。如果当时查一查禾诗蕊何时、何地买了那个刀就好了！”

何安邦眉头紧皱：“可是，这一切都是猜想，并没有证据。”

“我刚才说了，沈子平给我的资料中，有两样东西最可信、最接近真实情况。一个是原始笔记本，另一个……”聂羽峥指着另外一箱资料。

沈子平站起来一看，愕然：“这不是我最开始给你的那些……”

聂羽峥颔首：“如果我们想知道禾诗蕊失踪前一两个月的行踪，谁能完完整整说个清楚？舍友？辅导员？还是跟踪狂章靖鸣？”

大家心照不宣，其实都知道最后一个才是正确答案。

“章靖鸣前不久也被人跟踪，并且那个人正确预测出他的行动轨迹，差点把他撞死。从这起案件中，我发现跟踪狂并不是一具闻着肉香才飞奔过去的行尸走肉，他们会思考、归纳，甚至推理，这也就是为什么章靖鸣总能提前出现在禾诗蕊要去的地方，偷拍照片、骚扰或是捡一些她的丢弃物做纪念。为了掩盖罪责，章靖鸣或许会向我们说谎，可是，他拍的照片不会。”聂羽峥俯身从箱子里找出厚厚一沓照片和两张相机储存卡，“两张卡里将近1400张照片，平均下来，两年里，章靖鸣每天至少偷拍2张。根据每张照片的摄制时间，我挑出当年2月底到4月12日的所有照片细细查看……”

沈子平眼睛一亮，猛地坐直身子：“发现什么了？”

聂羽峥扬扬嘴角：“一切正常，什么都没发现。”

沈子平的心情被他弄得起起落落，都快得心脏病了。

“禾诗蕊对很多人来说，是个特别的存在，尤其是章靖鸣。他对当年的一切，或许比大多数人都印象深刻。”他意味深长地看了一眼沈子平，继续说，“难道他不想知道她在哪里？为了确认这一点，他恢复意识、伤情稳定之后，我去探望了这个特殊的伤员。”说罢，他从公文包里拿出一支录音笔，“想听听吗？”

一提到这个人，沈子平难掩厌恶，但还是闷闷地说了句：“那就……听听吧。”

聂羽峥按下播放键，一阵沙沙声后，录音笔中出现的一段对话仿佛把大家带回了他去探望章靖鸣的那一天。

（3）

房内很暗，床头柜上放着一些药瓶，一束包装精美的鲜花横躺在地上，枝折花落。聂羽峥拾起花束，斜放在矮柜边。章靖鸣看上去像是睡着了，但从紧绷的嘴角和眼皮下不断移动的眼球上可以发现，他只是假寐而已。

“你来做什么，看老子笑话？”他沙哑地开口。

聂羽峥走到窗边，将窗帘拉开一半。

“操！”章靖鸣抬手遮住眼睛。

聂羽峥回身走回来，把一沓照片扔在章靖鸣盖着的被子上。章靖鸣很不满地瞪了一眼，看到那些照片时，一愣，挣扎着想要坐起来，但是失败了。他继续爆着粗口，叫护士帮着将病床上半部分抬高，使他呈半躺姿态。

“你们真是落井下石啊，还嫌老子不够惨是吧？”章靖鸣质问道，“你们想干什么？趁我变成个残废了，再次拿这件事情污蔑我？这些照片能他妈说明什么问题？”

“禾诗蕊失踪前一个多月里，去过什么她以前不可能去的地方？见过什么你不认识的人？有过什么异常的举动或者表情？”

“操你妈的，十年了！”章靖鸣赤红着眼，毫不顾忌地乱骂着脏话，“那群笨蛋查不出来，关老子什么事？我问你十年前你老妈都去了哪里、做了什么，你他妈倒是说来听听？”

面对他的谩骂，聂羽峥不急不躁：“你想不起来，这些照片或许可以帮你。好好回忆一下，偷怕这些照片时，有没有发生过什么小插曲。”

章靖鸣愤怒地看了他很久，随意抓起一张照片看了一眼，扔掉，又抓起两三张，再次粗暴地扔在了地上：“哪来的照片！我他妈能想起什么？！禾诗蕊就是我杀的，行了吧？你叫他们枪毙我算了，至于费尽心思弄这些不知打哪儿来的东西寒碜我、给我添堵！不就是死吗？我杀人了！来呀！抓我呀！”

听到这里，沈子平一拍桌子，大喝：“听到没？他承认了！禾诗蕊就是他杀的！”

何安邦这时倒很清醒，摆摆手：“他这话怎么能信呢？”

沈子平臭着脸，重重地哼了一声。

录音继续播放着：

聂羽峥淡定的语气像是在给对方的怒火浇冰水："你能拍下这些照片，肯定对禾诗蕊的生活习惯了若指掌。我现在不是来翻旧账的，而是……"

"我拍的？"章靖鸣抽动着眼角，带着恐怖的表情"哈哈哈"了几声，"少他妈放屁，我自己拍的照片，烧成灰我都认识。我不知道你哪儿搞来的这些东西，到底想干什么？我都承认是我杀了人了，你还想怎么样，啊？！沈子平是不是就在外面等着抓我？叫他进来，有本事就他妈把老子……"

聂羽峥目光忽然变得冷厉，定定地盯着他，确认道："这些照片——不是你拍的？"

他洗出来并带给章靖鸣看的，都是当年下半学期开学后的偷拍照片，一共八十多张，来自章靖鸣相机的第二张储存卡。

"我不想再跟你掰扯这些。"章靖鸣不耐烦道，故意刺激他，"不如把你的女朋友小年年叫来，咱们仨一起愉快地聊聊？"

"章靖鸣，你刚才说的话很重要。既然你对禾诗蕊旧情难忘，就一定想知道她究竟在哪里，是死是活。十年了，难道你一点都不好奇？"

"她不是一直都在吗？不过换了个名字，叫……祝瑾年。"章靖鸣扬起一边嘴角阴阴地笑着。

聂羽峥威而不怒："这些照片只不过是你当年偷拍照的十分之一，就算否认掉这些，也否认不掉其他一千多张。何况，你的两张储存卡早在十年前就被扣留用于侦查了，你也不想想，我为什么直到今天才来确认照片是不是你拍的这种小事？"

"等等。"他叫停，"聂羽峥，你确定自己今天来的目的不是报复我？"

"报复你我需要靠这些照片？"聂羽峥的手指来到输液调速器上，目光忽然有些邪性，"我帮你调快一点，就能让你爽个够。"

章靖鸣带着疑惑打量着他，一会儿，才皱着眉头说："你信也好，不信也好，这些照片不是我拍的。我跟踪禾诗蕊也不是一天两天了，这是我对她的爱，我不觉得有什么丢人的。但我就是不明白你为什么会拿着一堆不是我拍的照片非要老子承认。哦……我知道了，想趁机嫁祸在我头上？行，这些照片你送给我，随你的便，你跟他们说，是我拍的。这样行了吗，我们伟大的聂——组——长——”

聂羽峥当下意识到，章靖鸣说的很可能都是实话。他向护士借来一台笔记本电脑，将事先拷贝在U盘里的所有照片，按照时间顺序播放出来给章靖鸣看。

章靖鸣带着诡桀的表情，贪婪地看着笔记本电脑的屏幕，好像获得了巨大的快感一样，重重地喘息着。

见他那样，聂羽峥关掉了播放器。

“你干什么？”他生气地吼。

“让你看照片，不是为了重温旧梦。”

“你是不是人？老子现在都这样了，你他妈还对我这么残忍？我命令你，把这个U盘给我，这是我拍的东西，我有权利拿回来。”章靖鸣瞪大眼睛盯着聂羽峥，非常急切地说。

“可你刚才说，照片不是你拍的。“

章靖鸣捡起散落在被单上的一沓照片：“你给老子听清楚，这些——不是，你U盘里的那些——是。”

聂羽峥垂眸沉思，将U盘属于第二张储存卡里的照片文件夹打开，播放不到五张，章靖鸣就叫了起来：“我要看刚才那些！”

“为什么不看这些，照片里的难道不是禾诗蕊？”

“这些不是我拍的。”

“现在这些照片，全部源自你的第二张相机储存卡。”

“不可能。”他斩钉截铁道。

“那么，第二张储存卡里的照片，你有备份吗？”

“还来不及备份，就被沈子平那群警察给没收了。”章靖鸣仰着头，半眯着眼睛，一身戾气忽然收敛起来，“我已经十年没有见过这些照片了……诗蕊……诗蕊……啊……聂羽峥，今天你要是不把这些照片还给我，我一定搅得你一辈子不得安宁……我就是死，也要跟这些照片死在一起……”

“你的两张卡，当年交给了沈子平？”聂羽峥提高音量，再次确认。

“不光是卡，还有我写给诗蕊的情书、我为她写的日记，我对她所有的爱，都被他们夺走了……”

聂羽峥忽然暂停了录音的播放，办公室忽然安静下来，一片死寂。

林睿目瞪口呆地看着沈子平，不光是他，陈昱、何安邦都把目光转向了一脸震惊的沈子平。听了章靖鸣的话，他们发现一个惊天的秘密——第二张储存卡里的所有照片都被人替换过，或者说，这张卡根本就不是章靖鸣的，被人偷梁换柱放进了警方的调查资料里。这意味着第二张储存卡里一定有什么跟禾诗蕊失踪相关的线索，可惜，现在已然被别有用心的人毁了。

“羽……羽峥……我……”沈子平额头上迸出几滴冷汗，神情有些恍惚，“我不知道为什么会出现这样的事，我以人格甚至生命向你们保证，我或许有偏见和私心，但……绝对没有在章靖鸣的东西中动手脚。”

现在大家谁也不敢说话，只能巴巴地看着聂羽峥，尤其是当年和沈子平搭档办案、一起收集证物的何安邦，脸色也是一片铁青，不知该不该跳出来也表个态。

陈昱和林睿面面相觑，偷偷看了一眼沈子平，互相传递了一个“现在该怎么办”的眼神。

“你们为什么这么紧张？”聂羽峥表情轻松，忽然开口道，“录音还没完，接着听。”

“U盘里的照片我可以给你，但有个条件。”聂羽峥的声音响起来。

“你跟我谈条件？”章靖鸣讥讽道，像鬼一样翻着白眼，“那本来就是我的。”

聂羽峥作风凌厉，“啪”一下把屏幕合上，作势就要走。

“站住！”章靖鸣大喝，“有什么条件，快说！”

“警方要你提供线索的全部过程——是沈子平亲自搜出你的相机，拔下储存卡带走的，还是由其他警察转交给支队？”聂羽峥顿了一下，提醒他，“若有一个字和我了解到的情况对不上，你就别想得到这些照片。”

章靖鸣死死盯着笔记本电脑，好像一闭眼它就会飞走一样。回忆了半晌，他开口道：“当我知道诗蕊失踪时，已经被隔离在宿舍之外了。辅导员陶晓伊也不知道得到了谁的授意，把我的宿舍锁了，钥匙没收，还他妈来劝我自首！自首个屁！直到那群警察把我的桌子椅子衣柜洗劫一空，我才进去。我的电脑、手机、相机、抽屉里的东西全被他们拿走了，很久之后才还我。尤其是相机，他们拿走了我的卡，只把设备还给了我。他妈的里面一张照片都没有！老子要那个相机干什么！操！我找过他们很多次，别说卡了，连照片都不拷贝一份给我。当时办案的沈子平还有一个叫什么安邦的，我操他们全家！破不了案，就把脏水往我身上泼，多少次盘问我 4 月 12 号、13 号都干了些什么、去了哪些地方、谁可以证明……到今天我才知道，原来他们在我的卡上动了手脚，不知道从哪儿弄来一张卡，装满禾诗蕊的照片，诬陷我想害她……”

“也就是说，在你和你的同学被隔离在宿舍之外以后，只有辅导员陶晓伊有钥匙，而你再也没有触碰过相机。”聂羽峥严肃地问，“有人可以证明吗？”

“怎么你的语气跟那些警察一模一样，真令人恶心。”章靖鸣回答，“你不相信我，去问问陶晓伊和我当时的舍友，想必他们都对这件事记忆犹新。”

“谢谢你的回答。再见。”

“我操！你站住，你不是要把照片给我吗？喂！聂羽峥！你不守信用！操！你……”

章靖鸣的叫骂声渐渐减小，录音也到此结束。

第二十章

你是螳螂，我是黄雀

/HE NI DE SHIJIE TANTAN 2/

（1）

“流氓！”沈子平骂道。

“对，这个章靖鸣是够流氓的……”何安邦附和。

“我说的是他！”沈子平指着聂羽峥。

聂羽峥气定神闲，抬眼看了看他：“你的嫌疑还没洗脱，就敢说我是流氓？”

“不管洗不洗脱，你都是个流氓。我刚才差点有理说不清、含冤而死，章靖鸣被你气得够呛，能不能活下去也是个问题。”沈子平挥挥手，表示这事先不计较，“从陶晓伊锁宿舍开始，到储存卡交到我们手里这段时间，只要有机会接触章靖鸣相机的人，都有可能偷偷把卡换掉，而换卡的这个人，就是禾诗蕊失踪案最大的问题人物。照这样看，我、安邦和当时所有参与办案的同事们都有嫌疑。哦……还有陶晓伊，她也有可能，毕竟只有她能打开宿舍。”

何安邦带着一丝窘迫，摇了摇头：“今天我来凑个热闹而已，居然成了嫌疑人。”

“你、沈子平和其他办案的警察都没有嫌疑。”聂羽峥笃定道。

刚才因为录音一头冷汗的沈子平听了这话，差点就要给聂羽峥跪下了。

即便如此，他还是好奇地问："你怎么知道？"

"我找到了陶晓伊，问了当时警察取证的情况。"聂羽峥说，"她说，你、何安邦和其他两个便衣进了宿舍，翻出了许多东西打包带走。两个便衣我也查了，他们资格比你们老，去之前就有过分工，电子类产品主要由你们两个年轻刑警负责提取，他们取走的仅仅是章靖鸣衣柜里藏着的一些女性内衣裤，并没有碰过电脑、相机和储存卡，互相都能证明。何安邦不是鹏市人，十年前，跟你一样是新入职的刑警，3 月底正式上班，和禾诗蕊没有过接触，理论上不可能换卡。至于你……"

沈子平知道他在卖关子，就故意不接话。

"第二张卡里的照片，时间跨度约八个月，也就是说，禾诗蕊其实不仅仅被章靖鸣一个人跟踪，章在明处，这人在暗处，她失踪前的八个月，一直被此人跟踪偷拍。明枪易躲、暗箭难防，禾诗蕊很可能就栽在他手上，所以，她带着的那把刀，防的可能就是这个人。按照惯例，警察入职前都要经过至少三个月的封闭培训。3 月底上班，意味着沈子平至少 1 月份就开始封闭，不具备偷拍禾诗蕊的时间条件，同样的，3 月底才来到鹏市就任的何安邦也不具备。你们俩都可以排除。除非……那个跟踪狂买通你们俩帮他换卡，不过这个可能性微乎其微——犯罪分子怎么可能相信警察，这么危险的举动当然是自己亲自做比较保险。"

"你说得太有道理了！"沈子平简直热泪盈眶，"我拿到卡，回局里的第一件事就是看照片找线索，可当时我看到的就是这些照片，说明卡已经被换过了！"

何安邦点头道："禾诗蕊失踪前一两个月都还被章靖鸣跟踪、偷拍，如果谁在此之前换掉他相机里的卡一定会被他发现，所以，换卡这种行为一定发生在失踪案之后，也就是 12 号到我们去章靖鸣宿舍找线索的 14 号之间。"

林睿摸摸下巴："还有个问题，为什么只换第二张卡？会不会是章靖鸣偷拍时把这个人也拍进去了？他怎么知道第二张卡中有对他不利的画面？难道第一张就没有？”

“这就是问题所在。”聂羽峥带着一抹淡笑，“值得探究的问题越来越多，意味着我们越来越接近真相了。”

“真相啊，请你来得更猛烈些吧！”沈子平双手合十道。

何安邦起身，在白板上写下“1400”，还打了个“！”。

“照片将近1400张，我记得自己草草将它们浏览一遍，就花了将近两个小时，如果要细看，得多久？12号到14号之间，谁这么有时间将照片全部细细看一遍、最后选择换掉第二卡？”

沈子平倒吸一口气：“陶晓伊？！只有她最可能！除了她，没有人能进宿舍。当时这个辅导员告诉我们把宿舍锁了之后，我还挺欣赏她，为我们省去不少麻烦，免得章靖鸣销毁一些重要证据。难道她不是为了帮我们？”

林睿撇了一下嘴，难以置信道：“一个女的，去跟踪偷拍另一个女的？”

“同性恋呗。”陈昱笑。

沈子平本想接话，余光见聂羽峥抱着双臂，好像在等他们讨论结束，就问：“羽峥，你的看法呢？”

“她有嫌疑，但不绝对是她。”

“怎么说？”

“转变一下角色——如果你们就是那个躲在暗处的跟踪狂，并且与禾诗蕊失踪有直接关系，极力想掩饰自己的罪恶。章靖鸣，一个众所周知的跟踪狂，你不知道他是否无意中拍下了和你有关的照片。这时，你有机会偷偷来到他的宿舍，究竟是一张一张浪费时间，还是干脆直接把相机里的卡换掉？其实，你不用每张都看，只要看看第一张，就知道摄于何时。你很自信，在那个时间之前，即使拍到你，也说明不了什么，但那个时间之后，拍到你时，就对你非常不利了。大学宿舍的门不是银行金库，只要想进，没有钥匙一样可以进去，所以我认为，有钥匙的人有嫌疑，但不是唯一有嫌疑的人。”

何安邦压着眉头：“如果是我，我还是会选择细细看一遍照片，找出对我不利的那几张，删掉。”

“这个人之所以没有这么做，两个原因。”聂羽峥说，“第一，他时间也不多；第二，他具备反侦察能力，明白如果自己刻意删掉几张或者拿别的照片替换，会被技侦发现。最好的办法，就是拿着一张同样品牌、同样型号相机储存卡直接换掉章靖鸣的卡，这样，既没有剪切痕迹，又节省时间。”

“但他怎么处理时间节点这个问题呢？”沈子平不禁问，“章靖鸣虽不是每天都偷拍禾诗蕊，但时间间隔也不会太久。我们当时之所以没把注意力放在照片上，就是因为第一张卡最后一张照片和第二张卡的第一张照片拍摄时间接得上，差不到一两周。这个跟踪狂怎么这么会掐时间呢？为什么他拍的第一张照片在时间上能紧跟着章靖鸣第一张卡的最后一张照片？”

“章靖鸣是个高调又不知廉耻的跟踪狂，这阵子我向他曾经的舍友、同学了解情况时，他们都能清楚地记得他当年炫耀自己偷拍照的场景，还有过类似‘拍满一张储存卡’的言论。稍微留心一下，就能知道他第一张卡的最后一张照片大概摄于什么日期。这个躲在暗处的跟踪狂心思缜密，买了跟他一样的相机，我想，为的就是哪天不慎丢失或者被人抓包，可以将脏水泼到章靖鸣身上。”

陈昱感叹：“螳螂捕蝉，黄雀在后啊！”

“这个黄雀隐藏得太深了，直到今天，才浮出水面！”沈子平咬牙道，“到底是谁呢……难道线索到这里又断了？”

大家不约而同地看向聂羽峥，连一开始不怎么相信他的何安邦都静静地等着他开口。

“顺着陶晓伊这条线查下去。”他没有辜负这样的期待，沉声道，“我在交谈过程中发现她善于推诿责任，人云亦云，缺乏主见，做事被动，从她的描述中，我发现一些不合常理之处，但为了不打草惊蛇，当时没有追问，现在，就交给你们——她及时锁宿舍这样的行为看上去是在帮警方破案，但其实心理暗示的成分更多，这样一来，不光警察，连同校的老师、学生都会认为章靖鸣有嫌疑，在回答警方询问时，就会不知不觉提到章靖鸣，不断强化‘他有重大嫌疑’这件事。翻翻笔记本，那些当年被警方询问的人，没有一个不提章靖鸣。你们注意到了吗？陶晓伊竟然在警方不确定禾诗蕊是走失、被拐卖还是被人杀害的情况下劝章靖鸣自首。就算现在，恐怕在座的任何一位都不敢也不可能仅凭自己的猜测就叫他去自首。陶晓伊可是一个法学院的辅导员，难道连无罪推定这种简单的概念都不清楚？”

“我们马上去查！”陈昱和林睿血气方刚，当下就站起来要往门外冲。

“慢着。”聂羽峥叫住他们，“我们的对手是一个非常狡猾、善于掩饰的人，很有可能具备以下几个特征：一，他就是章靖鸣或者禾诗蕊的‘身边人’，很熟悉他俩其中一位的情况。二，他在某个方面、某个领域具有一定的权威性，很容易就让人卸下防备，这就是心高气傲的禾诗蕊会在毫无防备的情况下与他发生关系的原因，性别、职业、学历或者某些特长等都可能成为他掩饰的工具。三，他有机会进入被锁的宿舍，乔装打扮也好，破窗而入也好，陶晓伊或是他的帮凶，或就是陶晓伊本人，一定要让陶晓伊说出12号到14号两天内章靖鸣宿舍的进出人员情况，包括她自己，并一一查实。这些是我从犯罪心理角度出发提供的几个侧写，更加专业的刑事侦查还得靠你们。”

沈子平起身，重重拍了拍聂羽峥的肩：“谢谢你，真的……非常感谢你。”

“感谢一个流氓？”

沈子平被他打败，苦着脸赔笑：“你还真记仇……我错了还不行吗？案件有了这么大的进展，我有空一定请你……哦，还有小祝吃大餐！”

聂羽峥不以为意：“十年过于久了，虽然我们有了方向，可不代表能查出来。当你一无所获、郁闷难当时，欢迎来‘荒漠甘泉’。”

“嘁！我才不给你们赚钱的机会呢。”沈子平信心满满。

（2）

一个十来岁的访客和他的家长一起离开后，祝瑾年关掉沙盘游戏室的空调，关好门出来，余光见前台的琪琪一直冲她招手。她定睛看去，只见琪琪带着奸笑，指了指前方。视线被墙壁挡着，她快走几步，才发现好一阵子没出现在工作室的聂羽峥悠然坐在单人沙发椅上，一旁的小几上竟然还放着一束花。

大家都已对他俩的关系心照不宣，走过路过，尽量平静地和聂羽峥打招呼，按捺下心中的八卦魂。

“聂……”祝瑾年开口，很快声音就小了下去，有些尴尬，调整一番，大方地走过去，微笑道，“你怎么来了？”

“手头的一项重要工作暂时告一段落，来视察视察你的工作情况，顺便接你下班。”聂羽峥起身，自然地将花束放进她的怀里，“好几天没接你下班，我有点不习惯。”

“我知道你最近很忙。”

杜格致拎着公文包出来，先是一怔，垂眼扬了扬嘴角，面色平静地走过去，一语双关道：“冷不丁被你俩虐一把，改天罚你们请客赔我的精神损失费。”

祝瑾年回以微笑，杜格致扬扬手告别，没暴露出更多的个人情绪。他总是这样知进退，顾全他人感受，对她的那点小意思也如同已经融化的坚冰，表面上让别的同事看不出什么端倪。祝瑾年借口回去拿包，避免了三人同乘一部电梯。

少顷，祝瑾年跟聂羽峥一起走进电梯，低头看着花束，眼中几分惊喜和羞怯。淡蓝的绣球、粉雪山玫瑰、白乒乓菊，色调清淡雅致，又有种萌萌的美感。

“做了什么亏心事，怎么想起要送束花儿给我？”

“这些日子冷落你了，向你赔罪。”聂羽峥诚恳地说。

她有点得意，故意挑眉说：“其实我这几天也挺忙的……还真没想起过你。”

“忙什么？”

“当然是解决访客的困惑喽……”说到这个，祝瑾年有点心虚，“不过，也遇到些让我觉得困惑的。他性格挺开朗的，有点大大咧咧，而且并不介意把自己的求助内容告诉别人，不仅如此，他还很希望集思广益，让更多的人帮他解决噩梦问题——他就是我以前提过的小 K。”

她把康坚扬的求助过程和近况说了一遍：“我们都以为公安局对闪电之死立案后，他常做的梦就会随之消失，可那个梦就像痼疾一样，时不时又冒出来。他来了好几次，交谈也好，心理测试也好，甚至催眠，都很难触及那个梦产生的根源。他的原生家庭没什么缺陷或者问题，从小到大经历的挫折并不多，内心跟他表现出来的状态很一致，甚至可以说，他是来访者中最阳光、最想得开的人，跟他熟了之后，交谈、相处都挺惬意的，我有点糊涂了，那个梦到底该怎么解？”

“你特别欣赏他？”

这关注的重点好像有点偏了吧？祝瑾年诧异地转头看看正在开车的他。

他伸过手来，屈起食指，准确地在她鼻梁上刮了一下。

“我都快要怀疑他家是不是风水不好了！”祝瑾年摇摇头，“他家可是住在那个高官名流聚集的豪宅区，绝不可能出现风水问题，再说，一开始他也请了风水师傅……”

“封建迷信。”

“还是要相信科学，但用科学怎么解释呢？”

“这个土豪到底住在哪里？”

“我想想……呃……好像是叫‘逍遥游’。”

聂羽峥眉头轻轻一压：“南山的‘逍遥游’？”

“对，就是那里。我听康坚扬说过，好几千万的房子啊，一下子就都卖光了，但直到现在，入住率还不是特别高。鹏市的土豪们就是买着玩，有钱就是任性。”祝瑾年厚颜向他求助，“我们不是搭档吗？助理解决不了的问题，你这个主心理师是不是考虑伸出援手，嗯？”

“你知道我很久不做心理咨询了。”

“你究竟为什么放着赚钱的机会不干啊……”祝瑾年哀怨地说。

“你为什么选择做心理咨询师？”

祝瑾年心不在焉，随口回答：“我八卦。哦——我知道了，你不做咨询的原因很可能是……”她压低了嗓音，故意学着他一贯的语气道，“‘我对别人的八卦没有兴趣。’——对不对？”

“心理咨询只能听到一小部分八卦，心理鉴定和分析能听到所有八卦。这么回答，祝老师满意不满意？”

“你就哄我吧。”

“我答应你。”胃口吊足了之后，聂羽峥松口，若有所思地说，“你跟他约一下见面时间，我也很想见识见识几千万的豪宅。”

祝瑾年见他这么干脆，调侃道：“有钱能使鬼推磨啊……”

他笑得十分狡猾：“早就说过，某个学艺不精的助理留下烂摊子，我不得不收拾收拾。”

“那我就替他谢谢你了。”她赶紧捧场。

“你现在是为了另外一个男人来求我？”

“人家早就结婚啦！”祝瑾年翻个白眼，“而且我是为了工作室的良好形象和求助者的内心困惑着想，他是男的女的对我来说都一样。”

他长长地“哦”了一声。

祝瑾年哼了一声：“你别只顾着讽刺打击我，毕竟呢，我这儿还没出现过什么移情现象。可某人就不同了，不光被移情，还不明不白被许多不明真相的群众当成已婚人士。”

“祝瑾年，你在这件事情上真是伶牙俐齿，我说不过你。”

“哈！哈！哈！”她干笑三声。

“所以我不准你再说。”他话音刚落，就趁着停车等红灯的间隙松开安全带，吻住她的唇。

绿灯亮起，祝瑾年揉揉下唇，嗔怪地瞅他一眼，又无奈地摇摇头："我原本看你今天心情特别好，怎么没说几句就吃大醋呢……禾诗蕊找到了吗？"

"我心里有个猜想，但没有充足的证据。所以，我把自己初步的判断告诉了沈子平，相信他们会利用侦查手段查清楚，到时候，再去证实我的猜想也不迟。"他淡定地扶着方向盘，"禾诗蕊身在何处仍旧是个谜，毕竟十年了，一半靠人为，另一半靠运气。即便找到了，对沈子平来说也不见得是件好事。"

"对男人来说，是不是得不到的永远是最好的？"祝瑾年语带嘲讽地说。

"这个问题我从来没思考过。"聂羽峥停顿一下，目光移到她身上一秒，又补了一句，"毕竟想得到的都得到了。"

"不愧是研究心理的，自我调整能力就是强。有些东西眼见着就是得不到，你干脆就不想。"她故意抬杠，"比如——几千万的豪宅。"

聂羽峥不疾不徐地打着方向盘："既然你这么说，待会儿鄙人就带你去寒舍参观参观。"

"你那儿怎么能叫寒舍呢？"她接茬，"应该叫猫舍。"

"你说猫舍就猫舍……猫舍缺一个饲养员，你考虑考虑？"

祝瑾年撑着下巴，转头看窗外的风景："那我就考虑考虑。"

听了这话，聂羽峥的嘴角浮现一道浅浅的笑纹。

林睿急吼吼地推门进来："沈副，我们回来了！"

沈子平的目光从电脑屏幕上移开："怎么样？"

"聂组长上次说得没错，这个陶晓伊没什么主见，听风就是雨，习惯性地按照别人的要求和吩咐去做，基本不动脑子去思考，而且，不断地把责任推到别人身上，总是强调自己是个执行者。她跟我们说了锁宿舍的原委，是他吩咐的——"林睿指着记录本上的一个名字，"劝章靖鸣自首，也是他的建议。章靖鸣那届原本的辅导员生孩子去了，她是临时带的这个年段，出了这种事，她心里面很慌张，收走章靖鸣的钥匙之后就急着去找其他的舍友，我问她走的时候，门到底关没关，她不愿意正面回答我，后来说关了，表情却很不自信。我觉得问题就出在这里，万一门没关上呢？最后，她向我们保证，锁宿舍之后绝对没有人来找她要过钥匙。”

沈子平皱眉盯着那个名字，有些愕然。

“沈副，下一步，我们查什么？”

沈子平回神，心里深感事件的复杂，却不得不接着查下去：“聂羽峥说，播放第二张储存卡照片时，章靖鸣看了没几张就发现不是自己拍的，这说明这个跟踪狂的头几张照片是‘独家’，连章靖鸣都没有拍到过。我记得前十张照片内容为禾诗蕊参加学院迎新晚会时的一个歌唱节目，每个学院的迎新晚会都会全程录像，而且刻成光盘，发给每个参与者。林睿，你跟小高、强子一组，联系那一届的校友，找一找谁还保存着光盘，着重看禾诗蕊登台时台上台下的镜头。陈昱跟阿铁、大竹一组，负责看禾诗蕊失踪前后的监控录像，但不是要你们找禾诗蕊，而是找这个人……”

他用笔在记录本上点了点，接着说：“找他以及他的常用交通工具，进出的时间、身边的人、是否有异常的举动或者其他你们认为可疑的地方，一帧一帧给我仔细看好。”

“是！”

（3）

周日十点，太阳已是猛烈，祝瑾年下车后手搭凉棚好奇地环视一圈，心里赞叹道，不愧是顶级豪宅区，既有欧洲小镇一样的异国风情，又有曲水流觞一般的闲情雅致。随后从驾驶座上下来的聂羽峥只简单扫视几眼，眼中毫无像她一般的向往欣羡之情。

他几年前曾随专案组来过这里，向死者曾大强的工友了解其人秉性，也正是某个工友告诉警察，见过曾大强和曹义黎私下见面，还产生了什么争执。如今三四年已过，“逍遥游”别墅区完全建成，曾大强被杀案尘埃未定，曹义黎不知所终。

“你们好！聂总，久闻大名，欢迎欢迎！”康坚扬远远就打着招呼，快步朝这里走来，他身边跟着一位身怀六甲的女子，想必就是他老婆元蓉。他一边带二人往家里走，一边介绍沿途的小楼都归谁所有。

“省财政局常副局长的儿子住这儿……那个是 KIE 集团亚洲首席执行官 Arlen 的家……那栋，嘿嘿，住着地球电子城邓总的两个小情儿，两个！啧啧啧啧……”

“真是麻烦你们大热天的跑一趟了，我跟他说了多少次，做个梦而已，根本不算什么，竟然还跑去心理咨询。我还经常梦见自己在高考呢……”元蓉边走边说，眼神憨厚，看上去毫无心机，听康坚扬说过，他们是青梅竹马。

“你懂什么，这叫潜意识的投射！潜意识——你这高考就考四百多分的，能理解吗？”康坚扬哈哈大笑，搂着老婆的腰，“待会儿到主卧去，我指给你们看。”

说话间，已进了小院。

院里零星种着稀奇古怪的树，一看就知价格不菲，一个狗屋坐落在院子一角，看上去已经废弃。祝瑾年问：“康先生原来也养过狗？”

康坚扬解释：“刚搬进来时我们养了一只金毛，小蓉实在受不了它成天没日没夜地叫唤，送人了。”他伸手往小水池里一点，嘲讽地说，“后来她就养了只乌龟，安安静静的，从来就没听它开口过，呵呵！”

进了家门，康坚扬吩咐保姆去泡茶，自己则带着聂羽峥和祝瑾年到位于二楼的主卧，一进去就躺在床上，然后指着一个方向说：“就在那边——”

祝瑾年走过去：“这儿？”

“对……”康坚扬起身，探头看了一眼，见元蓉还没上来，就要嘴皮子道，“哎呀，如果是一个像你这样的美女站那儿出现在我梦里就好了，打死我，我也不去心理咨询，还巴不得这种梦多做几次。”

祝瑾年有点尴尬，只能干笑两声，去看聂羽峥。只见他已走到她身边，四下看了看，最后目光落在飘窗外某一点上。她顺着他的目光看过去，不禁问：“那一小片杂草地是怎么回事？”

康坚扬家的小院除了种树种花之外，都像足球场一样铺着青青的草皮，唯独那一小片地方草叶稀疏，中间一个凹陷，像是曾栽种过的痕迹。

元蓉这时上来了，让保姆把泡好的红茶给二位客人，一听祝瑾年这么问，就替康坚扬回答道：“那个（地方）是被人坑了，种了一些乱七八糟的东西，又贵，还种不活……”

“好了好了，这种事有什么好说的。”康坚扬摆摆手，“人家来是解决我做梦的问题，不是农林大学老师来教种树的。”

“我早就说过，你做梦就是因为被人坑，心里憋的。你就是不信。”元蓉翻个白眼，转身要走。

“小蓉——”祝瑾年马上叫住她，“你为什么会这么说？”

“你不知道他——烧钱烧得多厉害，弄那些树葡萄、罗汉松、牛奶果什么的种在院子里，树苗水土不服就给挂‘吊瓶’，烧钱养着，还是养死了两三棵。也就那几棵树葡萄长得好，他的狐朋狗友来做客都夸个不停，他就来劲了……”

祝瑾年想起那次催眠时康坚扬说白衣人身上的暗影原来不是血迹，而是树影，眼睛忽然一亮，赶紧问：“后来呢？”

元蓉带着一种恨铁不成钢的表情：“我叫他不要种了，他倒好，树是没再买了，改买花苗。他一个朋友忽悠他买‘四色茶’，一株苗就是四万。第一株种死了，叶子都快变成白色了！又买一株，又死了。来回种了四次，花了十二万，竹篮提水一场空。我好说歹说不让他种了，他还跟我生气，后来他自己听说那朋友在外头欠了赌债，才消停下来。那边就一直荒着，什么都没种。”

康坚扬觉得面子挂不住了，皱着眉头解释：“我那朋友好歹也搞了那么多年的园林公司，四色茶本来就这个价！我也把死掉的花苗丢给他了，他们的专家不是化验过了吗？说没种活是因为我们这里土质不好，含碱太高，根系吸收不了营养，要不怎么他卖给隔壁老王的都开得好好的？人家也配了硫磺粉、松针土过来，你要不嫌麻烦，要不就嫌脏……"

祝瑾年看着这夫妻俩拌嘴不停的相处模式，不禁想起自己和郝易期的过往，也是这般动不动就打个凶狠的嘴仗，不是自己气个半死就是他气得冒烟。和聂羽峥在一起后，抬杠常有，斗嘴常有，却很少真心生气过。

聂羽峥静静听这夫妻俩拌嘴，目光又在飘窗外定了一会儿，转头对祝瑾年说："跟我下去看看。"

祝瑾年回神，紧跟着他，低声问："难道那梦跟他种花有关？这是什么原理……"

康坚扬不明所以，也跟着下楼。

聂羽峥站在一小片荒地上，表情凝重。元蓉慢悠悠走过来，好像有意跟丈夫唱反调道："他在这里种四色茶的时候，到了晚上，射灯往上一打，影子就刚好落在我们卧室对面那堵墙上，就跟个鬼似的，我跟他说了好多次，不要再烧钱，他跟我赌气，树啊花啊确实不种了，任这里荒着，也不让打理，像牛皮癣，真难看！"

祝瑾年想起弗洛伊德在《梦的解析》里说过，梦境的内容大部分来自于最近的经验，尤其入睡之前的经验。如果元蓉经常在康坚扬面前讲树影映在墙上像个鬼，那么他半夜做那个梦就可以解释了。

"康总介不介意重新整理整理院子？"聂羽峥问。

康坚扬一愣，求助似的看向祝瑾年，明显是觉得聂羽峥被元蓉说动了。

祝瑾年犹豫着要不要问个明白时，只听他又说："如果康总对整理完的效果不满意，所需工钱就都由这位祝小姐承担。"

她无语，暗地里捶了他一下，他反手握住她的拳头，安慰性地揉了一揉。

"是啊老公，连两位咨询师都这么说了，你就叫人来整理整理嘛……"

康坚扬对这么点工钱根本不在意，为了哄老婆，只能答应着："行，我叫人来弄一弄就是了，松松土，施点肥，种上草皮，可以了吧？"

"这还差不多。"元蓉高兴起来，挽着他的手笑道。

聂羽峥非常郑重地建议："种草皮的事以后再说，松土——必须马上进行。"

"这是……为什么？"康坚扬忍不住问，"难道问题不在我屋里？"

聂羽峥默了几秒，说："很巧，我平时有空也在院里打理几棵花草，对园艺略知一二。我们一路参观，'逍遥游'内别人的院子里种的都是常见的喜酸树种，几乎不用打理或者改造土壤，就能长势喜人。你院里的那棵罗汉松长得也不错，据我所知它就是喜酸土壤的树种，说明你院里的土壤不太可能碱性超标。如此一来，只有两个可能，一，你的朋友真的在坑你，二，你院里只是某小部分碱性特别高而其他部分仍旧是酸性土壤。后者的可能性大一些。"

康坚扬蒙了，谨慎起见，马上叫过保姆："你打电话叫几个工人过来。"

半小时后，三个黝黑高壮的汉子来了，为首的一个粗声问："哪里要松土？"

聂羽峥踩踩脚下："深挖下去。"

"深挖？"

"挖。"

三个汉子二话不说，抡起手中的锄头和铲子就开干。

康坚扬为元蓉打着遮阳扇，远远站在水池旁喂乌龟，吆喝道："嘿！要不要分工一下，就那一片要松土吗？"

他的声音淹没在工人热火朝天的铲土声中，聂羽峥没有让他们分工的意思，工人们也就继续挖下去。

祝瑾年擦擦前额冒出的汗，看看被刨出的大坑，凑近他："你有把握吗？"

"我父亲曾种过两株四色茶，用石灰改造土质时，下手狠了，也没能种活，叶片上出现一片一片的白斑。康坚扬种花的那个地方杂草少，而其他地方……”聂羽峥用下巴指了一下院里其他几棵树下，“——杂草旺盛。他的院子不过一二百平方米，这么小的范围内，大自然再怎么鬼斧神工，怎么可能出现一块区域碱性过高、几乎种不活植物，而其他区域为正常酸性土壤的土地？”

三个壮汉挥汗如雨，挖得速度很快，临近中午时，院子里就出现一个大坑，再几锄头下去，工人们发现了一丝异样：“老板，这底下好像有什么东西啊……硬邦邦的……”

“不会是金矿吧？！”元蓉双眼发亮。

康坚扬不屑道：“金矿？还石油呢！”

祝瑾年一听，走上去想一探究竟，聂羽峥忽然挡在她跟前：“你跟她到屋里去。”

“……为什么？”

聂羽峥有所保留地说：“一个孕妇，相信你也不希望她失足掉坑里。”

祝瑾年张张嘴，又咽下想要出口的问句，转身挽住元蓉的手：“这儿太热，我们还是进去吧，万一中暑了，你能吃药吗？”

元蓉无奈，只好进屋。

康坚扬疑惑地看了看聂羽峥，只见他跳下深坑，伸手将泥土往两边拨了几下，露出一块好像是塑料袋的东西，他按了按，跟工人说了些什么，工人们就继续再挖了起来，但动作都轻了许多。

聂羽峥注视着坑底，目光带着一丝冷峻。

第二十一章

这世间可有魂灵的?

/HE NI DE SHIJIE TANTAN 2/

（1）

一会儿后，一个工人拿了把修枝剪下去，聂羽峥剪开那个露出一半的、脏兮兮的黑色塑料袋，里面还有一个灰白色的、不知道是什么的袋子。

康坚扬跪在大坑旁边，探身往下看，豆大的汗珠不断滚落，他无暇去擦，只觉得有什么不得了的事即将爆发，只一个劲儿地问：“那什么？那是什么？”

第二层袋子剪开，露出一层灰褐色的破布，一股古怪的味道腾空而起，几个工人面色悚然，不自觉往旁边让了一下。当聂羽峥剪开那层布，好奇的工人们忽然倒吸一口气，之后手脚并用惊慌失措地往上爬，嘴里乱喊着——

“死人！日了个X！里头有死人！！”

康坚扬双腿一软，一屁股往后坐在草地上，心跳得飞快，眼前白茫茫一片，不断地眩晕。

“报警。”聂羽峥的声音从下传来。

康坚扬手忙脚乱拿出手机，按下“110”，他根本不晓得自己在说什么，不受控制大吼着跟接线员对话，一问一答，说得语无伦次又心惊胆战。余光瞟见，那大坑的位置斜对着二楼主卧的飘窗，他又清晰地想起了多次困扰自己的梦，那被白布紧裹着的身体，僵硬的站姿，看不清相貌的脸庞，暗夜中鬼魅一般的乍影……再然后，耳边响起鲁迅先生《祝福》中祥林嫂那一遍又一遍的唠叨——

“这世间可有魂灵的？”

恍惚中，似还有个女声在叫他，还来不及挂断电话，眼前突然一黑，就什么也不知道了。

“沈副，禾诗蕊所在的政治与公共管理学院原副院长曹义黎有重大嫌疑。”林睿午饭也顾不上吃，冲进食堂把沈子平拉到走廊上。

沈子平不是没想过这个结果，但还是微微一怔，眉头也随之皱起。

当初，建议陶晓伊锁宿舍并怂恿她劝章靖鸣自首的，正是曹义黎。而他，也恰恰符合聂羽峥提供的几个嫌疑人特写——章靖鸣或者禾诗蕊的“身边人”、在某个方面某个领域具有一定的权威性、有机会进入被锁的宿舍。

林睿说：“我们找到了校友保存的晚会光盘，能从那个角度而且前面只有一堆鲜花阻挡的只有校、院领导就座的第一排，禾诗蕊登台时，有个镜头扫到了那排，两三个领导恰好举着相机拍照，画面我们做了清晰处理，只有曹义黎的相机跟章靖鸣的一模一样，角度也对。陈昱他们还在看视频，我就又跑了趟陶晓伊那儿，让她无论如何都要回忆起锁宿舍的一切经过。原来她不是锁了宿舍就走，中间有一个插曲。”

“什么？”沈子平追问。

“她当时在政治与公共管理学院读研三，临时接替法学院辅导员，所以对本院的副院长曹义黎是很遵从的。禾诗蕊失踪消息一出来，曹义黎就以关心进展、帮助警察为由，叫她锁掉章靖鸣的宿舍。她早就知道章对禾的那些举动，也没觉得有什么不妥，就很听话地向宿舍里住着的几个人索要钥匙，并叫他们去别的宿舍拼床，还不让他们进来拿生活用品。关键是，曹义黎在这个过程中并没有走，和她一起在宿舍里等几个学生回来，还随意聊了几句，聊什么内容她实在想不起来，只记得，章靖鸣最后一个回来，可能听说了锁宿舍的事，磨磨蹭蹭一直没上楼，曹义黎怀疑他想畏罪潜逃，就让她去劝他自首，她没多想，就下楼去了，到底有没有锁门，她至今记不清楚，说自己找到章靖鸣、没收钥匙再回去时，门已经锁了，曹义黎站在外面，口气很严厉地问了章靖鸣一些问题。她又进去看了一眼，确认没有人躲在里面，就这么一直锁到你、何安邦等几个人去检查，其间，几把钥匙都锁在她单人宿舍的抽屉里。”

沈子平点点头：“也就是说，从她决定锁宿舍开始到我们进入宿舍，真正进去过的只有她和曹义黎。其中，她下楼找章靖鸣拿钥匙再回来这一段时间里，曹义黎如果‘有备而来’，完全有可能换掉储存卡。”

林睿摸着下巴，喃喃道：“可是这个曹义黎现在……他和禾诗蕊到底是怎么一回事……”

“禾诗蕊失踪前曾联系过曹义黎，所以我们当时也询问了他，一切看上去都很正常。”沈子平懊恼道。

“可是聂组长好像对曹义黎的回答有点看法，沈副你看——”林睿翻出笔记本，指着聂羽峥用铅笔画在那几行字底下的波浪线。

“哦？他什么时候画的，真有先见之明。是不是因为曹义黎也是下落不明，所以对人家特别关注？”沈子平微微一笑，拿过笔记本看了一眼。

4 月 16 号：

问：禾诗蕊给你打了两次电话。她找你有什么事？

曹义黎（公共管理学院副院长）：我基本没跟她接触过，所以没有她的手机（号码），怎么，她给我打了两次电话？我怎么记得只有一次……哦，没什么事，就是对我表示一下谢意，她被评为我们院优秀毕业生。很有礼貌的一个小姑娘。学生失踪，我们学院还没有出现过这种事，希望你们尽快把她找到。我知道一个——叫章靖鸣，不确定是不是这个人，大家都这么说，或许你们可以查一查。

聂羽峥在“我基本没跟她接触过，所以没有她的手机（号码），怎么，她给我打了两次电话？我怎么记得只有一次……”“她被评为我们院优秀毕业生”和“我知道一个——叫章靖鸣，不确定是不是这个人”，几行字底下画了波浪线。

沈子平沉默一阵，哼了一声后道：“他 4 月 13 号就到法学院叫人锁掉章靖鸣的宿舍，15 号接受询问时居然还来了一句‘不确定是不是这个人’……”

“沈副，那年的优秀毕业生中有禾诗蕊吗？”林睿疑惑道，“我查了那年的名单，里头没有她的名字。”

“听说正是因为她失踪，临时去掉了。”沈子平随口一答，又自觉有些不对，一拍脑门，“现在想想，这个决定也太轻率了。为了方便大家求职，优秀毕业生之类的荣誉差不多都是 4 月中旬、下旬评出来的，他们怎么就能在学生下落不明没几天的情况下就把人家除名？万一人家自己又回来了呢？直到现在，禾诗蕊都没被确认死亡，更何况是当时？”

“这么一想也对……组长画的其他句子是什么意思？”

沈子平掏出手机：“问问就知道了……喂，羽峥，在干吗呢？嗯？你逗我呢？”他带着吃惊的表情捂住手机下端，瞪大眼睛跟林睿说，“他说他发现一具尸体，二队和技侦已经过去了……”

林睿也是一愣：“怪不得我回来的时候看到二队几个人匆匆忙忙跑出去……”

沈子平啧啧两声，接着打电话：“你见惯了大场面，现在情绪应该还算稳定，尸体啥的就交给二队他们吧，我们一队更需要你。你说说，在曹义黎的回答下面画那些个记号，是什么意思？”

聂羽峥默了几秒，却没有正面回答：“曹义黎果然有问题？”

“你早就知道了，为什么那天不一块儿说？”沈子平咬牙道。

“有怀疑，没证据。看样子你们已经找到了线索。”他的语气中透着一丝狡猾。

“算你狠！你到底从那几句话里发现什么猫腻？”

“跟禾诗蕊的舍友卉璇差不多，他说了太多废话，这些话对你们来说不是线索，但对自己而言都至关重要——他在极力撇清自己和禾诗蕊的关系，仿佛她就是个陌生人，他不认识、不熟悉、不知情。禾诗蕊与他的交集不仅仅是一两次通话这么简单，是因为他有所保留，当时才没能引起别人的注意——他并非没接触过禾诗蕊，据我所知，禾诗蕊曾向本院领导反映过自己受章靖鸣骚扰一事，曹义黎也是其中一个。关于这一点，你们可以找他的妻子郑文秀了解一下。不知是出于什么考虑，曹义黎隐瞒了这件事，禾诗蕊、章靖鸣，在他口中就好像个没见过几次面、连名字都想不起来的陌生人。”

“问题是曹义黎他……就算证实和他有关，我们又去哪里找他和诗蕊！”

聂羽峥无视他的抱怨，忽然问：“曹义黎和禾诗蕊如今都下落不明，这是巧合还是另有隐情？”

沈子平焦躁地抓抓头发。

“如果另有隐情，那么这个‘隐情’恐怕非常惊人。”

“我都不敢想了。”沈子平说，“看来还得去找找曾大强被害案的档案……对了，坊间一直传言你是曹义黎洗白的最大希望，你当年究竟……”

“我只对曹义黎的所谓犯罪动机提出过质疑，因被人勒索愤而杀人，之后放火毁尸灭迹，但居然把自己的车丢在案发现场附近，不符合一个正常人的心理逻辑，除非当时他已经疯了。而且，他们一直没找出曹义黎具体因为什么事被一个临时工勒索。我虽然参与办案，但总觉得遗漏了什么关键环节，刑侦毕竟不是我的专长，不可能凭一己之力为曹义黎洗白，况且，他究竟白不白，还是未知数。”

沈子平呵呵一笑，故意打趣：“可惜某位姑娘，一番深情白付了啊……”

话都还没说完，聂羽峥就毫不留情地把电话挂了。

（2）

“老公！老公！”

康坚扬迷迷糊糊睁开眼，发现自己正躺在客厅的红木沙发上，后脑勺和肩膀被硌得生疼，一股冲鼻的药味萦绕在鼻尖，挥之不去。

“你可醒了！我们家出大事了！”元蓉双眼通红，明显刚刚哭过。

“出什么……”话刚出口，迷迷瞪瞪的康坚扬忽然反应过来，刚才一切并非做梦。他猛地坐起来，忽而感觉胃里一片翻江倒海，好在一旁的保姆眼疾手快，捧着垃圾桶接住，他吐得苦胆水都出来了，才脸色苍白地瘫坐回沙发上。

家庭医生小蒋安慰道：“康太太，康总就是中暑，药喝了就没事了。天这么热，水一定要多喝。”

“手机给我！”康坚扬并不消停，虎着脸命令道。

保姆赶紧递了过去，他一个电话打了出去：“快，叫搬家公司过来，老子下午……不，现在就他妈要搬家！搬去哪儿？老子名下五套别墅呢，随便搬！只要离开这个鬼地方！越远越好！”

元蓉含着泪，一个劲儿点头，看来这回他俩的观点终于达成了一致。

祝瑾年感叹，有钱真好。

“聂总……”康坚扬支撑着站起来，踉跄着走到聂羽峥面前，像普通朝鲜市民见了金三胖一样，发自内心的激动和感恩，“我真是……太感谢你了，你们要是不来，我还不知道要傻傻地睡在这鬼地方多久！你说，我怎么就没想到呢？树种不活，花种不活，冤魂啊……这是冤魂在……”

“康总，先把药喝了。”见他越说越离谱，聂羽峥出声提醒，“这跟冤魂毫无关系，我心存疑虑决定冒险一试，只不过没想到结果比我想象的更加糟糕。”

这时，现场勘查的二队长蒲越伦走进来，擦擦额头上的汗，把脱下的手套交给随后进来的小李和小林：“聂组长，还得麻烦你详细跟我们说说，是怎么发现的？小林，你记录。”

聂羽峥信步上前，把康坚扬受同一个梦困扰前来心理咨询的经过简略说了一遍："作为康坚扬最亲近的人之一，康太太的话应该引起重视。很多人的心理困惑并不需要一个非常大的刺激源，一些在外人看起来微不足道的琐碎小事，却能让一部分人生出心结。康太太屡次提到种花失败的事，我只想探究，这在康坚扬一帆风顺的人生里是不是一个坎，又或者，背后还有什么隐情，一直蒙蔽着他们的心。我父亲也有过类似经历，原因是在酸性土壤里混入了过量的石灰，适得其反，进而又想起某一年带队在受灾地区做心理重建课题，看到官兵为了防止尸体腐败，在埋入土里时撒入大量石灰，用于减缓腐败速度，遏制腐败气体和一些病菌。他们随口提到，这么做的话会破坏土质，短期内土里不适宜种东西。康坚扬曾养过一只爱叫唤的狗，我当时仅以为，是其他人瞒着这夫妻俩杀害了这只狗，深埋在地下，撒入大量石灰，但后来我发现，露出来的头颅不像是狗，而是人。"

祝瑾年听了，猜测道："那狗说不定就是因为闻见了什么人没办法闻到的古怪味道，才一直叫的呢？"

元蓉信服地点点头："啊！是啊！要不怎么听说一到别人家，它就不叫了呢！"

康坚扬挪到门口，看着自己乱糟糟的院子和门口的警戒线，邻居在大门外指指点点，好奇、惊异、恐惧、幸灾乐祸，什么样的目光都有。这地方绝对是住不得了！

"他妈的到底是哪个 XX 干的好事！"他大怒，忍不住爆了句粗口。

挖掘、提取工作仍在继续，作为房屋的所有人，虽然康坚扬叫嚣着要搬家，但常规的询问必不可少。祝瑾年跟着忙了一中午，现在也有些疲惫。

回去的路上，祝瑾年摇摇头，还觉得一切像做梦一样。

"我原以为康坚扬解决完做梦问题之后就万事大吉了，没想到，我们很可能还得赠送这夫妻俩一个创伤后心理恢复套餐。"

因为职业缘故，见惯了这类事件的聂羽峥早已恢复了平静，调侃道："有了这个发现之后，至少你不必支付挖坑的工钱。”

她白了他一眼：“有你这么个专门挖坑给我跳的人在身边，我以后不愁付不了别人工钱。”

“既然你都这么说了，我很愿意做你一辈子的心理督导。”

“希望我以后别遇上这样的事需要你给我督导！”祝瑾年赶紧说，揉了揉太阳穴，她不禁问，“难道你就没怀疑过康坚扬那个梦跟地下那具无名尸体的关系？”

“你该不会跟他一样，认为是什么冤魂作祟？”聂羽峥瞅了她一眼，伸手贴在她额头上，似乎在试探她是不是跟康坚扬一样因为中暑而体温过高。

祝瑾年拉下他的手：“我上次在法制节目里看到一个神奇的案子，姐姐梦见失踪很久的弟弟，按照梦里弟弟说的线索，带着警察，把弟弟的尸体给挖出来了。”

“跟我在一起，你总像个五岁的孩子。”

祝瑾年故意曲解他的话：“我多年轻，你呢，老头子一个，当然显得我小。”

“我指的是这里。”聂羽峥点了点她的脑袋。

“那你到底是怎么想的？”

“因果关系。”他答，“尸体埋得很深，且很有可能在填埋过程中撒了大量的石灰，破坏了土质，导致上头种什么死什么——这就是因。康太太因不满丈夫烧钱搞园艺，总是抱怨树影映在墙上像个鬼，久而久之，这句话悄悄进入了康坚扬的潜意识，某几个夜晚，它被潜意识拎了出来，丢进了他的梦——这是果。”

“真的这么简单吗？”

聂羽峥轻轻摇摇头：“也许还有磁场，一种在特定条件下、特定的人才会感觉到的磁场。”

“如果尸体曝光之后，康坚扬真就再也没做那个梦了，才真是玄幻。”祝瑾年耸耸肩，“他说得挺对，若不是你去，没准他还要继续在那儿住个十几二十年呢。”

说罢，她啧啧两声，上下打量他一遍，赞叹道：“你怎么就真敢往下挖呢？若是我，或者换作我们工作室任何一个心理师，都不会冒险这么做的。”

聂羽峥停好车，下车之后绕到另一侧，为她开启车门：“有想法就行动是我的一个小优点，否则怎能抱得美人归？”

“那你倒是抱啊……”祝瑾年伸出双手，典型的撒娇求抱抱。

他一笑，拦腰将她抱起，掂了掂：“根据你目前的体重测算，我最多能再坚持三十秒。”

祝瑾年调皮地昂着下巴：“是男人就坚持一小时！”

聂羽峥低头看住她，眼中意味深长：“祝瑾年，你第一次这么奔放地对我提出这个要求，我真是受宠若惊了……”

“不对，受宠的是你，若惊的是我。”

聂羽峥笑：“应该说——合作双赢。”

高端的调戏让祝瑾年甘拜下风，她任由他抱着进屋，马上和奶包玩成一团，一会儿后就抱着它去浴室洗澡，把他抛到脑后。

一分钟后，浴室传来奶包杀猪一样的嘶叫，聂羽峥无奈地摇摇头。

手机振动起来，沈子平再次打来了电话。

“还在现场？”

聂羽峥按下咖啡机，阵阵机械运转的声音传来：“回来了。”

沈子平说：“我这边最后一组调查的人马回复了，诗蕊失踪当天，大约晚上九点多，曹义黎的车从北门驶出。北门是离宿舍区最远、离他办公室最近，同时晚上来往学生也最少的一个校门。12号每辆车出入校门的画面当时就经过清晰处理，他后座有个男的，那时没引起我们注意，这回再一看，发现那男的是曾大强，这说明两人至少十年前就认识。

“曾大强案调查过程中，关于这两个社会地位和职业圈差别很大的人到底什么时候认识的，一直没有准信。

"所以我把这个信息告诉你，算是提供给你的一个线索，你一直质疑曹义黎的犯罪动机和曾大强用来勒索的把柄，我有个大胆的猜测，这个把柄——就是禾诗蕊。"他幽幽地说，"我调看了曾大强案的档案，他死前正被雇在逍遥游别墅区干活，虽然诗蕊的失踪和他的死相隔了将近七年，但今天听你说那里挖出了尸骸，该不会就是她吧……"

禾诗蕊，曹义黎，曾大强；禾诗蕊失踪案，曾大强被杀案，曹义黎失踪案——三个看上去几乎不会有太多交集的人，三个难以被关联到一起的案件，难道真有一条紧紧相连的隐线？

聂羽峥预感事件复杂，低声道："禾诗蕊和曹义黎……还有其他线索吗？"

沈子平轻哼了声："我知道你在想什么……曹义黎跟章靖鸣的一个叔叔很熟，曾经通过这个叔叔提醒过章，不要再骚扰禾诗蕊，否则很可能不能顺利毕业，这件事恰好发生在禾诗蕊失踪前一个月左右。我们询问郑文秀，关于禾诗蕊找曹义黎反映章靖鸣之事的具体时间，得到一个回答——她找了曹两次，第一次是刚被骚扰后不久，第二次正是失踪前一个月左右。也就是说，第二次反映有了作用，曹义黎做了点积极举动。但我很奇怪，曹义黎当时完全可以以政治与公共管理学院副院长身份同法学院领导交涉，让他们对章靖鸣做出处理或者警告，为什么却通过朋友？"

"禾诗蕊找曹义黎反映的事根本没有其他人知道，包括她的舍友、辅导员和父母，这说明她没告诉别人，曹义黎对此事也守口如瓶，或者说，他也不想让人知道，因此刻意不走正规程序，而托了个关系——这是个突破点，郑文秀那里还有未挖掘出的线索，你应该正式找她谈一谈。"

"一提起曹义黎，她跟她女儿就缠着问个没完，喊屈叫冤的，尤其她女儿，动不动就想不开……"沈子平叹口气，"算了，该打交道的还是得打，我又不是你，能撇得一身干净……嗯？喂？喂！浑蛋！又挂我电话！"

（3）

“给它洗个澡，比对付你还累！”祝瑾年半身湿透，气冲冲地拎着奶包过来告状。

“我很难对付吗？”聂羽峥反问，把书放在一边，接过湿淋淋的奶包，用毛巾包好，耐心地擦拭着。在浴室里叫得比杀猪还惨的奶包安静下来，闭眼享受，它和它的房东聂羽峥如出一辙，似都为了压榨祝瑾年而生。

她无语地看着这和谐的一幕，筋疲力尽地抬手擦了擦还在滴水的一侧发尾，转身要去收拾浴室。这时，他出声叫住她：“站住，让我多欣赏一会儿。”

“欣赏？”祝瑾年诧异，她现在头发蓬乱，一身狼狈，“我落魄的样子就让你那么舒爽？”

“不要拿女人的审美去揣摩男人。”聂羽峥勾起一边嘴角，目光在她湿淋淋的上衣上游移着，乳白色棉麻的布料紧贴她的身体，V领间隐隐若现颜色略深的沟壑，腰腹清晰的曲线起伏，说是欣赏，一点不夸张。

“你在不工作的时候，思想跟大部分男人一样肤浅。”她撇撇嘴，还是忍不住笑了出来，到浴室擦干了水，换了套衣服出来，奶包已擦得半干，躺在能晒到太阳的一块垫子上，昏昏欲睡。

“你接着欣赏吧！”

聂羽峥抬眼，又移开目光：“没兴趣了。”

“浑蛋……”

聂羽峥往咖啡里加了半杯奶、一颗黄糖，端给祝瑾年。

“看什么呢？”她抿了一口，拾起他方才看了一半的书——宾夕法尼亚大学精神病学教授Beck先生编写的《人格障碍的认知治疗》，她翻了两页，觉得还挺有意思，正要认真看，只听他说——

“期末不考这个。”

她脑后降下几根黑线：“我已经不需要校园论坛币了……”

“Of course，你凭着那个帖子赚够了，上学期的及格率是我出卷以来最高的。”

“呃……”她放下书，强行扭转话题，“前几天听千惠说起过，工作室将重新编制一套新的自陈式调查问卷，由你负责？”

他颔首，坐在她身侧，她自然而然躺在他怀里，他低头轻轻吻了她一下：“不谈工作。”

祝瑾年眨眨眼：“那就……谈谈情，说说爱。”

“好，你说，我听。”

“怎么是我说？”

“你话多。”

“你又拐弯抹角讽刺我？”

“我在夸你。”

“不信！”

“话多说明思路清晰且迅速，每一句都让人胜读十年书。”聂羽峥的奉承说得非常真挚。

“哼，你现在是喜欢听，过一阵子，或许一年，或许七年，恐怕你听见我的声音就烦。”祝瑾年打开了话匣子，“我接待过好多已婚的女性访客，都抱怨过同一件事，婚前总不厌其烦陪她们散步、逛街、打情骂俏的男人在变成老公没多久，两人之间就没什么话题了，她说什么，对方都不理不睬，就算穿上新内衣，对方也当没看见。总之，新鲜感全无，真的就像走进了坟墓，怎么绞尽脑汁制造新玩意，对方永远发现不了。”

“我换了一种咖啡豆，你发现了吗？”棋局还未开始，聂羽峥直接将军。

她愕然，赶紧起身要去再尝一口，却被他拉着又窝回了怀里：“瞎揣摩，别人是别人，我是我。”

“你就这么确定，自己与众不同？”祝瑾年一哂，“说得好像结过好几次婚似的。”

“即便你现在换上新内衣，我也不会多看一眼。”聂羽峥保证道，掩上双眼，

“不信，你换上试试。”

祝瑾年感觉自己再次被他断章取义调戏人的技巧打败了，她计上心头，点了点头道：“本来就是新的，你没发现罢了。”

聂羽峥马上移开手掌，对上她带着几分戏谑的双眸，他挑眉：“是新是旧，眼见为实。”

“某人刚才还说不屑一看的。”

“某人刚才还在抱怨‘穿上新内衣，对方当没看见’的行为是罪大恶极。”聂羽峥翻身压住她，“草民怎敢知法犯法？”

祝瑾年挣了两下，无奈叫道：“骗你的骗你的！”

聂羽峥大致也看到了，摇摇头：“果然受骗了。”

“聪明如你，竟也惨遭欺骗啊……”她幸灾乐祸地笑弯了眼，戳了戳他心口，“你最擅长的心理分析呢？最引以为傲的智商呢？色字头上一把刀，也砍去了你不少 IQ 啊。”

聂羽峥点了点她的鼻尖：“我一向与人为善，没想到你祝瑾年是这样的奸邪小人。”

“跟你学的。”

“好的不学，专门学坏。”

她挑眼看住他：“你也承认你坏了？”

“承认。”

“大坏蛋还不把我放开？”祝瑾年推了他几下。

“坏蛋承认自己坏之后通常都打算做更坏的事情。”聂羽峥双手扣住她的手腕，“而且，没有男主角会来救你。”

“你怎么知道没有？”

“因为，我就是男主角。”

祝瑾年迷迷糊糊的，只听见手机振动的声音，她睁开眼，发现自己正趴在聂羽峥身上，两人都不着寸缕，她腰上仅象征性地盖了一件他的家居T恤。

天色已暗，她不知道自己和他何时一起睡着的。

聂羽峥也醒了，一手揽住她，一手伸到旁边捞手机。夜幕下，手机屏幕上"郑文秀"三个字十分醒目。他仅瞥了一眼，就调成了静音，任对方继续呼叫着。

祝瑾年趴在他胸口："不接吗？"

"你接。"他慵懒地答，嗓音低沉，充满雄性动物吃饱喝足后的餍足。

"算了吧，只怕电话里那位不是郑老师，跟上次似的，一接起来劈头盖脸就叫'老公'，虽然不是真跟别人的老公躺在一起，可我还是会有罪恶感的。"

他的手伸向她的腰侧，不轻不重揉了两下："那不是更刺激？"

"男人的恶趣味……"

聂羽峥语气了然："应该是郑文秀本人。"

说话间，振动声已停。祝瑾年撑起身，摇晃着小跑几步，将灯打开，一下子又觉得有些尴尬，赶紧又摁灭，回到沙发旁扒拉出自己的衣服摸黑穿好，才又开了灯。

一看，已是晚上八点多。

半个下午的缠绵，尽管已睡了个长长的"午觉"，可她只觉得身子仍很倦怠，瘫进沙发一侧的贵妃椅，什么都不想做，就想继续"葛优瘫"。

聂羽峥套上黑色运动裤，倒了两杯水回来坐下，望着手机若有所思，又好像在等着什么。

祝瑾年胆子大了起来，用一种二奶的娇声逗他道："想确认究竟是丈母娘打的，还是老婆打的，直接回拨过去不就清楚了？"

他看向她，眼中既有无奈，又有几分纵容。

这时，手机再次振动起来，却不是郑文秀，而是沈子平。

他把手机竖起来朝向她："我等的是这个电话。"

"你说什么就是什么。"祝瑾年笑，"快接快接。"

"一会儿再修理你。"他伸手点了点她脑门。

"我刚从郑文秀家出来……"沈子平的声音听上去有几分激动，"按你说的，我们去问她禾诗蕊向曹义黎告状的事，你猜她说什么？她有天在曹义黎的相机里发现了许多禾诗蕊的照片，觉得很不寻常，就问他是怎么回事，他说，相机是一个学生的，叫章靖鸣，禾诗蕊拿着这个相机向他揭发章靖鸣偷拍、骚扰自己的事，顺便还拿出了章靖鸣写给禾诗蕊的几封求爱信。这就是郑文秀为什么知道禾诗蕊跟曹义黎反映过此事。而据我们掌握的线索，章靖鸣的相机从来没有被别人拿走过，更何况是被禾诗蕊，这说明郑文秀以前发现的那个相机和照片根本就是曹义黎的，他不想被老婆知道自己跟章靖鸣一样，也对禾诗蕊有非分之想，恰好，禾诗蕊又真的找他反映过这些事，所以找了个借口，把自己拍的照片推到了章靖鸣身上。"

"具体时间？"

"她说记不清楚了，只记得这事发生后没多久，禾诗蕊就失踪了，所以她也一直认为是章靖鸣干的。"

"照片给她看过？"

"看了，没用，唉！太久远了，除了章靖鸣那种变态，谁能记得十年前的照片内容？"沈子平回答，"依我看，90% 是曹义黎了，不但符合你给出的侧写，还有他老婆的话为证。当务之急，就是找证据，明天我就联系技侦，把他以前用过的电脑什么的全部检查一遍。几年前的大火烧掉了曾大强家里的一切，留下的物证太少，要不是你一直坚持曹义黎的动机有问题，恐怕我们也不会把他们俩的过节跟禾诗蕊联系在一起。"

"抬举。我不做刑侦，只对涉及重大刑事案件嫌疑人做心理评估，能接触到的案件线索很有限，谈不上指导办案。"

"别谦虚，说真的，我谢你还来不及。"

聂羽峥垂眸思忖几秒，在沈子平即将挂电话之前，忽然说："还有一项内容，也一并查。"

"……什么？"

“曾大强被杀前半年左右，曹义黎取款五万；曾大强被杀前一天，他取款十五万，两次一共取了二十万。但是，禾诗蕊失踪当晚，曾大强就莫名其妙地出现在曹义黎的车内，一起出了校门，他们的金钱往来恐怕不止两次。你需要查一查曾大强对曹义黎的勒索真正发生时间，我怀疑远不止半年。”

沈子平郑重地点点头：“我会安排人手重新查的，另外，逍遥游那儿挖出的尸骸，我让林睿留心一下DNA比对结果。”

“如果曹义黎就是那个一直隐藏在幕后的跟踪狂，一定可以从对他的调查和心理分析中找到突破点。”

“调查交给我，心理分析还得麻烦你。不过他都失踪那么久了，你连跟他交谈的机会都没有，怎么去分析他的心理？”

“你只要确认他就是跟踪狂，我就能利用跟踪狂的共性特征试着找一些蛛丝马迹。”

“你所谓的蛛丝马迹会不会早就被销毁？”

“跟踪一旦超过六个月，就会发展成绝对的迷恋，这就是章靖鸣至今对和禾诗蕊长相相似之人纠缠不休的原因。在这种情况下，要一个跟踪狂销毁和目标有关的东西，他恐怕舍不得。心理变态是不能用正常人的逻辑去揣摩的，这一点你必须清楚，如果曹义黎就是这样的变态，我们就不是在跟一个普通人较量，所有能用在你我身上的逻辑，用在他身上，就都不合适。”

沈子平心情大好：“能被你归为正常人一类，是我的荣幸！”

（4）

挂断电话，聂羽峥斜睨一旁的倦美人：“怎么，连逃跑的力气都没了？”

她摇摇头：“我只想看看你从教授变身禽兽用时多少。”

他抬眼瞥一眼挂钟：“即将变身完成。”

“饶了我吧！”发现他并非开玩笑后，祝瑾年附身而拜。

聂羽峥摸摸她的后脑勺："贵妃平身。帮朕做一件事，做好了，重重有赏。"

她抬头，眼中尽是奸诈："你先跟我说说赏什么？"

他眼中奸诈更多："我把皇位让给你。"

"说得好像你真是皇帝似的，据我所知，建国后凡是自立为皇帝的，都被辖区派出所民警三下五除二剿灭了。"祝瑾年做了个抹脖子的手势，"说吧，你要我帮你干吗？"

"曹义黎失踪后，郑文秀的心理压力一直很大，因为女儿的关系，更加无法纾解。今天，沈子平找她了解情况后，她一定再次陷入心理紊乱中。一会儿我给她回电话，说动她到'荒漠甘泉'做心理咨询，由你接访。你重点帮我问清楚三件事，第一，曹义黎对婚姻的忠贞程度；第二，他的成长经历；第三，他受过的大挫折。"

"你是她的希望，难道没亲自问过她这些事？"

"她对我戒备心很强，只想从我这里探听曾大强案的进展情况，以及……我是否能勉为其难接受她女儿。"

祝瑾年一脸为难："我是她女儿的情敌，她会信任我才有鬼呢。"

"她情感压抑，急需纾解，虽然爱女心切，但并非不能明辨是非。"

这时候，祝瑾年偏有几分认死理："可是，既然她是我的访客，我就该对她说的内容保密。"

"你敬业的样子真可爱。"

忽然被撒了一把糖的祝瑾年愣然地瞪了瞪眼睛，满腔心理咨询师的职业操守就这么被他搅乱了。

"我对郑文秀的心理困惑和压力来源不感兴趣，你用心理健康量表、MMPI 等方法能得到的信息，只要是关于她自身的，可以不必告诉我，曹义黎的情况，你也可以不说，但我要你根据了解到的情况，分析他的心理，把结论告诉我。"说罢，他故意瞥她一眼，"当然，无论能不能探听出来，尽力就好。”

又对我用激将法……祝瑾年撇撇嘴，忍不住怼他：“俗话说，‘丈母娘看女婿，越看越高兴’，我倒觉得你亲自上阵，说不定事半功倍。”

聂羽峥额头似有青筋浮现：“祝瑾年，你又在挑战我的耐性。”

眼见自己即将遭遇“不幸”，她干脆破罐子破摔：“一个人的耐性总是经不起挑战说明情绪管理有问题，所以，站在专业的立场上，我建议你先调整调整自己的心态再去做事。”

“很遗憾，面对你时，我根本不想管理自己的情绪。”聂羽峥禽兽形态进化完全，对无辜平民祝瑾年发动了新一轮的攻击。

窗外一片艳阳，蓝天倒映在对面大厦的玻璃墙上，车流在蓝天下有序滑过，像生产线上整齐划一的盒子，从远处渐渐汇集到近处，又顺着马路的不同走向四散开去。放眼望去，高楼似笼罩在缥缈的蓝雾中，只在天边微微透出些白光。

今日的“荒漠甘泉”格外安静，诸葛千惠带着团队去康坚扬的公司做“沙漠掘金”了，这是一种从加拿大进入的体验式培训课程，也是最受企业欢迎的体验课。听说那天康坚扬夫妻俩做完笔录后就搬了家，昨天他又预约了一小时，说是要给元蓉做产前心理压力疏导。

铁匙碰撞白瓷杯，发出清脆的几声叮当，祝瑾年向后拢了拢头发，将铁匙放在托盘上，抿了口咖啡，看了看表，离下一个访客郑文秀的到来还有五分钟。

“您好，欢迎来到‘荒漠甘泉’。”琪琪甜甜的声音响起，看来访客提前到了。

郑文秀穿着黑底碎花、款式普通的无袖连衣裙，外罩一件白色短袖针织开衫，短丝袜，配淡黄色的凉鞋，拎着个绿色小包，看来她并不怎么把精力花在打扮上。长久以来的精神欠佳使她看上去比同龄人年纪还大一些，但依稀可以从她现在的相貌上窥探二十年前此人也还算是清秀。

再见祝瑾年，她已然能接受这位长相酷似故人的心理咨询师了，并没有表现出巨大的惊讶。来到咨询室，她在单人沙发上坐了一会儿，却没有开口说话。

第一次的咨询以建立信任为重点，祝瑾年并不打算马上用心理测试或者游戏去进入郑文秀的内心，所以，她决定以倾听为主。

郑文秀陶醉于这样安静的环境，坐了一会儿，她渐渐放松下来。还是祝瑾年打破了沉默，从询问她是否了解心理咨询开始说起，从她口中得知，她这几年带她女儿曹筱柳见过不下八个咨询师，第一个咨询师就是聂羽峥。

曹义黎刚失踪那会儿，聂羽峥接了曹筱柳的Case，但是曹筱柳对他产生了移情，他马上中止咨询，换其他咨询师介入，但没一个咨询师能成功与她建立信任。

“说实话，我感觉我女儿性格像我，执着，不撞南墙不回头。老曹失踪这么久，我们也被人指指点点了这么久，但我总觉得有一天一切都能反转。我内心是很压抑的，没错，可能就是因为有希望，所以才感觉压抑，因为你不知道那天什么时候到来。上次去小聂的办公室，我跟他提过自己出现一些失眠的症状，和我女儿以前差不多，他建议我先做心理咨询，咨询解决不了，再看心理医生。我决定来试试，因为我不能垮掉，我垮掉了我女儿就真的完了。”

祝瑾年观察她的神情，见她提起曹义黎时，表情很是自然，提起女儿时，眼中流露出更丰富的情绪，浑身充满母爱光辉。她的手纤细但粗糙，几个地方还有黄白色的茧子，想必平日很是操劳。

祝瑾年顺着郑文秀说：“我也听说了，很感动。夫妻之间最重要的除了感情还有就是信任，曹院长有你的信任就够了，别人怎么想是别人的事，我觉得你不用去在意。其实我挺好奇的，都说夫妻处久了，就变成亲人了，曹院长有什么样的魅力，能得到郑老师这样一位无论如何都信任他、支持他的妻子呢？”

郑文秀深吸一口气，闭着眼睛点点头。

祝瑾年知道自己表现出的认同让她开始接纳自己了，下一步就是强化她自我剖白的愿望，让她宣泄出来，催化她的自我认识和自我成长——“刚才你说，你感觉到压抑，可能这种压抑就来自于情感表达的受阻。你看看我，我不是警察，也不是你的邻居，我对你们的生活一无所知，不知道你介不介意对我说说你的丈夫，优点也好，缺点也好，你需要表达，需要倾诉，我可以安安静静听你说。”

郑文秀靠在椅背上，兀自沉默了一会儿，慢慢讲起了丈夫和女儿的一些琐事。和邹英的喋喋不休不同，她的思维还算清晰，也很有逻辑性，就算听久了也不会觉得烦躁。尤其祝瑾年的贯注和时不时表示认同的动作，她压抑许久的倾诉欲一下子奔涌而出，几次热泪盈眶。

祝瑾年一边听一边在心里默默记下一些关于曹义黎的关键信息。

曹义黎从小家境不算好，家里子女比较多，他排行老六，上头五个哥哥，下面还有一个弟弟一个妹妹。他父母忙于生计，基本没工夫管他们。因为贫穷，幼小的他们只能从垃圾堆里翻拣出一些材料，如木棍、碎玻璃、草绳等，制作小玩具自娱自乐，他曾捡到一个月经带，因不知那是什么就带回家，挨了母亲的揍，至今难忘。

曹义黎较别的男孩，文静许多，并不喜欢打打杀杀的游戏，读书用功，但因从垃圾桶里捡起一个女同学丢弃的橡皮擦用，被这个女同学起了外号“破烂王”，进而对所有女同学敬而远之。

他对自己年少时光描述最多的词汇就是孤独、透明和渴望。

父母在他小时候经常抱怨家中男丁太多，劳力多但粮食消耗很快，经常说希望最小的三个男孩变女孩。

年轻时候的郑文秀并不缺追求者，倾心于曹义黎，是因为觉得他对自己格外关注和重视。刚开始交往时，且不说与她看过的每一场电影票据、她吃剩的糖果包装纸，甚至她不慎掉落的一颗纽扣、用完的口红管、剪下的手指甲，他都会小心地保存好，留作心里有她的证据。这种超乎平常的留意，让他从那些追求者中脱颖而出。

郑文秀的父亲门第观念较强，不接受曹义黎成为女婿，几次退回了他送来的彩礼。曹义黎最后以死相逼，让郑家同意了婚事，郑文秀虽然感动于他的坚定，可一直无法修复他和自己父母的关系。岳父母去世，曹义黎拒绝参加送葬和扫墓。

结了婚之后，可能是不想让女儿的童年跟自己一样孤独，他尽可能给予曹筱柳最多的陪伴。

近几年，郑文秀感觉他有出轨迹象，她曾跟踪过他，也偷看过他的手机，翻过他的公文包，找到过一条断掉的皮筋、两张用过的卫生纸和一条断掉的项链，她因此质问过他，他说卫生纸是他用来擦嘴的，皮筋是捆数据线的，项链是路上捡到的，还说她更年期多疑。她抓不到实锤，只能作罢。

不知不觉，两个小时过去了，这已是一次咨询的最高时限。郑文秀虽有些疲劳，可似乎有所纾解，她喝了半杯水，记下了祝瑾年的联系方式和预约办公电话，就起身告辞。刚起身，她的手机响了起来。

“喂，您好，哪位？”她一边接一边往外走，还没走几步，忽然身子一震，踉跄几步，差点撞在一旁的矮柜上。

第二十二章

你这么神你女朋友知道吗?

/HE NI DE SHIJIE TANTAN 2/

(1)

“郑老师你怎么样？”祝瑾年一惊，赶紧上前扶住她，心想，该不会是患有抑郁症的曹筱柳又自杀了吧？只见郑文秀又听了一会儿电话，整个人都瘫软了，祝瑾年费了好大劲才半拉半拽将她扶坐回沙发上。

郑文秀看上去非常糟糕，整张脸煞白煞白，瞪着眼睛半张着嘴，连呼吸都不连贯了，手不住地颤抖。祝瑾年紧张地盯着她，“荒漠甘泉”咨询师的座椅下面都有一个紧急按钮，她现在正把手放在那个按钮上，随时打算按下去。

她又等了几秒，试探地问：“我能帮你做点什么吗？”

“老曹……”郑文秀绝望地看着祝瑾年，近乎嘶哑，“老曹没了——”

祝瑾年再次愣住，她听聂羽峥说，曹义黎失踪好几年了，最近刚发现他和禾诗蕊失踪案可能存在的联系，怎么就忽然被发现死了？她也跟郑文秀一样，一时没能接受这个事实，愣了许久，才想起按下紧急按钮。

几秒钟后，琪琪和行政部两个男同事冲了过来，祝瑾年说：“帮忙送这位访客回家，她……”

“不要回家！”这时，郑文秀才高喊一句，大哭起来，上气不接下气地说，“送我……送我去公安局……我要……呜呜呜……我要见一见……见见老曹！”

“马上安排车辆。”祝瑾年对琪琪说。

大伙儿一起把郑文秀扶上车后，祝瑾年才擦了把额上的汗，大家不住询问，她转身说：“她的一位家人忽然去世了，所以她情绪失控。”

“世事无常啊……”琪琪摇摇头。

祝瑾年回到工作室，见手机上两个聂羽峥的未接来电。回拨过去，正要解释自己没接到电话的原因，只听他说：“上次我们在康坚扬院子里发现的骸骨就是曹义黎。”

“天啊！真是巧了！”祝瑾年不禁惊呼，把郑文秀失魂落魄的经过说了一遍，“这对她来说，绝对是个大打击，我怕她真会撑不下去。”

“曾大强案重启侦查，并且很有可能跟曹义黎案并案。”

祝瑾年问：“你是不是会重进专案组？”

“当年对曹义黎所谓犯罪动机的研究一直没能完成，研究需要，很有可能重新进组。”坐在心理课题组办公室里的聂羽峥答，目光却看着眼前的电脑屏幕，一则鹏市本地新闻吸引了他的注意，距离市区最近的临海县城上了热门排行榜。

“哦，好吧，祝你好运。”

他轻轻一笑：“我一向好运。”

“行，你忙吧，挂了。”

“瑾年……”

“嗯？”

“……没事，到时候说。”

聂羽峥预料得没错，很快他就接到了进组的通知。副支队长饶锡为专案组组长，当年侦办曾大强案的四队副队长贾亚烈和正在对曹义黎进行调查的沈子平为副组长。

当天下午，聂羽峥受邀参加支队的案件部署会，也看到了曹义黎的尸检、痕检等报告。

曹义黎的尸体已经白骨化，不能具体到日期，但仍可以推断出他的死亡时间跟曾大强差不多。头盖骨可见四处破裂，死亡原因是颅骨粉碎性骨折。另外，尸体遭人分尸，共分为六块，头颅、四肢分别被砍下，和躯干一起用布包裹装入某包装袋中，又用塑料膜封起，最后深埋进土中，还撒入了大量石灰。

痕检人员则在曹义黎尸体附近土层里发现一把榔头和一把斧头，尸体的包装中还筛出了一个金属拉链头，用来装尸体的第一层袋子以聚乙烯、聚丙烯等为主要原料，经过仔细清理，上面可见“丰产”“复合肥料”等字样。经过与曾大强案中的一些物证比较，金属拉链头为园艺工人曾大强一件工作服拉链缺失部分基本吻合，而当年雇曾大强的工头所批发来的肥料就是丰产牌，这个牌子恰好在曾大强遇害的那年换了新包装，现在市面上所有的丰产牌肥料早就不用这个材质的包装袋了。

法医朱穆青说：“凶手毫无医学常识，只凭自己蛮力分尸，非常随性，普通人不能轻易砍断的大腿骨、盆骨，他硬是给砍断了，而且下刀次数很少，基本两三下就能把尸体的一部分完全分割，从切割的痕迹和下刀方向上看，凶手明显惯用左手。头颅的伤口，一下位于右侧的较轻，其他三下位于左侧的很重，损伤最大，基本招招致命，初步判断凶器是随尸体一起‘出土’的榔头，分尸工具是斧头。凶手很可能是个男人，而且力气非常大，没有屠宰经验，左撇子——这几点都跟曾大强的特征一致。但是我翻了曾大强案的痕迹物证资料，他家没有大量的血迹反应。”

法医助理小毛翻开以往对曾大强的验尸结果：“因为案发现场起火，曾大强的尸体遭到了灼烧，但还是可以判断他死于机械性窒息，作案工具是立式风扇的电源线，血液中酒精含量特别高，已经达到醉酒标准，可以说，在死前他的反抗能力很有限，甚至可能失去了反抗能力。另外，他身上有多处软组织挫伤，属急性损伤，综合现场情况分析，他曾与人剧烈打斗过。现场还找到了曹义黎的车钥匙和手包，他的车也在村口附近找到了，从银行取款记录来看，他去曾大强家之前刚刚取了十五万。可是这笔钱我们并没有在曾大强家里找到，当时认为，曹义黎并没有将钱给他，推断这是他们产生矛盾并斗殴的由头。”

现在，两个死者之间出现了很值得深思的一个现象——曾大强案的所有证据都指向曹义黎，而曹义黎案所有证据都指向曾大强，而事实却是，他俩都不可能在自己已经死了的情况下杀害另一个。

饶锡听完了技侦支队几个人的汇报，说：“要不就是他们其中一个有帮凶，最后反目杀了同伙；要不，就是有个我们不知道的第三人一下子杀死了这两个人。否则，他们绝不可能互相杀死对方。现在我们讨论一下，应该从哪里入手？是沿着曾大强案的线索继续侦查，还是以新发现的曹义黎为侦查方向。”

说罢，他看向聂羽峥：“聂组，如果在你的专业领域内有什么建议，也一定不吝赐教。据我所知，几年前你就对曹义黎的动机有所质疑，就目前的情况看，你是对的，曹义黎也被杀了，他俩之间的恩怨很可能不仅仅在于几万块钱。”

聂羽峥颔首，但并未多说。

沈子平愁容满面，刚出现曙光的禾诗蕊案被忽然出现的曹义黎尸骨一冲击，又好似陷入了黑暗中，他想，随着案件调查的深入，下一具被发现的尸体，该不会就是禾诗蕊吧？

朱穆青清了清嗓子：“从法医的角度，我建议先从曹义黎案查起——尸体是不会说谎的，杀人分尸的是个左撇子、大力士是个不容置疑的事实，何况他被埋在曾大强当时做工的地方，曾大强的嫌疑非常大，不能因为他已经死了，就排除作案的可能。”

他的观点得到贾亚烈的支持：“朱老师说得对，尸体发现有先后，但先发现的不一定先死。我也觉得应该从曹义黎案入手。”

沈子平用手肘撞了一下聂羽峥，示意他说点什么。

聂羽峥随即说："各位，两个案子，呈现凶手截然相反的两种心理。一是表现，即曾大强案。纵火这个行为，能引来非常大的关注度，而且可以在非常短的时间内让人发现火场内的尸体。这说明对曾大强的死，凶手是不想掩饰甚至很希望让人知道的。然而因为起火，现场一些证据也很可能会被毁坏，比如脚印、指纹，甚至尸体，给技侦带来一些困难，这种既希望尸体赶紧被发现但又想毁尸灭迹的心理很值得探究，凶手很自信，曾大强死了，旁人不会第一时间想到是他，同时他也有一些反侦察意识，认为一把火烧掉保险一些——这就是我质疑曹义黎动机的最大原因，他俩确实有些金钱方面的纠纷，一再的勒索可以促使一个人去犯罪，然而从种种现象上看，曹义黎并非全无反侦察意识，如果曾大强就是他杀的，逃亡之前，至少应该把现场内自己的车钥匙拿走。"

大家的注意力都被这几句话吸引过去，纷纷安静地看着他，等待他继续往下说。

"二是隐藏，即曹义黎案。虽然我不幸成了尸体发现人，但可以说只是碰巧，真正意识到院子地下埋了这种东西的很可能只有房子主人以前养过的那只狗。"话音刚落，几个年轻刑警没绷住，笑出声来，被饶锡瞪了一眼后，他们赶紧低下头。

只听聂羽峥继续道："无差别杀人狂是无所谓尸体什么时候被发现的，因为传统刑侦首先排查凶案性质的方法对他们来说不管用，情杀、仇杀和财杀都和他们的动机不沾边。深埋、撒石灰，是延缓腐败、防止气味散出的办法，这直接反映出作案人并不希望尸体被人发现的心理。从犯罪心理层面上解释这种行为，越不希望尸体被人发现就说明凶手与被害人的矛盾关系越明显，而尸体毁坏得越面目全非，说明凶手与被害人关系越密切。这样一来，这个案子其实比曾大强案好入手，必须破除尸体发现先后这个思维惯性。目前，一定要弄清楚曾大强究竟手握什么把柄，值得曹义黎先后拿出二十万去换取。"

饶锡点点头："前几天，子平恰好跟我汇报了曹义黎跟禾诗蕊失踪案的一些联系，对这个人的情况，我们还有许多不了解的地方。我也偏向于先从他的死查起——亚烈，你带一组人对他周围的亲戚、朋友和同事进行走访，尤其留意他失踪前是否有什么不对劲的地方，或者有没有跟谁提起一些不寻常之事。子平就照着之前你调查的内容继续查下去，一定弄明白曾大强为什么勒索他、他到底有什么秘密不能让人知道。技侦的几位同志，希望你们继续帮着筛出些线索。好，散会，各自行动！”

大家陆续走出会议室，沈子平叫住聂羽峥：“如果曹义黎的把柄只有曾大强知道，他俩都死了，这个秘密不就永不见天日了？”

他并不以为意：“我在专案组的价值就是把别人的秘密挖出来。”

“你……可以？”

聂羽峥笑而不语。

（2）

“聂总，你好。”琪琪见聂羽峥从电梯口出来，赶紧丢下怪味蚕豆的包装袋，拍拍手站起来打招呼，又非常贴心地补充，“瑾年姐大概还有十五分钟才能结束。”

“让她一会儿到办公室找我。”

……

“小蓉，其实你的心态很好，同时也是很多人羡慕的对象。康总是大大咧咧了一点儿，可人还是挺好的。”十几分钟后，祝瑾年和元蓉一起走出来。

“我知道，来一趟心情真的放松很多，都开始喜欢这里了。”元蓉笑着说，挥挥手告别。

琪琪趴在台子上，双手撑着下巴，一边奸笑一边说：“瑾年姐，你男朋友来了，在他办公室等你一起去约会。”

“我猜不是约会，是加班。”祝瑾年挑眉，心想，还好聂羽峥不常来坐班，不然天天低头不见抬头见的，还有那么多同事盯着，还挺尴尬。所幸，按照他来工作室的频率，她一个月也难得尴尬一回。

就是喜欢这种体贴的老板。

她回办公室拿了个记事本，其中一页写满了她对曹义黎的分析，轻车熟路去了评估总监办公室。

“开完会了？”她走进，透过隔断墙，见他坐在黑色的总裁皮椅上看报纸，悠闲得很，不禁说，“老板和员工的差距就是这么大，我一天下来口干舌燥的，你倒好，一个月难得露面几次，一来就看报纸。”

“员工哪里敢这么跟老板说话？”聂羽峥望着她，她藕粉色的无袖丝质衬衫搭配浅灰色鱼尾短裙，颈间一条细细的玫瑰金项链，中间一个珍珠的坠子，一身柔媚娇软，赏心悦目。他淡笑，沉声道，“……只有老板娘才如此计较。”

“老板娘也是给人打工的，老板吩咐的事，一件不敢忘。”祝瑾年拉了把椅子，坐在他办公桌前面，把和曹义黎有关的信息细细说了一遍。

沉心听完她的讲述，聂羽峥向后靠在椅背上，沉吟几秒：“除了具备跟踪狂该有的心理特征和成长经历，他竟然还有可能是个恋物癖④。”

“你也觉得他有恋物倾向？”祝瑾年眼中一亮，“郑文秀可能至今没有意识到，曹义黎收集那些东西并不是因为爱情，而是出于癖好。他对异性并非没有兴趣，但明显对异性的物品兴趣更大。”

聂羽峥垂眸沉思：“你说的这件事是他恋物倾向的最后一段导火索，在此之前，阉割焦虑和被母亲漠视产生的孤独感，是他成为恋物癖、跟踪狂的心理基础。”

“阉割焦虑？”祝瑾年不解道，“难道说父母一直希望其中几个儿子变成女儿，让曹义黎感觉到了这种焦虑？”

“一些心理学家提出，阉割焦虑是很多男性发展为恋物癖最初的一段导火索。人在幼童时期是没有性别概念的，曹义黎的父母反复在他们面前强调儿子、女儿的不同，让曹义黎觉察到男女的区别，进而发现男女在外观上最

---

④恋物癖就是把无生命的物品或者异性身上的非性感部分作为以引起性兴奋的对象，可以说是这一种性变态心理。

大的不同就是生殖器。父母表示希望儿子变女儿时，他就更加害怕失去自己的生殖器、变成一个女孩。被曹义黎选来当作迷恋之物的东西其实是在弥补自己的阉割焦虑。”聂羽峥说罢，瞥了一眼奋笔疾书做记录的祝瑾年，忽然伸手揉了揉她的头，“别记了，这题期末不会考。”

她气急，像一只被撩爹毛的猫：“说了我不会再去发预测你考题的帖子了！”

“真不会？”

她顺了顺气，有些娇气地白了他一眼：“不会啦，就是感觉这个观点很有用，记下来以后用在心理分析中也不错。”

“考你一题。”聂羽峥马上倒戈。

她正襟危坐：“你说。”

“据你分析，曹义黎所恋之物，是什么东西？”

“你考对人了！郑文秀回去之后，我就一直在想这个问题。”祝瑾年自信地一笑，双眼明媚万分。

聂羽峥望着她的目光滞了一秒，然后扶额：“好好作答，不要勾引考官。”

“谁勾引你了？！”她微讶，自己分明连个媚眼都没向他抛。

“继续。”

“……一开始我也以为他和其他恋物癖一样，喜欢偷偷收集些女孩子穿过的袜子啊、内衣裤之类的东西，但这些东西目标太大，郑文秀既然怀疑他出轨，那么稍加留意一下没准能翻出他的收藏。我就想，他迷恋的东西，肯定不是这些普通恋物癖心头所爱，一定是一些比内衣裤目标更小、更容易得到、就算被人发现也不会觉得他有恋物倾向的东西。弗洛伊德说，一个人的性心理问题大多数成因都可以从他的童年成长经历里找，于是我又捋了一遍他的童年。”祝瑾年卖了个关子，故意停下不说，笑嘻嘻地看着聂羽峥。

聂羽峥心中早有答案，但为了照顾祝小姐的好胜心，故意佯装好奇：“你发现了什么？”

祝瑾年早就等着他这句话，迫不及待地说："他最喜欢收集的应该是心仪异性丢弃之物。"

"是这样吗？"二人不谋而合让他感觉愉悦，但表面上仍不动声色地反问。

"电影票据、对方吃剩的糖果包装纸、掉落的一颗纽扣、用完的口红管、剪下的手指甲……这些东西在我看来都是垃圾，但曹义黎为了讨郑文秀欢心，向她展示了这些'宝贝'，她当局者迷自然不会想太多，但作为旁观者，我觉得怪怪的。被女同学起外号后，敏感又有点自卑的他应该会对女性产生了一些阴影，但还不至于到痛恨的地步，大致就是'喜欢可从来不敢靠近'的心态。作为一个生理正常的男性，他对女性还是有欲望的，不过，这种欲望的投射物发生了变化。结合他的童年经历，印象最深的事竟然是翻垃圾捡出个月经带还挨了揍，我推测，他的所恋之物的关键词就是'丢弃的废物'。"

祝瑾年正色说完，缩了缩肩膀，显露出很排斥的表情："这么一想，他的爱好真的挺让我恶心的。"

聂羽峥摇摇头，若有所思地说："幸亏他是个恋物癖，有些东西一定舍不得扔，说不定还留着什么决定性的证据。"

她回忆了一下，为难地说："郑文秀没提过他有什么储存东西的据点，否则她早就抓住他出轨的实锤了。他那个身份，对自身的形象很讲究，不会轻易暴露自己的癖好，收藏东西的地点肯定很隐秘，找起来怕是有点困难。"

"我知道在哪儿。"

一句话震惊了祝瑾年，她瞪了瞪双眼："在哪里？"

聂羽峥起身，绕过桌子搂住她的肩膀，用了一种很抱歉的口吻道："我只能对办案警察说。"

"也是……"祝瑾年自觉失言，"我确实不该问。"

"你这么懂事，叫我如何报答？"他在她耳边低声问。

"以身相许——我看就不必了，陪我逛逛街吧。"祝瑾年笑着站起来，伸了个懒腰。

聂羽峥抬手看了看表，并没答应，只是牵着她往外走。

进了电梯，他并没有直接去停车场，而是把车钥匙交给她，让她将车子开到马路对面等他。祝瑾年几分好奇，还是照着做了，等她将车子停稳，见他从写字楼对面的 Sunday Brunch 走出来。

“三明治？”祝瑾年见袋子里装着的东西，有些不解。

“大约两个半小时的车程。”他答。

她更是一头雾水了，心想，该不会他现在就要去找曹义黎存放秘密收集品的地方吧？

“我们去哪儿？”

“西澳县。”

“这么远啊……”祝瑾年不禁道，“去那儿干吗？”

他偏头看了她一眼，微微一笑：“保密。”

“这么神秘……”祝瑾年自言自语，“反正也不至于把我给拐卖了，我就勉为其难去看看这葫芦里卖的什么药。”

天色渐暗，他们到达西澳县城时已是晚上九点，聂羽峥没有要停车的意思，继续往前开，一段颠簸的小路后，他在堤岸边停了下来。

西澳是鹏市周边的渔业大县，澳湾沙滩也是鹏市著名的旅游胜地，每年夏天的游客数量较之海南岛有过之而无不及。聂羽峥停靠的这处堤岸虽也属于澳湾范围，但游客数量比较少。

祝瑾年下车，带着些腥气的海风灌入领口，她捂着被风吹得乱七八糟的头发，看了看旁边停着的几辆车，心想，这儿今晚难道有什么特殊节目？

流星雨？她抬头看看，月明星稀，也不见有什么流星划过。

“跟我来。”聂羽峥回头，向她伸出右手。

他的英俊和海风一样迎面扑来，她一怔，也只得伸出手去，与他十指交握，由他带领着，小心翼翼爬上海堤，无意中往海那边看了一眼，整个人都愣住了，赶紧眨眨眼睛，生怕是自己被海风吹昏头产生了幻觉。

徐徐拍向沙滩的海浪发着莹蓝色的幽暗光芒，漆黑的夜幕下，整个海岸线犹如浩瀚的银河星空，让人仿佛置身在神话一般的梦幻世界里。处处荧蓝光点，远处的海面上，偶尔一个涟漪，蓝光乍现，一圈圈地荡漾开去，几秒后又归于黑暗，这壮丽的神秘幽蓝，美得无以名状。

“这海……怎么会这样？”祝瑾年有点呆，喃喃问。

（3）

“这几天没看新闻？”他揽过她的腰，“夜光藻赤潮来袭，澳湾蓝眼泪重现——昨天恰好看到这则热门新闻，来得早不如来得巧，我的运气确实不错。”

“原来这就是蓝眼泪，我第一次见……真是……太美了。”祝瑾年扪住心口，兴奋又新奇地抬头看他。

他举目远眺，远方礁石周围聚集着幽暗的蓝光，随着波涛的起伏上上下下，一水的星星点点，好像银河掉入大海，确实美不胜收。

祝瑾年脱下鞋子，赤足踩在沙滩上，一路小跑过去，撩起一捧海水，几点幽蓝星光在掌心晃动几下，又马上熄灭，再捞，亦是如此。她干脆将手伸进水里搅了几下，蓝光就随着水波荡漾开去，好像是从她手心发射的魔法光波一样。

“哟嗬——哇哦！”她拼命搅着海水，开心地大叫着，“我感觉我是个小仙女！美少女战士！代表月亮消灭你！啵啵啵啵啵——”

聂羽峥静静立在一旁，一副“我就静静看着你发疯”的样子。

玩了大半天，还是意犹未尽，才发觉自己的鞋子不知道丢哪儿去了，四处找找，就看见聂羽峥提着她的鞋，一脸无奈又宠溺地望着她。

她很少这般放浪形骸，可见今天是真的尽兴。

“羽峥！”她撒腿向他奔去，快接近时奋力地一扑，抱住他的脖子，他顺势抱着她转了半圈。

“太！开！心！了！”她一字一顿强调着。

两人在海堤上并肩坐下，十指仍然交握着，一起远眺着梦幻的蓝眼泪奇观，淡淡的浪漫让祝瑾年的心几乎化成了水，一辈子都会铭记这个时刻。

“喝酒吗？”

“你有？”祝瑾年问。

聂羽峥拍拍她的背，独自走下海堤，不一会儿又回来，手里多了几罐啤酒：“我向来不打无准备之仗。”

“可你喝了酒，怎么开车？”

“澳湾还缺代驾和酒店？”

祝瑾年“扑哧”一笑，敢情这人来之前都计划好了。

“早知道你留了这一手，我就打包一大份麻辣小龙虾来，咱俩不醉不归。”

“干杯。”聂羽峥开了两罐酒，对碰了一下。

祝瑾年小口小口抿着：“羽峥，你……”

“叫老公。”

她呛了口，有些扭捏地用胳膊肘顶了他一下。

“叫不叫？不叫就把你扔海里喂海藻去。”

他话音刚落，她忽然出其不意地将双手放在嘴边做喇叭状，对着前方大喊：“老——公——我——爱——你——”

忽来的表白令聂羽峥有一秒的失神，之后飞快地吻住她。她像坠落凡间的爱神，只为他一人而来，为他一世所有、所爱，金石不渝。

“每个人都有点心理问题，当然我也知道自己的问题在于不敢表达、不敢表现感情。我以前总觉得承认喜欢一个人是很丢人的，可遇见你之后，我倒觉得是我的幸运。”两罐酒下肚，祝瑾年越来越敢说真话，“说出来也没什么大不了的，在能感受到自己和对方真实内心的时候大胆说出来，总比时过境迁、爱情消逝之后说一句‘曾经喜欢过你’要好得多。我真喜欢现在的自己，感觉自己很幸福，有喜欢的工作、有喜欢的人，还有渐渐变好的生活，感激一切！为了蓝眼泪，为了今天，为了我们，干杯！”

聂羽峥静静听着她的感慨，抬手碰杯，再次远眺，眼中浮动着与她一样的悦然。

专案组成员经过几天废寝忘食的侦查，杀害曹义黎的凶手锁定为曾大强。曹义黎埋尸地恰好就是曾大强负责栽种的区域，他当时的工友说，曾看到他一大早骑着湿淋淋的三轮车从逍遥游里出来，说是运化肥弄脏了，洗了一下。当时他们并不觉得有什么奇怪之处。那辆三轮车在曾大强死后就归了别的工人使用，痕检用鲁米诺一喷，车斗里检测到了大量的血迹反应。

曹义黎从曾大强案嫌疑人变成了被曾大强杀害的死者，这个大反转震惊了许多人，从前对郑文秀母女俩指指点点的好事者一下子又对她们投去了同情的目光。

第二次的案件分析会上，沈子平汇报了自己这一组的调查结果，曾大强对曹义黎的勒索至少长达六年，头三年，曹义黎每个月都会从工资卡里取一千元，他取钱之后的几天，曾大强卡里就会存入一千元，接着，数目变成了两千，一直持续到曹义黎遇害前半年。不知为什么，曾大强不满于每个月的“固定金额”，第一次开口要了五万，接着又要了十五万。值得注意的是，曾大强的勒索开始时间和禾诗蕊的失踪时间仅仅间隔一个月。

至于曾大强到底掌握了什么把柄，目前警方还是一无所获，并且没有任何证据能够证明，禾诗蕊就是那个所谓的把柄。

案件似乎由此陷入了僵局，饶锡一筹莫展，下一步的工作迟迟没有布置，带着些希望看向聂羽峥：“聂组长的心理分析工作……有没有什么进展？”

“曹义黎是个恋物癖。”

饶锡一喜，坐直了身子，激动地问：“这就是他的把柄？！”

“不算把柄，但他的这一癖好很可能保存下一些意想不到的‘好东西’。

比如那张被换掉的相机储存卡，换作我，肯定第一时间毁掉，但如果是曹义黎，他说不定还留着，藏在某个地方。”

沈子平深吸一口气：“真的吗？”

聂羽峥瞥了他一眼：“不确定，只是有可能。”

他不死心地追问：“可我们根本不知道他藏在哪儿！既然这么秘密，就不可能公之于众，除了曹义黎和曾大强，世界上还会有第三个人知道吗？”

大家面面相觑，都一脸茫然，可见在调查中谁都没能发现曹义黎的秘密据点。

聂羽峥幽幽道：“我知道。”

沈子平一愣，有些不明白他这句“我知道”究竟什么意思。

“曹义黎有什么爱好？平时常去什么地方？”聂羽峥不疾不徐地问。

“呃……”当时主办曾大强案的贾亚烈清了清嗓子，“我记得他喜欢游泳、打网球，业余时间最经常去学校游泳馆和网球场。不过曾大强案发后我们为了寻找曹义黎的去处，已经跑过这两个地方了，也开锁搜查过他游泳馆放替换衣服的柜子和网球场休息区放球拍的柜子，并没有发现什么特别的东西。”

聂羽峥提醒道：“当年的调查报告中，提到一串钥匙。”

“哦，那是我们在他游泳馆的柜子里发现的，给他家人核对过，两把是家门的，一把开办公室门的，还有两把不知道是开什么地方的。”

“带上这串钥匙，跟我来。”说罢，聂羽峥起身出门，走到门口，又停下，转头淡笑着说，“做好心理准备，也有可能扑个空。”

饶锡站起来，冲沈子平和贾亚烈使了个眼色，让他俩赶紧跟过去看。

警车驶入东南政法大学，在跟教务处老师沟通后，几人由考务中心一位姓张的老师带着去了档案室。

“谢谢你，麻烦你把门打开。”聂羽峥站在其中一间门口，做了个“请”的手势。

张老师在一大串钥匙里找出一把：“行，里头灰尘比较多，你们克服一下。”

沈子平和贾亚烈跟着聂羽峥走进去，只见这间屋子里堆满了写过的考卷，翻了翻封面，竟然都是六七年前的卷子了。

张老师并不清楚他们来找什么，热情地解释道：“我们学校每年的期末考卷原则上保存六年，每一届的学生毕业两年后，考卷就统一销毁。二位警察同志要找哪一届哪一个学院的卷子？”

“羽峥？”沈子平求证道。

“不找卷子。”聂羽峥抬手指了一下墙边几个非常陈旧的铁皮柜，“看这个。”

张老师说：“这几个从旧校区搬来的柜子是当年应付检查临时顶用的，本来就不怎么好用，好几个锁头都生锈了呢，已经很久没人打开了。有次做固定资产清查的时候想要报废，但一直拖着没有处理。钥匙我实在不知道哪儿找去，你们看这……”

聂羽峥示意贾亚烈拿出曹义黎那儿找来的钥匙：“十二个柜门，两把钥匙，工作量虽然不大，但还是建议你俩分工。”

贾亚烈点点头，将那两把无主的钥匙挑出来，分了一把给沈子平。

沈子平捏着钥匙，深吸一口气定了定神，小心翼翼地将钥匙插入右手边第一个柜门。不是。

第二个……不是。

第三个——咔，锁头转动的声音。

他的心向上一提，猛地把柜门拉开。

见柜门顺利开启，聂羽峥眼中露出些胸有成竹的笑意，偏头说：“张老师，你最好回避一下。”

“……好吧。”张老师虽然很好奇，但毕竟是警方办案，不好多说，只能退了出去。

另一侧，贾亚烈也顺利打开了一个柜门。

“聂组长……你……”望着满柜子用小密封袋装好还标号说明的各式物品，贾亚烈再也克制不住自己内心的震惊和激动，说话都不利索了，“到底……到底是怎么猜出来的……”

“乖乖！”沈子平半张着嘴，忍不住附和，“你这么神你女朋友知道吗？”

聂羽峥低笑一声：“你还有心情开我玩笑？”

沈子平咬牙戴上手套，飞快地从柜子里抓出几个袋子反复翻看着，一会儿后大声说：“禾！诗！蕊！你们看！这上头写着——这是禾诗蕊折断的手指甲！日期是五年前的 11 月！”

他像忽然找到一大箱宝藏似的，瞪大双眼拼命扒拉着：“还有这个！禾诗蕊用过的纸巾！这一堆，全部都是诗蕊的东西！”

（4）

案件出现了突破性进展，禾诗蕊失踪案、曹义黎案、曾大强案正式并案侦查。

曹义黎的秘密收藏品中，整理出大量禾诗蕊失踪后用过的东西，纸巾、卫生巾包装、护肤品空罐子、洗澡脱落的发丝，还有禾诗蕊失踪当日所穿的所有衣物、项链，都被曹义黎装进了密封袋，并按照收集日期编号。最早一份可以追溯到禾诗蕊失踪后一个月，最迟一份的日期则为曾大强死前几天。为了进一步证实这些东西确实是禾诗蕊用过的，技侦挑取了一些可能能检验出 DNA 的东西化验，最后都和禾诗蕊的 DNA 信息完全吻合。

不仅如此，章靖鸣被替换掉的储存卡也在其中，里头的照片其实并没有拍到曹义黎跟踪禾诗蕊的画面。曹义黎做贼心虚去替换照片，弄巧成拙，反而暴露了自己。他的收藏品中，还有三段不堪入目的视频，记录着禾诗蕊惨遭他强暴的画面，看背景，竟然都在曾大强家里，拍摄者也是曾大强。也就是说，禾诗蕊失踪后并没有被杀，而是被囚禁在曾大强那儿，曹义黎时不时从他那儿获取一些禾诗蕊的抛弃物来获得心理和生理上的满足。这也就是为什么在曾大强家里几乎找不着有女性生活过的痕迹——平时，他不给禾诗蕊穿女性的衣服，强逼她穿着他的衣裤，而一些不得不用的女性物品，他全部送给了曹义黎，或者说，是卖。

警方进一步推测，曾大强和曹义黎其实并非勒索和被勒索的关系，更有可能是雇佣和被雇佣的关系。只不过后来这种关系被打破了，曾大强起了贪念，或者有什么不为人知的变故，狮子大开口。

沈子平的心情丝毫不见轻松，禾诗蕊去向之谜浮出水面后，一个问题接踵而至——杀害曾大强的，是否就是禾诗蕊？

分析会上，大家议论纷纷。

“她具备杀人放火的仇恨度，也丝毫不怕人发现曾大强的尸体，因为除了曹义黎，没人知道她一直被囚禁在那个小平房里。她点燃那个屋子，释放仇恨的同时，也可以烧掉她生活过的痕迹。”

“曾大强刚把曹义黎干掉不到二十四小时，自己也被杀了。杀完人的他心里应该十分紧张，居然还有心情大吃大喝、醉得不省人事，说明他在凶手面前还是挺放松的、很信任这个人，或者根本没把这人当一回事。曾大强可是死于晚上啊，那个时候，能跟他在一起的除了一直被囚禁的禾诗蕊，还会有谁？”

“若不是犯下杀人重罪，一个重获自由的受害者为什么不选择报警、回家，而继续扮演一个失踪人员？”

“还有个可能，禾诗蕊也被凶手杀了，只是尸体还没找到。”

“除了曹义黎之外，曾大强从不让人去他家，怎么可能带个外人回家喝酒？那不光是他家，还是囚禁地、杀曹义黎之地，换作我，我绝不让人过来！死也不让！”

“没准是小偷或者抢劫犯呢？”

“你看他住的那地儿，像是能弄到钱的人家吗？”

见支队长戴恒松走了进来，饶锡出声制止了议论："好了好了，安静一下。"

继曹义黎从嫌疑人变成受害者之后，受害者禾诗蕊变成了嫌疑人，案子随着调查的深入一再反转，委实让许多办案刑警有一肚子感慨要发。

饶锡向支队长戴恒松汇报了目前的进展情况，戴恒松忍不住敲了敲桌面，满意地点点头，继而望向聂羽峥："聂组长，你这一招可真是鬼斧神工啊——哈，这成语用得对不对就不说了，跟我们讲讲，也让这些年轻人学习学习——为什么你能一击必中？是不是从他女儿和老婆那里套了什么话出来？"

聂羽峥淡然："心理分析而已，本职工作。"

"也太玄乎了……不行，一定好好解释解释。"戴恒松不依不饶道。

聂羽峥沉默几秒，然后才说："弗洛伊德在他的《性学三论》中，认为恋物癖在神经症和倒错的研究中占据着一种特殊的位置。作为性变态的一种，恋物癖实际上也是一种性倒错。性心理产生的问题大多可以去童年经历里寻找，据我所知，曹义黎经历过两次来自异性的冲击和打击，一次是在翻拣垃圾时找出女性用品、却挨了母亲的揍，另一次是青春期时被女生起了个难听的外号、因此对异性敬而远之。在性心理的发育中，有两个危险，一是固结，二是退行。无疑，曹义黎的固结就在于那次挨揍的原因——一件丢弃在垃圾堆里的女性用品，这就是他日后爱收集女性丢弃物的源头。"

"固结是什么？"

"退行？"

瞥见四周不解的目光，聂羽峥进一步解释："性是贯穿人一生的，性活动的各个阶段都有可能停滞不前，这种停滞就叫固结。退行就是指一个人的性心理虽然发育到成熟阶段，但一遇到阻碍或者挫折，忽然增强的性欲无法得到宣泄，就退而求其次，退回以前的固结处。"

沈子平从来没听聂羽峥提过这些事，此刻暂时忘记了禾诗蕊，认真听着他的每一句话："我还是有点不明白……"

聂羽峥低头在手机屏幕上点了几下，开启程序将屏幕上的内容投射在分析案情的白板上："举个例子，前几年国外有个新闻，一名男子因为强暴邻居家的母牛被起诉。"

"太污了……"一个刑警小声斥道。

"新闻当事人平时举止正常，且已经有了一个比较圆满的家庭。他自诉自己出生农村，小时候放牧时看到牛羊配种，第一次产生了冲动，并与一只牛发生了关系，获得满足。之后，他也可以在异性身上得到满足，但压力大时，仍会选择牛。小时候和牛发生关系的经历就是他性心理发育阶段的固结，成年后，每次遇到挫折和压力，就产生了退行，回到固结点，才能再次获得满足。"

沈子平会意："曹义黎也是这样？"

"正是如此。他对异性的欲望受自身经历、性格影响，经常性处在压抑的状态，成长过程中多次受阻，让他发展成一个具备跟踪、恋物两种变态心理的人。与章靖鸣的跟踪行为不同，他的跟踪其实是为恋物癖服务的。"

戴恒松点点头，问道："可我还是没弄明白从这些信息中怎么就能分析出他藏东西的地点。"

"很简单，性心理的退行都是以逃避现状而获得舒适感和安全感为目标，他固结点有着两个关键词，一是女性物品，这发展成了恋物情结，二是废弃，这很可能就是他觉得舒适和安全的所在，因为第一件引起他注意到男女性别差异的女性用品就来源于一个堆满废弃物的地方。在个体潜意识中，有种东西叫'情结'，是一组压抑的心理内容聚集在一起的情绪性观念群，决定着人格取向和发展动力。在曹义黎的潜意识中，有着一种废弃情结，他自身可能意识不到，但这种情结默默影响着他的思维，所以，他存放女性物品的地点也一定跟'废弃'存在关联。"

聂羽峥说着，走向桌上堆放着的调查资料，拿起一份翻开，继续解释道："曹义黎的生活、工作活动范围很固定，只要在范围内找寻这么一个地方就行——既要符合'废弃'这个关键词，又要符合曹义黎的身份，比如废品回收站一类的地方，他如果经常光顾，就显得很不正常。他失踪前，作为院领导，每个月对学生考卷的存放的考试中心档案室有一次常规巡查，其他学院对此比较敷衍，通常签个到了事，但我曾听郑文秀说过，这个工作他每次都按规定进行。放在档案室的卷子，迟早都会被销毁，与其说那是档案室，不如说是一个存放预备废品的仓库，很切合曹义黎的思维逻辑。进而我想起，去年底自己去查卷时，碰巧得知一个档案室里有几个从老校区搬来的文件柜多年无人问津，于是做了个大胆的推断——曹义黎按规定巡查档案室并不是真的敬业，而是带着收集品去‘存档’。”

“去年年底……”林睿小声对陈昱说，“聂组长去查的该不会是祝瑾年的卷子吧？”

“很有可能。”陈昱暗暗发笑。

“但是，有个问题我一时没想通。禾诗蕊失踪时穿的衣物的收集日期就在她失踪后一个月，项链的收集日期却和衣物差了好几年，而且，项链特别脏，坠子空隙里还有一点泥土。据禾诗蕊的舍友说，项链是她上大学前，奶奶送的，白金链子加人工水钻吊坠，对她来说应该比较珍贵，就算不慎弄断，怎么可能当作垃圾丢掉？不过，内情可能只有禾诗蕊或者曹义黎知道。”

戴恒松赞许道：“聂组长的思路清晰，利用专业知识推动案件出现巨大突破，我代表支队表示感谢。但大家不要松懈，因为曹义黎、曾大强两个当事人都已经死了，要想还原当年发生的一切，就一定要找到禾诗蕊。原先，我们普遍推测失踪长达十年的她很有可能已经遇害，但就现在我们调查的结果来看，她不仅没有死，还可能和曾大强的遇害有关。在两个男人相继被杀后，她去了哪里？她是凶手还是帮凶？她现在是否活着？都是我们必须弄清楚的事。饶锡，你安排一下接下来的侦查工作。”

饶锡揉揉眉心，虽感觉棘手，但仍旧按照常规程序布置道：“子平，你带一组人到凉肃去，突访禾诗蕊的父母，她以前的亲戚朋友也逐一问过去，但不能透露我们最新的调查结果，只能说是重启失踪案调查；亚烈，你们一组着重看曾大强案中保存下来的道路监控，我记得数量不是很多，工作量并不大。当时我们不知道禾诗蕊就在他家，而且过分注意曹义黎，所以忽略了。重点找一找有没有跟她身高、体形、相貌差不多的身影，背着包，或者拿着什么可以装东西的物体——十几万的现金啊，不可能轻轻松松就能徒手搬走。”

戴恒松严肃地补充道：“禾诗蕊是本案最重要的知情人，也是嫌疑人，一定注意，在案件没有彻底水落石出之前，不允许任何人泄露案件进展，即使被害人家属问起，也不能说。还有，更加不能让媒体知道这件事。”说罢，他看向聂羽峥，眼中的严厉有所缓和，“聂组长，如果你还有什么新的想法，一定及时告诉我们。”

第二十三章

我只想见他

/HE NI DE SHIJIE TANTAN 2/

（1）

聂羽峥颔首，瞥了一眼脸色比平时都臭的沈子平，微叹口气，又默了几秒，才问：“一个可能逃逸的嫌疑人，警方的追查方向是？”

在场的每个刑警在校时都学习过嫌疑人追踪相关知识，这个问题根本难不倒他们。

问及专业，饶锡胸有成竹：“如果刚刚逃跑，除了调看监控弄清出逃路线外，有外逃可能的，我们通常盯几个地方——各大车站、渡口，高速出口、国道也会设卡，99% 能抓回来，1% 能顺利躲过盘查的都不是普通人。对于这类人，首选肯定是盯父母家，其次是盯他身边可信任的亲朋好友，再次，有些报复心很强的，会去找一些和他有过节的人。没有外逃，还在市内转悠的，就是去往网吧、小旅馆、洗浴中心等一些管理不是很严格、容易脱身的地方。是个人就要吃饭睡觉，在哪里吃饭睡觉比较不会被警察发现、也不会引起太多注意，他们就会往那儿去，废弃的仓库、厂房、桥墩下、地下通道什么的，都有可能，有钱也就罢了，如果没多少钱，坚持不了几天，心理很容易崩溃。尤其那些通缉犯，东躲西藏的还不如乞丐，被抓之后他们反而轻松了。”

沈子平憋不住：“禾诗蕊跟他们能一样吗？！”

饶锡一愣，莫名其妙地看向他。

“沈副队长的意思是——”聂羽峥不动声色地替他打了个圆场，“禾诗蕊和那些作案后匆匆逃离之人不同，她虽然重获自由，但没有身份证、驾照等证件，也没有手机和网络，飞机、火车等交通工具都无法乘坐。何况她离开案发地三年多了，现在全城布控、搜索就是亡羊补牢。”

饶锡点头：“而且，她离开的时候也没人在后面追捕，心理压力没那么大，从容很多。但是她有钱——曹义黎第一次拿去的五万和第二次的十五万，曾大强都没存入卡里，如果她要走，别说路费了，用作生活费，省着点花，撑个两三年不成问题。中国那么大，手里有钱，去哪儿都可以，我们只能按部就班找线索。”

沈子平意识到自己莽撞了，定了定神，说：“现在我们坐在这里猜她去了哪里，那么多城市、乡村怎么猜得过来？这些年，鹏市的城市建设很快，许多地方都产生了翻天覆地的变化，她与世隔绝了那么多年，且不说在心理上与社会存在一定脱节，忽然回到外部世界来，不熟悉路线，要走、要逃，都没那么容易。”

见他回到了正轨，聂羽峥接着他的话说：“她出来后，安全方面的需求比吃、穿、住要强烈得多，首先会想方设法回到一个自己熟悉的地方，再从长计议下一步去哪里。比如，车站、学校，这些地方十年内换位置的可能性很低，只有回到这类地方，她才能平静下来。换作其他人，也是一样。”

“熟悉的地方……”饶锡摸摸下巴，“平静下来后，她打算去哪里？老家凉肃？”

贾亚烈不同意这个观点，说：“太危险了，万一警方查出曾大强囚禁了她，下一步就会全城找她，找不到的话，就会去凉肃。”

聂羽峥说：“无论如何，她一定会想办法回凉肃，见自己的父母。”

沈子平疑道：“……她会吗？”

“你们看一看禾诗蕊的家庭关系——”他用下巴指了一下以往的调查资料，“她家境一般但很圆满，父母恩爱和谐，成长经历一帆风顺，与父母的关系非常亲密，基本没有过特别大的矛盾冲突，一家三口堪称模范家庭，外人都很羡慕。从这种家庭出来的女儿，对父母的依赖程度很高，被囚禁多年，对父母的思念和担忧必定成为她最大的情感支撑。重获自由后，鹏市之外安全的地方对她来说很多，排名第一的一定是凉肃父母处。”

他顿了一下，又说：“但是，如果从禾诗蕊父母那儿得不到任何她回去过的线索，这个人，也没什么找的必要了，因为——能决绝如此，肯定不会让人找到。”

饶锡一听，正襟危坐，指着沈子平：“你马上带人去凉肃，先不要跟她父母正面交涉，侧面了解这两口子近几年的情况，出行记录和逢年过节的电话记录也要查。”

沈子平迟疑了一下，一时忘了答应。

“愣着干吗你？”

“呃……是！”他站起来，点了几个人，急急走出会议室。

散会后，戴恒松热情地拉住聂羽峥：“今天外省几个厅里的领导、专家带队过来参观学习，其中有个专攻犯罪心理的，组长一起去交流交流吧。”

“我只是心理研究人员，与犯罪心理专家还有一段距离，今晚就不去班门弄斧了。”他委婉地推辞掉。

“组长真是太谦虚了……”戴恒松略感遗憾，见他确实没有赴宴的意思，也就作罢。

一个身材纤弱的女子走进“荒漠甘泉”，脸上愁云惨淡，哀哀地问前台的琪琪：“请问……羽峥在吗？”

“聂总这几天都没有来，您去研究所找他比较好。”琪琪微笑着，公式化地说，“如果您只是想要咨询，我可以帮您预约其他的咨询师。”

“不必了，我只想见他。”女子脸上毫无笑意，还有一丝病态的苍白，“我没带手机，麻烦帮我打个电话告诉他，我在这里等他。知道我来了，他会过来的。”

琪琪一愣，感觉到一丝怪异，但还是微笑着确认道：“呃……您跟他预约过了吗？”

女子婉然一笑，眼神中透着一股诡异的痴迷：“不用预约，我是他妻子。”

“您先在那边坐一下，我帮您联系。”琪琪比了个“请”的手势，待女子走到沙发边，马上拨了个电话给杜格致，“杜总，一个女的在我这儿，自称是聂总的老婆，要见他，您……”

杜格致那边沉默了一下：“务必招待好她，我会给羽峥打个电话。”

不明所以的琪琪瞪了瞪眼，心里闷了口气，挂了电话之后不禁胡思乱想了一出有妇之夫隐婚同女下属谈恋爱的戏码，忽然感觉到一阵强烈的愤慨，为祝瑾年不值。

她心情低落地倒了杯水，拼命挤出一个勉强算作微笑的表情，放在女子面前的小几上，生硬地说：“……您请喝水。”

“谢谢。”女子礼貌地答。

巧的是，祝瑾年的访客结束了咨询，二人一起走了过来。同时，电梯门开启，聂羽峥走了出来，明显是开完案件分析会绕到这儿来接祝瑾年下班的。他的手机振动起来，杜格致的电话来了，却晚了。

“老公！”女子站起来，往前迎了两步。

除了访客外，祝瑾年、琪琪和聂羽峥的表情都是一滞。琪琪紧张地向祝瑾年小跑过去，想说说事情的经过，可一急，加上聂羽峥又在场，竟什么话都说不出来。

面对忽然造访的曹筱柳，聂羽峥意外的同时，并不惊讶。郑文秀得知曹义黎去世的消息，精神已经崩溃，对曹筱柳的看护肯定不如以前。

祝瑾年一听这个声音，心里明白了七八分，纵使知道聂羽峥不愿刺激曹筱柳，可还是有点看不下去。她抬眼看看病恹恹的曹筱柳，再看看面若冰霜的聂羽峥，转身朝音乐室走去——听会儿歌，自己放松一下。

这是最聪明也最仁慈的做法了。

琪琪傻眼，忽然反应过来，如果这个女的是聂羽峥的正牌老婆，她的瑾年姐就是小三了，她没办法打抱不平啊。没能打通电话的杜格致走过来，让她先到自己办公室坐一会儿。

聂羽峥望着祝瑾年的背影，等她彻底消失在视线中后，他尽量克制自己，压着情绪淡淡地问曹筱柳："你怎么来了？"

"老公，我想你了……"曹筱柳怯怯抬眼，一脸哀怨，真像个下堂妻一样，"我知道你工作很忙很忙，但只是希望你能多回家陪陪我，有错吗？看不到你，听不到你的声音，我吃不好、睡不好，有个东西一直压在我的头上，还把我往下拽，我感觉自己的血肉都被它拽走了，整个人空了，像泡在福尔马林里的尸体。我看不见东西，也感觉不到空气，头疼，我讨厌呼吸，不想跟任何人说话……"

聂羽峥不带任何感情地跟她对视，眉心微蹙，从她滔滔不绝的诉说中，他发现她自上次自杀失败后，重度抑郁和恋爱妄想症丝毫没有减轻，二者交替出现，往更加危险和极端的方向发展，他怀疑，郑文秀最近忽略了叮嘱女儿按时吃药。

虽对对她没有私人感情，但他毕竟不是铁石心肠，能够眼睁睁看着别人走向绝路。

他找出郑文秀的号码，拨了过去，然而并没有人接。

"老公……"曹筱柳走上前，轻柔地抱住了他的手臂。

"我有几句话交代同事，你在这里等我。"聂羽峥挪开几步，敲开杜格致办公室的门，对琪琪使了个眼色。

已从杜格致那儿听说曹筱柳病情的琪琪现在已然对聂羽峥恢复了好感，不但如此，还觉得他特别不容易。

"聂太太，您快坐快坐，水凉了，要不要换一杯呢？"琪琪飘然出去，异常热情地招待。

听到这个称谓，怀着虽问心无愧却不得不负荆请罪心情、正往音乐室走去的聂羽峥脚步一顿。

琪琪觉得背后一寒——嗯？有杀气！

（2）

祝瑾年半躺在椅子上，耳机里播放着巴赫的钢琴曲，每一首都是那么悦耳，可又没办法集中精力欣赏。忽然，耳机被人摘掉，她睁开眼睛一看，聂羽峥坐在她身边的高脚凳上，眼中似有许多话，但迟迟没开口。

她一笑，挑眉看住他："聂总，你老婆走了？"

他与她对视，也扬了扬嘴角："还在门口，等我'一起回家'。"

祝瑾年沉默了一会儿，收敛了笑容："有一些话，我必须提醒你。重度抑郁症是心理咨询没办法解决的，必须靠心理医生和药物。不管你拿到的是几级证书，都不具备心理医生的职权。你可以同情她、帮助她，照顾她的感受、不刺激她自杀，可你能做的十分有限，而且治标不治本。这一次敷衍了她，下次还是一样，最重要的是——作为一个心理工作者，我能理解她，也能理解你，我不希望她走绝路，但同时我也不喜欢她'老公、老公'地称呼你，这跟我是否心地善良毫无关系，我可不是圣母体质，就是不允许其他人这么叫。"

他噙着一抹笑，眼中竟还有几分少见的得意。

祝瑾年白了他一眼："严肃点。"

"你一本正经吃醋的样子太诱人了。"他俯身凑近，目光灼灼，"我要好好记住你现在这副样子。"

她恶狠狠推了他一下，赌气道："你老婆还在外面等你！"

聂羽峥顺势握住她的手不放："她明明在我面前。"

祝瑾年语塞，深吸一口气，慢慢呼出，心想，他其实也挺无辜，自己闹脾气也真是可笑，难得真正生一回气，还生得这么无厘头。

“好啦……”她摆摆手，“你想办法把她送回家，可别磨蹭太久，她一下子想不开从外头窗户跳下去，‘荒漠甘泉’可就出大名了。”

“我是来接你的。”

“这不是突发状况吗？”她瞥了一下走廊方向，忍不住又讽刺他，“怪不得你不做心理咨询呢，太容易让访客产生移情了，咨询没做几次，老婆冒出来一大堆，后宫三千，真担心你的身体……唔……”

狠狠地被吻了一通，祝瑾年满脸通红，别过头去不看他。

聂羽峥捏了捏她的脸颊，又给郑文秀打了个电话，还是没打通。他感觉一丝不对劲，猛地站起来，拉着她往外走。

“等等！哎！等等！”祝瑾年狼狈道，“鞋……”

聂羽峥回头看了一眼，捡起她的高跟鞋，蹲下身给她穿好。

祝瑾年心软了，红着眼眶看他，他站起来，把她紧紧抱进怀里，这一刻，他不想管任何人的死活。

祝瑾年平复了一会儿：“快走吧！你是不是怀疑郑文秀出事了？”

他没有答，牵着她走出音乐室。

眼看快到前台，祝瑾年松开了他的手，只见他走向曹筱柳，语气不带任何感情色彩：“这是你母亲的咨询师祝瑾年，现在，我们跟你回家一趟。”

曹筱柳不太情愿地站起来，想迎上去牵聂羽峥的手，他却转身走向了电梯。

说真的，祝瑾年还挺喜欢他在人前这副冷冻肉的模样，清冷淡漠，高不可攀。

“老公！等等我！”

祝瑾年翻了个白眼，无奈地跟过去。琪琪捂着嘴偷笑，只觉得今天这场戏有点精彩。

到了地下停车场，曹筱柳一下子坐进了副驾驶，一路上各种找话题，旁若无人，老公老公叫个不停。祝瑾年像只单身狗，坐在后排，紧抿着唇，压着心中的不快，看窗外飞驰而过的风景，心中不断腹诽——那个不是你老公，是我老公！

不过，看得出来，虽然聂羽峥语气冷淡，有一句没一句地回应，可曹筱柳真的很开心，完全沉浸在与他恋爱的幻想中不能自拔，尽管这是饮鸩止渴。

三人以最快速度到达郑文秀家，聂羽峥看向曹筱柳，第一次主动跟她说话——“钥匙。”

曹筱柳一愣，目光一下子呆滞起来，闷闷地发了一会儿呆：“我……我没带钥匙。”

“你出来前，郑老师在做什么？”

“我……我不知道，她……”

重度抑郁患者确实这样，注意力和思考能力都很差，有的连生活都不能自理。

祝瑾年按了两下门铃，又用力敲了几下门，里面没动静，不禁心口一紧，动了动聂羽峥：“撞门吧！”

“电视剧看多了，真不心疼我。”聂羽峥瞥了她一眼。

祝瑾年回神，看了一眼钢质的防盗门，自惭形秽地低下头。

聂羽峥联系了距离最近的开锁师傅，十分钟后，房门被打开。他第一个进去，不到一秒就忽然伸手拦住了即将跟着进来的祝瑾年和曹筱柳。

“别进来。”

不小心瞥见里头离地一段距离的双脚，祝瑾年大骇，下意识后退几步。上次的咨询中，她发现“曹义黎是无辜”的想法是郑文秀的精神支柱。郑文秀早就有了抑郁的倾向，或许她可以接受丈夫是杀人凶手，但不能接受丈夫虽洗脱了嫌疑却在三年多前就离开人世的事实。曹义黎死讯传来，她最后一根弦也就此崩断。

曹筱柳忽然推开她，直直往里冲。

“不行！”祝瑾年拽住她的衣服，死命往回拉。

场面忽然一片混乱，聂羽峥退了出来，“砰”地将门关上，将僵持的二人分开，挡在了祝瑾年身前。

曹筱柳愣愣地看着他。

不等她有什么行动，聂羽峥抽了两张钞票出来，对开锁师傅说：“看住她，我打电话。”

危急情况，有票子好办事，本来想趁乱走人的师傅立刻留了下来，拽着曹筱柳，不让她走动。

聂羽峥给康宁医院和110打了电话，回身低声对祝瑾年说：“又想当女英雄，手上的伤口没让你长记性？”

“这回我没事，但我觉得——你有麻烦了。”祝瑾年瞥了眼曹筱柳。

再怎么迟钝，曹筱柳大概也看出来了，聂羽峥的心思到底在谁身上。她忽然变得很安静，半垂着眼，目光中尽是死一般的沉寂。

不知内情的开锁师傅以为她不动，就是放弃了挣扎，手上的力道变轻了，没想到安静没一会儿的曹筱柳忽然甩开他的手，朝一旁的窗户奔了过去，一脚踩在窗台上，双手攀住不锈钢护栏，就要往上爬。

聂羽峥飞快上前几步，扣住她的上臂：“下来。”

曹筱柳并不坚持，双脚回到地面，一转身猛地抱住了聂羽峥的腰：“我知道你是舍不得我的……”

祝瑾年不忍再看，背过身去欣赏墙砖。开锁师傅看呆了，这会儿只站在一旁不敢多说。

聂羽峥将她的手臂移开，退后一步，她执拗地又要扑上去。

附近派出所的民警及时赶到，挡在曹筱柳身前。

曹筱柳忽然委顿下来，思绪又不知道飞到了什么地方去，仰着头，半张着嘴，眼神呆滞又绝望。

抑郁症并不是大众所认为的成天闷闷不乐，而是根本无法感觉到情感，又或者说，疲于感受外界。对于曹筱柳来说，曹义黎、郑文秀的去世和聂羽峥的态度好比掉入深黑大海的几滴水，无法马上刺激得她崩溃，因为她早就已经崩溃到了极点，这些悲惨的事，只不过再把她往大海深处推一些罢了。失去药物控制和看管，她离自我了断仅隔着一层薄纱。

救护车的声音由远而近，康宁医院几个彪悍的护士冲了过来，代替警察接手了曹筱柳。

“注意，她最近的自杀倾向很明显。”聂羽峥活动活动手腕，对前来了解情况的医生老程说。

临走时，曹筱柳回头看了看聂羽峥，很温柔地轻声说：“老公，我一会儿就回家，你要等我哦。”

老程摆摆手，护士们扶着她两只手走进电梯，他转身对聂羽峥说：“小聂啊，唉！这个女孩子很可惜，病情其实一开始完全能控制，她妈妈带她来看过一次后，不肯住院，说什么怕人说闲话，非要在家看护，她能有我们专业？算了，死者为大，我不说什么。我怀疑曹筱柳已经有了精神方面的问题，想必这几年她给你的困扰不会少，好在现在入院的话，还是能得到控制的。你放心。”

“我对程老师肯定放心。”聂羽峥微笑，“卢酬志的情况怎么样？”

老程摇了摇头：“小志是好多了，就是他爸爸思想上还转不过弯，总想着怎么样让他回校上课、参加高考。健康最重要，高考算什么？讲不通……无奈啊。”

祝瑾年苦笑一下，低声喃喃：“人不自救，没人能救。”

聂羽峥拍拍她的背，上下轻抚几下算是无声的安慰。

老程走后，他俩简单做了一下现场笔录，聂羽峥想到最近已第二次成为尸体发现人，也是无奈。

祝瑾年站在门口，看警察们提取一些物证，遗书、写遗书的水笔之类，警察从书房里拿出一盒笔芯和一沓 A4 纸做比对，证实纸和笔都不是被人外带进去的。从现场上看，排除了他杀可能。

程序走完，天已全黑了。祝瑾年疲惫地回到副驾驶坐下，聂羽峥同她十指交握，开了一盏小车灯，二人相望，从对方的眼神中读取着互相心中所感。

“或许我们需要一个安静的地方，平复一下心情。”祝瑾年建议。

他默了几秒，最后征求她的意见：“去哪儿？”

祝瑾年笑笑：“你心里明明有了目的地，还问我？”

“一起说？”

“来吧，你数一二三。”

“三。”

祝瑾年无语，眉一横：“太敷衍了！”

“一，二，三——”

“诺亚。”二人同时说。

祝瑾年终于真正展颜笑开：“你是想看美女了吧？”

聂羽峥一边发动车子一边轻轻地摇摇头：“早就说过，不如你，通通不如你。”

第二十四章

在那里，在这里

（1）

凉肃市通安区金冠小区。

片警小刘、老关带着沈子平、林睿、陈昱来到禾诗蕊父母家，一边上楼一边介绍着："禾学东、林晶早几年就退休了，小禾刚失踪那会儿，他俩从鹏市回来后，几乎天天跑所里一趟，问有没有女儿的新消息。尽管我们再三保证，有了消息第一时间通知他们，可他们还是……为人父母，可以理解。后来隔一两个月还来个两三次，这几年去得少了，八成心里也接受了现实。"

老两口住在五楼，小刘赶在最前头，敲了敲门，一直不见人来开，又敲了两回，对面邻居开门了，是个粗嗓门的大汉。

"不在不在……呃，警察同志啊？哈哈……"大汉一见片警的制服，立刻换了一个口气，还把外铁门给打开了，"找老禾他们？是不是他们丫头找到了？"

老关问："他俩去哪儿了？"

"这个我不知道，反正好几天没看见了。"大汉话音刚落，他老婆挤了出来，抢着说："去旅游了。"

沈子平眉头一皱："旅游？"

"对啊，老禾他们早想通了，丫头一时半会儿哪里找得到，整得自己愁眉苦脸的，日子不过了？”中年妇女打开了话匣子，一边抠指甲一边说，“以前真是可怜，他们从来不会两个人同时出去，一定有个人留家里，说怕丫头哪天回来了，敲门没人应。人要向前看……喏，他俩反正没个盼头了，我看是放开了，半辈子的积蓄，到处玩，真好，我什么时候才有这福气？”

“呸，那是福气吗？”大汉不满地推了她一下。

妇女悻悻抿了抿嘴，又说：“警察同志，他们就是去旅游了，没事。丫头刚失踪那阵子他们都没怎么地，现在想开了，哪还会有事？林晶还跟我们一起跳广场舞呢，还打麻将。过几天就回来了，你们过几天再来。”

老关和沈子平对视一眼，又问了几句，谢过之后离开了。

他们找到几个跟林晶一起跳广场舞的人核实，邻居妇女说得不假，林晶只要在家，每天晚上都会去固定的地方跳舞，已经持续大约三年了。老姐妹们见她能想开，都很宽慰，只是心里免不了有些同情，从不在她面前提自己的子女和孙辈。

回凉肃刑侦支队的路上，沈子平照着禾学东的手机号拨过去，发现电话不在服务区，林晶的手机也是一样。支队的刑警帮着查了一下，说夫妻俩六天前买了去春市的机票，回来的航班则订在六天后。

春市是西南部最著名的旅游城市，林睿摸着下巴说：“他们还真的去旅游了……”

沈子平沉默着，心想，连我这个只是曾经暗恋过禾诗蕊的人，为了找她都能孜孜不倦，身为亲生父母，怎么可能想开，还又是旅游又是跳舞的？

“查查他俩过往的出行记录。”他说。

一会儿后，结果出来了。近三年里，禾学东和林晶出省六次，在此之前的几年，则没有任何乘坐飞机或者火车的记录。他们的目的地看似每次都不一样，可都集中在西南几个省。

“绝对有问题。”陈昱小声对林睿说。

沈子平说：“夫妻俩‘想开’并且开始跳舞、旅游的时间跟曾大强、曹义黎双双死亡的时间基本重合，这种转变太过忽然。聂羽峥估计得没错，禾诗蕊回来找过他们，得知女儿没死，当然能够释怀。”

林睿点了点头：“骨肉亲情最难割舍，怪不得聂组长会说，连父母都能避而不见，就真的找不到了，好在禾诗蕊还没那么狼心狗肺。”

听了这个形容词，沈子平颇为不高兴地瞥了眼他，可又不能表现出什么，只说：“当务之急，是找到这夫妻俩，现在他俩处在失联状态，一旦哪天开了手机，保不齐哪个多嘴多舌的人会把警察来过的事告诉他们。”

林睿摩拳擦掌：“去趟春市？”

沈子平摆摆手：“他们这几年一直在西南几个省份转悠，说是旅游，邻居们信，我们当警察的怎么可能信？每个能查到的目的地都是幌子，真要是去旅游，关什么手机？拔什么电池？不就是为了避免有人查到信号吗？他们就是去看女儿的。但是，禾诗蕊不可能定居在有机场的大城市，连装个网络都要身份证，她即使有，能拿出来吗？西南那一带不乏一些原始村落，别说网络了，路都没几条，我是禾诗蕊，也会选择那里。”

陈昱一阵激动：“太好了，至少我们知道了禾诗蕊大致的位置！”

“别高兴太早。”沈子平这时出奇地冷静，“现在我们是在跟时间比赛，因为她父母还不知道警察来过，但不能保证他们什么时候会开机，我们要赶在开机前——”他沉吟一下，“要不，站在夫妻俩面前，要不，就站在禾诗蕊面前！”

陈昱想了想，说：“我马上联系春市警方，请求他们配合定位他俩手机信号出现地点！一旦发现，马上出警！”

林睿泼了盆冷水：“万一他俩一直不开机呢？等回到凉肃再开机，问起来就说去旅游，谁有证据证明他俩是去看女儿的？”

“我先把这个情况告诉饶锡。”沈子平闷闷地说。

“也顺便告诉聂组长怎么样？”林睿建议，“他连曹义黎藏东西的秘密基地都能猜出来，说不定能猜出禾诗蕊的隐居地呢？”

“西南这么大，聂羽峥就算知道她隐居在一个封闭的小山村里，也不可能说出是哪个村……”沈子平无奈地拍拍他的肩膀，“太为难他了，他毕竟没开天眼。”

林睿耸耸肩，只能作罢。

沈子平给饶锡打完电话，沉默了一阵，还是跟聂羽峥说了一声。

“西南？”

“嗯，夫妻俩这几年频繁跑那边，想必不会错。”

“去了几个地方？”

沈子平一一报上目的地，特别强调了一遍：“其中，春市去了两次。”

“去的时间是否固定？”

“都集中在 6、7、8 三个月，说是避暑。说真的，凉肃挺凉快的，比鹏市好多了。”

“……我知道了。”

沈子平等了一会儿，听聂羽峥没继续说，就只能说了个再见。

林睿不死心地问：“聂组长说什么？”

“果然没说什么。”沈子平强颜欢笑。

祝瑾年摘下 3D 眼镜，悄声问：“谁的电话？有事的话你先走。”

“沈子平。”聂羽峥脑中总有个灵感呼之欲出，可一直抓不住最要害的那根线，只是淡道，“没事。”

她将信将疑，但还是选择继续看电影。只听他问：“演到哪儿了？”

“他们都困在古墓了，有个人不见了，还有两个死了。”

“凶手是那个穿黄衣服的。”

“喂！”电影才开场半小时，祝瑾年捂住耳朵都来不及，“这电影你看过？”

“没看过，但我能看出来。”

祝瑾年一阵无语，剩下的一小时就要在证实凶手是不是黄衣人中度过了，她决定，以后选电影时一定要选一个没有悬疑情节的动画片。

一小时后，电影结束了，大家纷纷离座。早就得知凶手身份的祝瑾年默默对聂羽峥抱拳，算是对他无奈又无声的赞美。

“我觉得那女的……就是那个凶手，她挺可怜的，忍辱负重那么久。”

他反问：“忍辱负重之后非得杀人？”

“对她来说，自己早就没什么存在的意义了。但无论好人坏人，一生只不过都是在追求自我实现，谁规定‘自我实现’就是褒义词呢？杀人是她实现自我的方式啊。这毕竟不是普法教育片，我想，编剧、导演想表达的大概也是这个意思吧。”

聂羽峥脑中的灵感又闪现而出：“你为什么会用‘实现自我’这个词？”

“我最近看了一本书——《神经症与人的成长》，作者是卡伦·霍尔奈(Karen Horney)。这本书里最为有用的概念是：人生而具有自我实现的倾向。霍尔奈说，如果移除了障碍，人自然地会发展为成熟的、充分实现自我的个体，就像一颗橡树籽成长为一株橡树。⑤”

聂羽峥很快会意：“有些人用了一种极端的方式去移除自我成长中的障碍，以便达到实现自我的目的？”

“每个人都有实现自我的方式，对人生中发现的每一件事都有不同的想法。如果每个人的想法都一样，还需要警察干什么？”祝瑾年和他并肩往外走，“碰到事情的时候，你觉得应该这么做，我觉得要那么做，各自都有非做不可的道理，成长经历、潜意识等因素影响着思维，不可能有一模一样的思考模式。”

“虽然我们有着不一样的思考模式，但我觉得……你说什么都是对的。”聂羽峥牵起她的手，把她拉近了些，毫不掩饰与她的亲昵。

祝瑾年倒有几分不好意思了：“你不讽刺打击我，我还不习惯了。现在嘴怎么这么甜？”

“甜吗？”聂羽峥斜睨一下，逗她，“你尝尝？”

---

⑤此段援引自《给心理治疗师的礼物——给新一代治疗师及其病人的公开信》[美]Irvin D.Yalom 著

祝瑾年不为所动，故意别过头去。

走出电影院，聂羽峥没马上开车，他的手机屏幕上显示着国家地图，此时他正移动到西南一角，将比例尺放大了细细地看。见他这样，祝瑾年安静地坐在一旁，尽量不打断他的思路。忽然，他目光一滞，立刻回到通讯录，找到王谦的号码。

“你要结婚了？”王谦接起，劈头盖脸不分青红皂白就问，“新娘是上次那个翻版禾诗蕊吗？恭喜恭喜！打算旅行结婚还是传统婚礼？别说！我猜猜……旅行结婚！对不对？但你总该办个小范围的Party吧，我无偿赞助十箱鲱鱼罐头……”

聂羽峥等这位过于兴奋的好友说完，才开口道：“你跟我提过，禾诗蕊曾报名支教活动，具体发生在什么时段？”

听到这熟悉的公事公办的语调，远在异国的王谦一脸懵逼，冥思苦想了许久，丧气地回答：“好像是大三下学期。”

“很好。再见。”

“等等！你……没别的事？”

“没了。”

王谦叹口气，败兴地挂了电话。

“我去一趟校办。”聂羽峥转头说。

祝瑾年好奇了半天，忍不住问：“禾诗蕊……还活着？”

“可能性很大。”

“哇哦……”她惊异道。

“很惊喜？”

祝瑾年笑着摇摇头：“毕竟跟我长得那么像，既然有可能活着，被你们找到后，说不定我有机会见见庐山真面目，她现在的样子没准就是我十年后的样子。”

“我先看看你十年后长什么模样……”聂羽峥伸手一左一右贴在她脸旁，

往中间一挤。

脸被挤变形的她哭笑不得，赶紧推开他："我能变那样吗，快开车！"

（2）

"太久远了，麻烦您等一会儿……"东南政法大学负责文件档案管理的小纪一边认真地查着文号，一边抱歉地说。

聂羽峥颔首，表示自己并不介意。

好一会儿后，小纪如释重负地小跑着拿来一份发黄的红头文件："组长，您看看是不是这份——《关于做好20××年鹏市大学生对口支教工作的通知》。

聂羽峥接过，翻了几页，嘴角微露出些笑意："麻烦给我一份复印件。"

"好的。"

小纪去复印的当口，聂羽峥打通了沈子平的电话。

"昌朵地区戈贡县乌来村。"

电话另一端的沈子平明白这个地址的含义，惊得说不出话来，半晌才结结巴巴地确认："她……她在……"

"曹义黎的心理是退行的，禾诗蕊恰跟他相反，从她过去的种种表现上看，她对自我实现的要求非常高，一切行动都体现出塑造、提升自己的强烈愿望。她在大三下半学期曾申请去戈贡县乌来村支教半年，但由于父母阻挠，没去成。几年后，从炼狱生活中走出来，不能回家、不能在城市中生活，最好的去处就是与世隔绝的小村落。她父母每次都飞往西南省份，说明禾诗蕊就在那个地区，除了乌来村，我想不到她别的去处。他们一方面是为了掩人耳目，毕竟直飞拉萨的话，目的地太过明显，另一方面是为了节省时间，他们这几年去过的城市，都是进入西藏昌朵地区飞机所能到达的最后一站，只要到了那里，轻易就能找到入藏的私车。乌来村交通闭塞，只有夏季山路好走，禾学东、林晶每年夏季都出去'避暑'，去的十有八九就是乌来村。"

“我有个疑问。”

“说。”

“你为什么不靠提供通缉犯消息发家致富？平均一个就能赚十万。”

这个问题让聂羽峥无语了几秒：“……替你们警察省钱。”

“组长，给。”小纪拿了复印件来，打断了他们的通话。

沈子平的心忽然跳得飞快，恍惚地挂了电话。

“马上启程，去昌朵。”他敲开林睿、陈昱的房门，一改刚才开玩笑的口吻，严肃地说。

“这么远？”林睿刚还在跟陈昱商量着晚饭哪里解决，这会儿摸摸肚子，后悔刚才没带个泡面回来，“要不要跟那边警方联系一下？”

“发个函。你让队里补上，给他们传过去。”沈子平已然急急往公安招待所的出口走，“虽然没有具体的证据能证明她在那儿，可我有种强烈的预感，这一趟不会扑个空。”

赶往机场的车上，沈子平说了聂羽峥的推论，本以为他俩会大呼小叫膜拜一番，谁知那二人却很安静。

老半天，林睿才说：“乌来村……我总觉得在哪儿听过。”

“你也耳熟？”陈昱喜道。

林睿拍一下手：“那个康坚扬，记得吧？家院子里埋着曹义黎那位。我看了他的笔录，他老做噩梦，什么一个男的总是站在床头一动不动，小祝是他的咨询师。他提到自己曾经徒步冰川，打算去昌朵地区的乌来村，路上发生一些事之类的，为此事他还报过警。”

陈昱忽然瑟缩一下：“曹义黎、禾诗蕊、康坚扬、乌来村……细思恐极啊！”

“少来这套，我他妈才不信这个邪。”沈子平兴趣缺缺地点了根烟。

搬家公司的小货车稳稳停靠在聂羽峥家门口，几个工人三下五除二就把车斗里大大小小的箱子都卸在院子里。

祝瑾年终于决定搬过来跟他一起住，昨天二人把所有东西都分类打包封好，今天祝瑾年正式搬离了雅梅阁。

只见祝瑾年费力地抱起一箱书，正准备往里头搬，就被聂羽峥伸手拦住。

“说好了，重的我来。”

她乖乖把箱子放下，挑了个装着化妆品的小箱子，轻快地往里走。昨天整理打包的时候，聂羽峥就对女人的保养品、化妆品种类和数量感慨颇多：“脸不大，为什么抹在脸上的东西这么多？”

“为了好看呗。”

“我观摩过你化妆，你说自己要达到的目的就是化了跟没化一样。”直男虚心求教。

“这是最高境界，不是每个人都能达到的。”

“通过往脸上抹至少六样东西，达到好像没化妆的效果……”聂羽峥抬眼看了看她，费解地摇摇头，“所以，当心理分析对象是女性的时候，我都格外慎重。”

“不是所有女人都化妆。”祝瑾年撕了一张便签纸，用黑笔写上“轻拿轻放”，“兰洁斐平时就不化，还有一些上了年纪的，像做财务的刘姐、文管的柯姐，说排斥化学制剂……”

聂羽峥不再发问，若有所思地轻轻点了点头。

他想起曹义黎的收集品中，有几个用完的护肤品空罐，看牌子，价格不菲，禾诗蕊被囚禁的那几年可以说根本不见天日，为什么他们还供着她用这种东西？难道，单纯为了保持美貌？

祝瑾年搬过来的东西并不多，仅一个上午就都整理好了，她网购的许多家居用品也纷纷派上用场，聂羽峥把家用物品摆放“大权”都交给她，说以她住着方便为要。

看着洗漱台上并排放着的二人的物品，她忽然感觉到一阵粉红色的小幸福。

"在想什么？"他路过，停下来偏头问。

"没什么,就是觉得开心。"祝瑾年把自己的毛巾折好,放在浴室置物架上。

"既然你能在洗手间里都觉得开心……"聂羽峥走进去，牵着她的手往外走，"请允许我带你去参观一下卧室。"

"别闹，小妖精！"祝瑾年霸道总裁口吻。

"在鹏市，还没人敢用这种语气对我说话。"聂羽峥比她更霸道总裁。

"就说了，怎么样？"她挑衅道。

他摩拳擦掌："只好按家规处理。"

话音未落，他已将她拦腰抱起，几步来到宽敞的位置，原地转了好几圈。祝瑾年晕头转向，挣扎着要下来，无奈他把自己扛在肩上，手臂扣着她，怎么也下不来，又转了几圈，她哭笑不得，叫道："你把我当水泥包吗？扛着玩儿啊！"

他总算放她下地："就你这点分量，顶多装的是草。"

这是说我瘦？祝瑾年一喜，一时很受用，可又马上反应过来，敢情他其实形容自己是个草包！

"唉，懒得理你。"祝瑾年翻个白眼，"你就不能让我赢一次吗？"

"你我之间，人生赢家只有一个。"他指了指自己。

她抱着双臂："凭什么就是你？"

"因为……"他忽然停下不说，又靠近些，把她拉到一面全身镜前，搂住她的肩膀。二人的身影同框，他看看镜子中的她，又偏头看看她的脸，笑得泰然而满足。

祝瑾年却还是不解，杀风景地吐槽："你不会在跟我比身高吧？我强烈要求比头发长度！"

趴在楼梯扶手上偷看他俩的奶包愤怒地叫了两声，好像在说：

他说他有你，就是人生赢家啦傻瓜！

祝瑾年的注意力被吸引过去，温柔地唤道："奶包——来来！"

奶包噌噌噌地跑下来，却敏捷地跳到聂羽峥怀里，一个劲儿嗅他的手，喵喵叫着要吃的，看来以前没少从他手里叼过小鱼干。

他就这么抱着猫，挪到她身边，凑在她耳边说："欢迎回家。"

虽然还没参透他刚才那句说了一半就停下的话，祝瑾年还是微微一笑，轻轻靠在他肩上。

"涉江而过，芙蓉千朵。诗也简单，心也简单。"乌来村小学五年级的课堂上，一个女教师一边朗诵，一边在粗糙的黑板上写下这几个字。

"好美的诗！何老师的名字也在这里呢。"第一排的几个学生用不太标准的汉语说。

说是五年级，只不过七个学生。这个年段已是学校人数最多的年段了。

女教师微微一笑，忽看见老迈的校长带着几个年轻男人出现在窗口，脸上的表情僵住了，但又很快恢复了平静，捧着书，继续讲课。

"这是我很喜欢的一位诗人席慕蓉的作品，她的语句都很通俗、好读，一看就知道是什么意思，事后品味悠长，但又不会故作高深。明天期末考完，大家就要放暑假了，老师布置的作业就是看完《席慕蓉诗选》，抄下你最喜欢的五首。开学后，老师可要检查的。"说罢，她把手里的书给了一个女孩，"像以前一样，大家互相传阅。"

站在窗外已看了她许久的沈子平走进教室，原本以为自己会壮怀激烈，可见到了真人，心情竟然无比平静。

十年了，她竟然没怎么变，衣着虽然灰暗朴素，却难掩她极明艳的双眸。

身穿民族服装的校长带着沈子平等几个便衣进来，女教师眼中依旧波澜不惊。

"那位就是我校义务教师，何诗心。她非常好，非常负责，学生们都很喜欢她。"校长眼中带着惨然，虽不知这些外乡警察的来意，可似乎能预感出一丝不妙。

学生们更不明所以，好奇地打量了陌生人一阵，就各自回家了。

禾诗蕊从充作讲台的木桌后走出来，从几个人中认出了沈子平，没多表示，只说了句：

“谢谢你们从没放弃找我。”

沈子平心中五味杂陈，见到这个人、听到这句话之后，两天舟车劳顿带来的疲劳烟消云散，只想尽快弄清事情的真相，然后继续当一个普普通通的警察。她还是禾诗蕊，他也还是沈子平，是两条平行线，继续走在各自的轨道上。

至于警察到底是如何查到禾诗蕊的落脚点，沈子平他们半句都没有透露。禾学东、林晶被迫提早离开乌来村，全然想不到正是他俩频繁的“旅游”和忽然转变的生活态度让警方发现了端倪。

第二十五章

清醒梦

（1）

禾诗蕊找到了，她还活着——

这个消息一夜之间传遍了鹏市警界，甚至惊动了省厅。省厅龚厅长本就是从刑侦一线提拔起来的一员虎将，这个案子虽未经手却颇有耳闻。他连夜写下批示，要求鹏市公安局高度重视此案，慎重审讯，还原真相。

沈子平和林睿负责护送禾诗蕊回鹏市，陈昱则留在昌朵做后续的调查。路上，沈子平得知她平日里在乌来村小学当义务语文老师，生活来源一半靠家里资助，一半靠为徒步冰川的驴友当向导。她唯一一次没有带进村的驴友队，正是康坚扬参加的那个，她因此得到的一万块钱，全部捐给了学校，不仅为孩子们增添了许多图书，还为教室装上了新的窗户。老迈的校长和全校学生们都盼望着禾诗蕊回鹏市“办完了事情”可以再回到乌来村。

消息传到了祝瑾年耳朵里，她再次电话康坚扬做一次回访。康坚扬说，自从搬离了逍遥游，自己再没有做过那个怪梦，一口咬定就是地下那具尸骸害的，顺带又把埋尸的人大骂一通。

祝瑾年又想起祥林嫂絮絮叨叨的那句——“这世上可有魂灵的？”虽说子不语怪力乱神，可每当想起此事，她背后就一阵发寒，好在现在自己不再一个人住，心里发毛的时候哪怕被聂羽峥怼上几句，内心也不那么孤立无援。

晚上，她洗好澡出来，聂羽峥自然而然地接过浴巾为她擦着一头湿发，说：“他们下午三点的飞机，现在已经回到鹏市。”

“对禾诗蕊……是询问还是讯问？”

“讯问。”他加重了音调。

祝瑾年微讶，捋了捋头发，眨眨眼回头看着他。

聂羽峥颔首，却没有告诉她更多关于案情的进展。沈子平去往昌朵地区的这几天，其他办案人员也在加班加点收集证据。

一组刑警在曾大强案发当天的各道路监控中发现几个符合条件的可疑人员，其中一个身着不太合身的一套男装，提着一个黑塑料袋，几年前这个人也被负责查监控的刑警注意过，只不过此人身材偏瘦弱，无论从力量和体形上都无法和曾大强抗衡，被排除了。

禾诗蕊父母得知女儿平安无事却选择沉默，这种遮遮掩掩的态度也令人生疑。

“被囚禁了那么多年，再次回忆这段黑暗的时光，她心理承受得了吗？”祝瑾年疑惑地问。

“讯问阶段我会每天跟进，对她进行实时心理评估。在她心理难以负荷的时候，可以叫停。”

祝瑾年忽然坏坏一笑，趴在他腿上问：“明天就要再见当年叱咤风云的校花，聂先生心情如何？”

“心理负担很重，今晚可能睡不着。”

“你还有心理负担？”

他故作头疼地揉揉眉心：“我在想，如果回来你质问我——‘我和禾诗蕊谁比较好看’，我该怎么回答，既不像说谎，又能照顾你脆弱的自尊心？”

祝瑾年无语：“我是那种人吗？”说罢，话锋一转，“最多问问你——是不是后悔当年没追她呀？”

聂羽峥不屑一笑，无声地表示——你真无聊。

第二天，原本清净的刑侦支队大厅人声鼎沸，不知是谁走漏了消息，失踪长达十年、几乎被所有人认为已经被害的校花忽然回来了，这爆炸性的新闻自然引来了大批的记者，大家都想挖出个大新闻。

费了一番工夫清场后，沈子平几人才带着禾诗蕊进去。

考虑到她被囚禁多年，为了照顾她的心理承受能力，支队特别安排了一间最宽敞的讯问室给她做讯问笔录。该有的设备一一都有，还添设了两个树木盆景和一本风景挂历，在视觉上确实温和舒服很多。

“聂组长，这边。”一个年轻刑警负责引路，来到一扇门前停下。

聂羽峥推门而入，只见禾诗蕊就坐在斜前方，见他进来，偏头看了看。她穿着一身扎染长裙，长发如黑色瀑布般披散身后。与祝瑾年在相貌上的确七八分相似，下巴瘦削，眼角微微上挑，比后者多了几分扎眼的媚然和高傲。

二人当年都听说过对方，但似乎都没能给对方留下非常深刻的印象。

禾诗蕊上下打量一遍聂羽峥，垂下眼睫，掩去了本就不明朗的情绪。

她左手边的白墙上装着个白色的拾音器，沈子平、贾亚烈坐在她对面的办公桌后面。聂羽峥在沈子平身边坐下，讯问正式开始，位于后方的特写摄像机和全景摄像机随之启动。

沈子平按照常规宣读了一下政策，最后问：“你听明白了吗？还有没有什么要解释的？”

“听清楚了。我……”禾诗蕊欲言又止。

“说吧。”

“从昨晚开始，我就有点不舒服，头晕，想吐。能不能给我一杯水？热的。还有，这儿有点太亮了，能不能把光线调暗一点？”

沈子平想起乌来村的海拔 4000 米，她从高海拔地区下来，难免醉氧。来时他的女同事小吴还说，禾诗蕊从昨晚就持续低烧。

他按她的要求做了，撤下她面前的矿泉水，换了杯温水进来。她谢过后，说自己已经好些了。

贾亚烈开口道："禾诗蕊，请你说说——你为什么会被曾大强囚禁？他和曹义黎之间到底是怎样一种关系？这种关系的建立是不是跟你有关？"

禾诗蕊环顾一圈，又沉下目光："我在学校的时候，受到章靖鸣无休无止的骚扰。很长一段时间，没有人能保护我，也没有人能制止他。我每天都处在惶恐中，总觉得他会从某个角落跳出来抓住我。我无计可施，我们学院有几个男生给我出主意，说趁晚上去揍他一顿，我怕连累他们、欠他们人情，死也没答应。实在没办法，只能找到当时分管学生工作的副院长曹义黎反映情况，希望他能跟法学院领导交涉，对章靖鸣提出警告或者处分，让章靖鸣不要再出现在我面前。我找了他两三次，他每次都答应我，然而好像并没有实际行动，章靖鸣还是我行我素，一点都没有悔过或者惧怕的样子。大概3月份，我又去找了曹义黎，发生了争执。他觉得在办公室里和我争论影响不好，一口咬死我没有证据能证明受到骚扰，我就想到章靖鸣刚刚发给我几篇他写的下流文章，还有他用舌头舔我照片的自拍，就回去找。再回到曹义黎的办公室，早过了下班时间，我太心急，没有考虑到危险性，就把那些东西给曹义黎看了，以此证明自己确实受到了骚扰。"

说到这里，她很不舒服地干呕了两下，端起水杯喝了几口，双手捂在杯壁轻轻搓动着，像在取暖。

"我以为……他看了那些东西就能决定去法学院交涉，谁知……他假扮出好人的样子跟我商量要怎么处分章靖鸣，我提出要开除章靖鸣学籍，他爽快地答应了。我放松戒心，喝了两杯他泡的茶之后就感觉没什么力气，但我是清醒的，反抗不了，就这么看着他露出真面目。"

她有点激愤，双颊涨得通红，食指像泄愤一样抠着杯壁，发出一阵搔刮声。

沈子平皱眉，确认道："你失去了抵抗能力，但是意识是清醒的？"

"是。"禾诗蕊咬牙说。

和预料的一样，她遭遇了曹义黎的强暴，因为失去了抵抗能力，所以身上并没有留下什么剧烈挣扎的痕迹。

沈子平刚要继续问，聂羽峥抬手压了压："他的这种转变，你是否觉得很忽然？"

"像做噩梦一样，比被章靖鸣缠上还可怕的噩梦，跟他相比，章靖鸣是小巫见大巫。他是个非常变态的人，我很难跟你们形容他当时的样子，他完全放开了，像一只狼一样，说他怎么怎么爱我，吓得我几乎要死了。我真的觉得，自己活不成了。他拿走了我的袜子，连地上沾着血的纸巾都不放过，撕成两半，站在我面前，当着我的面把一半纸巾吃了下去，另一半贴在自己脸上，自慰了好几次。"

曹义黎收藏品中几段视频浮现在沈子平和贾亚烈眼前，脸色通通一变。

心愤难平，禾诗蕊用力将杯子抠得吱吱响，眼中迸出冷光："我的整个人生跟世界，在那一天全部崩塌，我努力告诉自己，没事，以后注意，可根本骗不了自己。以前我仅以为，他只是嫌麻烦，多一事不如少一事，没想到他的真面目是那么可怖……我从小到大几乎没有受过挫折，也没做过什么坏事，真的连只蚂蚁都舍不得踩，怎么会遇到这样的事？"

沈子平压抑着怒火："为什么不报警？！"

"我也很后悔没有报警，但我直到现在都不清楚，警察能带给我的究竟是保护还是沸反盈天的丑闻？我……真的很怀疑。就算我现在坐在你们面前，我都不能确定，你们——是不是真能站在我的立场看待我所经历的一切。事实是，我不敢告诉任何人，包括我的父母。"她飞快答道，然后又沉默了。

听了这话，聂羽峥带着一丝探究看着她。

沈子平欲言又止，只能抿着唇。禾诗蕊的描述很简单，但那场景委实不堪入目，即便早就查出曹义黎的特殊爱好，他还是深感一阵恶心。

贾亚烈接过话茬："后来怎么样了？"

"我就像活在地狱里，每天生不如死，觉得自己是下水道里的老鼠，又脏又臭，最讽刺又可笑的是，别人还以为我是高高在上的女神。记得还有个画家，邀我做他的模特，唉……那时的我，何德何能呢？污秽不堪！"她深吸一口气，露出深深的锁骨轮廓，“章靖鸣还在跟踪骚扰我，我现在都替他不值了，他在我眼里变得跟幼儿园小朋友过家家一样，其实那些日子他除了让我心情不好外，也根本不能动我半分。我都有点同情他了，有时甚至在想，落到他手里是不是比较好一点。”

可以看出，这件事情之后，她的自信心已经被折损到了底线，失踪前一个月的情绪不稳，也根本不是因为章靖鸣。但章靖鸣这个跳梁小丑一直都是禾诗蕊失踪案的最大障眼法，让罪魁祸首度过了好几年的逍遥时光。

聂羽峥再次发问：“你是否想过，这一切根本不是你的错？”

“谢谢你这么说。”她露出一个惨然的笑，眼中蕴着悲怆，却没有回答这个问题，而是忽然对上他的目光，问，“但是你说实话，作为男人，你心里真的是这么想的吗？听到我刚才那么含糊的描述，难道你们没有对那时候的我产生过联想？而你们男人又如何会接受这样的我呢，即使一切都不是我的错？”

她一改受害者的柔弱而忽然竖起的锋芒，让在场几个人同时一震，有所不同的是，贾亚烈、沈子平萌发了一种羞愧，进而是感同身受的怜悯，而聂羽峥猛然意识到，坐在眼前的这个女人，其实非常不简单。

（2）

一小时很快过去，元蓉揉揉后腰，把方才抽出的七张彩虹卡还给祝瑾年。

“对了小祝，我老公说他会上来接我，问你跟聂总有没有空，一起喝个咖啡。”

祝瑾年笑：“聂总不常来工作室的，再说他现在有很重要的事，估计没有时间。”

“太不巧了，那就只能委屈你当我们的电灯泡了。”元蓉说着，拉着祝瑾年往外走。

康坚扬真的在对面的咖啡馆等着，祝瑾年与他寒暄几句，问起了警察找他了解冰川徒步女向导的事。他一拍大腿，抱怨道："我以为黑白条那事儿有进展，谁知他们跟我扯的是当时引路的向导。我把留下的照片全给他们了，他们看完还挺失望，问我向导是不是全程蒙着脸。我心里很纳闷，就问他们，女向导有什么问题，难道也跟黑白条有关？一伙的？他们只告诉我，女向导是另一个案件的重要知情人，如果想起来什么新内容再联系警方。你说我遇到的这都是什么事儿啊还有完没完了！"

祝瑾年坐定，习惯性地安抚了他几句，又问："我当时就挺好奇的，为什么向导是女的。按理说那冰川挺危险，封闭的原生态村庄更应该本着'男人为主劳力、女人照顾家庭'这种传统路子，就算当向导赚外快，也是男人出来。你们计划出发时，有没有人提出过担心向导能力之类的异议？"

"没有。这个向导是论坛的一些驴友推荐的，我认识的另一个论坛的版主也住在鹏市，他也推荐过她——靠谱，人好，但也挑剔，不是所有驴友团都接，要看'缘分'。他就是这样说。事实证明他一点没错，人家还救了我一命。"拿起菜单，康坚扬土豪气质凸显，点了一大堆点心，别说下午茶了，简直足够吃到明天早上。

元蓉摇摇他的胳膊："点太多了啦……"

"多吃甜的心情好，你吃他也吃。"他笑笑，摸摸她的大肚子。

"还看'缘分'……"祝瑾年不可思议地自言自语，心想，禾诗蕊隐姓埋名在乌来村当义务教师，为了生计出来赚钱可以理解，但带驴友团走冰川还挑人，也是古怪，说不定有什么特殊标准。

"她信佛吗？她怎么知道有没有缘分？"她假作不经意地问，"看面相？"

"还真是！"康坚扬点点头，"我负责联系的她，他们村没网络，她最快也要一周才能回复。向我们要了一份参加人员的名单，连生活照都要附上。我们出发时她跟我说，觉得跟我特别有缘分，一路上也跟我聊了不少。"

"都聊什么？"他对面两个女人同时发问，对看一眼，不禁笑了。

“忘了，大部分都是关于鹏市的，我见她挺感兴趣，还邀请她有空来这儿旅游，我负责接待，没想到她居然拒绝了，说一辈子都没打算离开乌来村。以前觉得她是高风亮节……”康坚扬抓了抓后脑勺，“警察找我了解情况后，我觉得没准是……躲着？唉！搞不懂。”

贾亚烈看禾诗蕊的情绪还可以，就接着发问：“好，你接下去说——那件事之后，曹义黎是否骚扰或者再次对你不轨？”

禾诗蕊垂眸，摇了摇头，低声说：“我心里充满了怨恨和悲伤，曹义黎却好像什么事情都没发生一样。我当时真的太傻了，也是病急乱投医，死咬着他，要求他……又或者说是以此为要挟，要他和法学院交涉，开除章靖鸣。他可能吃定我不敢报警，开始装聋作哑。因为一开始就没打算报警，我手里没有证据，空口无凭，事情发生几天后就算想报警也没用了，只会把自己弄得更难看。”

沈子平说：“你失踪后，我们曾查过你之前至少两周的行动轨迹，并没有发现你跟曹义黎多次来往、联系。”

“我根本不想见到他，都是电话联系的，用自己的手机打过一两次，之后他故意关机。但我找到其他电话打到他办公室去并不很难。”

“原来如此。”沈子平拿出电话记录，“你用自己的手机给他打了两次电话，他一次没接，一次接了。你们说了些什么？”

“他让我息事宁人，一方面不要再跟他联系，另一方面永远不要把事情说出去。他再三强调，是因为爱我，也是一时头脑发热，他还提出要给我钱。我坚决不同意。钱？他把我当什么了？我不是那种人。我觉得自己付出了这么惨痛的代价，不能就这么算了，至少，章靖鸣要被开除走人。当时我并不知道，章靖鸣家里是有点关系的，而且还跟曹义黎有关。因为电话里三言两语总是谈不拢，他约我出来见面谈，我长了记性，买了一把刀放在包里，如果他欲图不轨，我总要有东西防身，否则就凭我的力气，就算人很清醒，也敌不过他。”

贾亚烈问：“什么刀？”

“一把弹簧刀。”

贾亚烈抽出一张照片：“这把？”

“嗯。”

沈子平问：“你们约在什么地方？”

禾诗蕊陷入了回忆中：“那时我们的校区还在向北扩展，所以北区一些设施、绿化都还没做完，他就约我在北区一个没什么人的校道那儿。北区人少，可我还算熟，之前我参加过的救助小动物社团，好几只流浪猫就是在那边捡到的。那天晚上，我带着刀去了，他并没有做什么，不断地在说他现在的位置多么不容易，根本不觉得给我带来这么大的伤害有什么不妥，因为他非常迷恋我之类。话中的含义是，如果我跟他计较，就是我的不对。我气极了，威胁他，如果章靖鸣不被开除，我就要把这件事公布。其实我是不敢的，鱼死网破对我来说也不是什么好下场。他还是说要给我钱，价格翻了一番。我真没想要钱，所以依旧没能达成一致。但没想到，那天的谈话被曾大强听到了，他恰好迟收工了一阵，就都听到了……”

说到曾大强，她瑟缩了一下，显得很害怕，眼中盈满泪水。一会儿后，她轻轻挽起袖子。大大小小的伤疤遍布手臂，看痕迹，烟烫的居多。接下来是肩膀、小腿，各种伤痕暴露在大家面前，无声地诉说着那段静默而残暴的时光。一个遭到囚禁的女子被虐待是司空见惯的事，但于当事人本身，每一个疤痕都代表一段惨痛的回忆。

沈子平皱眉：“这些是……”

禾诗蕊捂住脸，一个劲儿地摇头同时，剧烈地抽泣起来，手指都在颤抖，根本说不出话。哭了没一会儿，她一个劲儿干呕，整张脸涨得通红。

沈子平用询问的目光看着聂羽峥，他轻轻点了点头。

禾诗蕊抹着眼泪，起身快走到门口时忽然停了下来，看着聂羽峥问：“你是当年社会与心理学院的聂羽峥？”

他颔首。

“你是警察吗？”

“不是。”

“不是警察，可以出现在这里？”禾诗蕊看了一眼沈子平。

沈子平清了清嗓子：“聂组长在专案组担当心理顾问，也可以说是专案组一员。”

禾诗蕊低下头，沉默地离开。

沈子平跟着走出，推开走廊的一扇窗户，点燃一根烟，酸酸地说：“看来，她记得你。”

聂羽峥不以为意，站在他身边，眺望远处几棵雪松尖尖的树冠。燥热的风不断灌入，蝉鸣不绝于耳，大门口仍有几个不死心的记者守望。

技侦支队的同事路过，跟他寒暄了几句，说起曹义黎的老婆自杀的事，有遗书，也有亲朋好友提供的“心情抑郁”的证词，尸检结果也证实她系自缢身亡，她的家人很快就能为她操办身后事。

聂羽峥的手机振动起来，他走到一旁接起，听祝瑾年说了康坚扬提供的信息。挂了电话，他走了回去：“还有警察留在乌来村吗？”

沈子平回神，掸了掸烟灰：“有，怎么了？”

“查两个事，算碰个运气——乌来村不通网络，但是禾诗蕊有时会上网，如果能找到她用来上网的电脑，查一查储存的一些记录，说不定有点收获。另一个事……这几年她选择带路的驴友团队，都有什么特征或者共性，最好能找到他们中的一些人，问问对这个向导有什么看法或者印象。”

沈子平愕然：“……有用吗？”

“不知道。”聂羽峥望着他，“我提醒你，正是因为案件其他两个知情人都死了，所以她作为唯一一个知情人，本身就存在很大疑点。她的出现绝对不是结束，相反，是一个开始。”

沈子平点点头，马上给留在昌朵的同事打了几个电话，然后说："他们也注意到了禾诗蕊有时能接触网络这件事，目前已经打听出她借用电脑的地方——老校长一个亲戚住在戈贡县，儿子出去打工，家里有台旧电脑，这几年，禾诗蕊需要用电脑，都会去那边借。电脑已经被他们搬回去了，相信很快就会查出来。你说的第二件事，对他们来说是个新方向，也会查一查。"

"尽快，补充信息和讯问最好能同步进行。"

沈子平眯了眯眼："你看上去……不太相信禾诗蕊，能告诉我为什么吗？"

聂羽峥沉默着，脑中不断闪现禾诗蕊回答问题时的场景，最终，轻轻摇摇头。

（3）

听说，禾诗蕊的醉氧症状仍在继续。但是，第二天早上，讯问还是照常进行。

禾诗蕊还穿着昨天那套长裙，长发向后绾成一个髻子，端庄地静坐着。

贾亚烈整理了一下制服的领子，清清嗓子，正色道："禾诗蕊，我们知道你遭遇了常人难以忍受的痛苦，可都过去了，你现在是非常安全的，所以，不需要感到害怕。曾大强囚禁你的经过、曹义黎在其中发挥什么作用——你跟我们说一说。"

禾诗蕊抿了抿唇，从嘴角下弯的幅度上看，这段往事她并不是很愿意再次回忆。

"曾大强偷听到我们谈话的事，当时我是不知道的。章靖鸣对我的跟踪还是没有停止，为此我经常感到心灰意冷，脾气也变得很坏。大家都在找工作，有好几个企业让我直接去面试，但我没有心情。大概 4 月 11 号，我从外院同学那儿得知法学院优秀毕业生的名单里竟然有章靖鸣，我非常生气，觉得自己是天下最滑稽的小丑。12 号，我跟舍友去图书馆，他又跳出来骚扰我，我失去了理智，有种鱼死网破的念头，就把包里一直带着的弹簧刀拿出来。要不是我的舍友拼了命拉住我，我很有可能扑上去把他的脸划花。也正是因为这样，我舍友的手受伤了。我恍恍惚惚地，陪她去校医院，路上她一直在劝我，其实我一个字都没听进去。我做了一个非常大胆的决定，我要去找曹义黎，如果他再无动于衷，我就去报警。”

决定豁出一切，所以罔顾了卉璇的伤和可能引发的不满，撇下卉璇去找曹义黎。因为跟舍友的不满比起来，她内心的愤怒和压抑更需要纾解。

“跟我们一开始掌握的情况一致。”沈子平低声对聂羽峥说，竖起大拇指为他点赞。

贾亚烈说：“你失踪当天，我们查看了全校尤其是所有出入口能找得到的监控，都没看到你。”

“是的，我也没想到自己并没跑出多远就碰到了曹义黎，具体来说，是他和他的车。没多想，我就上去了，车上还有一个男的，后来我得知，那就是曾大强。我的噩梦……就从那时候开始了。”她缩了缩肩膀，好像很冷的样子，端起热水喝了一口，又开始局促不安地抠着杯壁，“在曹义黎的车后座……曾大强把我……他下手很重，我甚至怀疑自己会被他打死。”

她发抖起来，又喝了好几口水，双手捂着脸，拼命深呼吸，肩膀一起一伏。

聂羽峥示意，休息几分钟再继续。

她的杯子里又添满温水，她紧紧握着杯子，约五分钟后，脸色才恢复正常。又等了几分钟，她才接着说：“我昏迷了很久，后来才知道，曾大强早就跑去勒索曹义黎了，他俩不知道达成了什么协议。再醒来，天已经黑了，不知道是几点，那个地方对我来说全然是陌生的——我被囚禁了。你们能想象是个什么样的地方吗？……”

讯问室里很安静，只有空调叶片扫动时的沙沙声，每个人都屏息等她往下说。

“那是个一看到就让人绝望的房间！墙壁不是白的，是那种发了霉的青白，连接处还有黄黄的污渍，形成很多条顺着上面流下来的痕迹。屋顶像个倒扣下来的锅，角落里都是灰蒙蒙的蜘蛛网，上头被吸干了的虫壳好像随时都会掉下来。污糟糟的窗帘，最老式的那种，用铁环挂着，穿在铁杆子上。没什么像样的家具，桌子铺着塑料的桌布，黏糊糊油腻腻的，有种潮味和腥味交杂一起的味道。水槽里头都是没洗的碗筷，不知道吃的什么，碗边上黑乎乎的。”

贾亚烈听着听着，有种怪怪的感觉，像被一团黑雾拉进去似的，心也不断下沉，觉得闷闷的，没来由想起自己的童年——六七岁的时候，父母工作忙，怕他出去玩闯祸，一去上班就把他反锁在家里，有一次他碰掉一个什么东西，一脚踩上去，血流了一地，却怎么也打不开门，哭得都哑了。那时年纪小，怕得简直要晕厥。此后，他就很厌恶狭小封闭的空间，平时能不坐电梯尽量不坐，连房子都买在低楼层。

沈子平也一脸讪讪，也不禁走神，联想起最近看到的一则新闻，竟然出了一身的冷汗——一对该死的父母竟然把自己三岁的孩子忘在车后座，终于想起赶回去时，孩子已经没气了，额头还有撞击伤，原来是孩子在里头憋得受不了、在生命最后一分钟里求生的本能促使他用头撞向车窗……他想起自己总是早出晚归，回去时两岁的儿子早就睡了，一算，儿子已经快一个月没在醒着的时候见到他这个爸爸了。他心里忽然充满了愧疚，车后座那个可怜的孩子、儿子的睡颜一直盘桓在他心里，绞得他一阵魂不守舍，只觉得自己仿佛不配为人！

禾诗蕊压低声音，放慢语速，一边细细描绘，一边观察三人的表情，目光小心翼翼地落在聂羽峥脸上，见他面无表情，似也在神游太虚，就更加谨慎地往下说：“我挣扎着，拼命往门窗那儿冲，门是打不开的，我想去开窗，把窗帘也扯了下来，外头黑乎乎一片，窗帘上的灰尘扑了我一头一脸，还有好多只苍蝇的尸体在窗台上……”

“小峥，你妈……她……”聂羽峥脑中反反复复回荡着父亲当年悲戚而沙哑的嗓音，来往忙乱的医护人员像是一个个惨白的剪影在他眼前不断闪来闪去，他看似淡定，掌心实则早就被指甲掐出了血印。母亲突发的羊水栓塞，令人措手不及。不断往手术室运送的血袋，就像不断往他大脑里直冲的血液，一场跟死神赛跑的较量，他却只能坐在外头，无尽的等待和不知道该向哪位神灵祈祷。长达十八个小时，他和父亲不眠不休，看着护士一共送进去五十三个血袋，终于得到母亲转危为安的消息，接踵而至的，是新生的妹妹因为缺氧而抽筋不止，全身浮肿，生死未卜……

慌乱而沉痛的回忆压得聂羽峥心神大乱，遥想到将来某天，祝瑾年也会面对生产的剧痛和未知的风险，一种从未有过的、发自内心的恐惧像迅速繁殖的细菌，蔓延全身，巨大的无力感包裹着他的心，掌间仿佛握着一团细沙，正不受控制地慢慢从指缝中漏走，理智也好似随着细沙消失殆尽。

鲜红与惨白渐渐化为黑暗，一点一点在眼前扩大，抓不住的沙子，留不住的祝瑾年，他将要失去她，终究会永远失去她……

眼前无尽的黑暗中，忽然荡漾起一点莹蓝。

“老——公——我——爱——你——”

祝瑾年用尽全身力气的表白遥遥响起，忽然破空而至，像一道闪电劈开黑雾，硬生生将他的理智拽了回来。

聂羽峥双眼微微一瞪，了悟，看看目无焦距的沈子平、贾亚烈，忽然用力将桌上的杯子扫向地面。

“咣！”玻璃破碎的声音格外刺耳尖锐。

沈子平和贾亚烈被这忽来的声音一撞，猛地回神，寻声而去，只觉得大梦初醒，竟不知自己刚才到底怎么了。

“抱歉。”聂羽峥嘴上这么说，脸上却一丝愧色都没有。恢复理智的他望向禾诗蕊，目光异常锐利，好像监考老师发现了作弊的学生。

禾诗蕊深吸一口气，微微咬了咬牙。

一个等在外头的年轻警察提着拖把进来，收拾好地板，又重新倒了杯水进来。

“需要几分钟时间缓缓吗？”聂羽峥问，看着沈子平和贾亚烈。

他俩同时一愣，赶紧摇摇头。

昌朵自治区公安局某办公室里，几个来自鹏市支队的警察分成两组，一组查看禾诗蕊常用来上网的旧电脑，另一组则由陈昱领头，搜集着曾经聘请她做向导的驴友团成员资料，并逐个询问过去。

昨天刚刚赶到昌朵的二队刑警小周研究了半天，发现了一些猫腻：“她带过的驴友团，无论人数多或者少，都有那么一两个人来自我们鹏市。而且要求发送给她‘看有没有缘分’的资料中，居然包括毕业院校，曾经还有一个同样毕业于东南政法，但是跟她并不是同一届的驴友所组织的探险队被她拒绝了，翻了两倍的价格，还是没同意。”

陈昱重重“嗯”了一声：“她明显是怕被校友认出来。”

“这几个来自鹏市的都说，向导跟他们闲聊时打听过鹏市的事，比如说有什么八卦、房价之类的，还问过豪宅区的位置……你看这个网名叫‘茶叶蛋在江湖’的人——”小周指了一下记录本，“他说，女向导对鹏市的房子特别感兴趣，尤其是豪宅，问她为什么，她说什么鹏市是全国房价最高的几个城市之一，就是好奇。”

“又怕让人认出来，又跟鹏市人聊起八卦和房价……她就算带走了曹义黎分两次送来的二十万，想在鹏市买房子既不现实又很危险，而且还是豪宅……”陈昱低声碎碎念，忽然脑中灵光一闪，“她该不会想打听的是豪宅区‘逍遥游’有没有出什么大八卦然后影响了房价吧？曹义黎从康坚扬的豪宅院子里被挖出来的消息传开后，听说原本要入住的几个土豪不但不住了，还要卖房子呢，听说售价略低于现在‘逍遥游’的均价。”

“那些做生意的是很忌讳这个的。”小周表示可以理解，然后说，“如果禾诗蕊几年前就开始打听这种事，说明她对曹义黎的埋尸地心知肚明，而且非常关心他有没有被人发现。假设我们早几年就知道曹义黎死了，曾大强的死肯定会重新定义，没准早找着她了。”

“唯一能伪造曾大强被杀现场的目前只有禾诗蕊一个人，曹义黎的尸体只要没被发现，她就是安全的。”陈昱唾弃道，“这女的还挺有心机，怪不得她跟小祝长那么像，聂组长当年却没追她……”

“啊？跟聂组长有什么关系？”小周茫然道。

“呃……哈哈哈哈哈！”陈昱干笑敷衍过去。

检查电脑的一组技术人员有了发现，他们在搜索频率最高的关键字中找到了“鹏市”“逍遥游”“尸骨”“凶案”等字眼，还有几本心理学书目，如《教育心理学》《试验心理学》《生理心理学》等。

陈昱瞄了一眼检查结果，说：“麻烦你们马上把这些内容发到专案组邮箱。”

（4）

既然没人叫停，讯问继续。

“曾大强家中什么模样，我们都知道。”聂羽峥转向禾诗蕊，透着一种严厉的审视，“你试过呼救？逃跑？或者……跟曾大强谈一谈？”

禾诗蕊抬眼，看向聂羽峥的目光中多了一丝嫌恶和防备，紧抿着唇，显得有些焦躁。

沈子平望着她，忽然感觉她跟印象中的禾诗蕊不那么一样了。刚才聂羽峥绝不会无缘无故碰掉杯子，或许他意识到了什么？现在，自己首先是个警察，其次是沈子平，然后是个丈夫和父亲，而她，是他多年的一个情结，正因为如此，更应该亲手挖出真相。

贾亚烈灌了半瓶矿泉水，一抹嘴，说：“……刚刚聂组长问的问题，请你据实回答。”

“呼救、喊叫都是没有用的，只会让他下手更狠罢了。别说喊救命了，我哭声大一点，他上来就是一巴掌，打到我不哭为止。我爸妈都是文明人，我从来没挨过打，可以说，那几天几乎补上了我二十几年所有的皮肉之苦。”禾诗蕊虚望着一边，或许是太过悲伤，声音带着哽咽，“我被关在他家那个勉强可以叫厨房的地方，手脚都被捆着，他也不去上工，就负责看着我、威胁我，说我如果喊叫，就要割掉我的舌头和鼻子，他还说，他家附近其实住户不多，就算把我掐死沉到水塘里面，都不会有人发现。真的很可怕……我真的不想死……我发现，只要我不哭不叫，他就真的不会打我。也不知道过了几天，感觉大概有两个月的时间吧，我每天都盼着警察破门而入，把他带走，把我救出去，可门外安静得连个脚步声都没有。我绝望了，大家肯定认为我已经死了，不会来找我了。而且，谁能想到我会在这样一个人家里呢？在此之前，我从来没跟他有过接触，就算警察要查，也查不到。”

贾亚烈问：“这段时间，你有没有见过曹义黎？”

“没有，曾大强从他那儿要了一笔钱，具体多少我不清楚，每天吃饭是不愁的，还吃得挺好。”

沈子平皱着眉：“他都给你吃什么？”

“一开始饿着我，加上我也没胃口，几乎快饿死了……后来基本他吃什么，也会给我吃什么。他对我的要求就是不能喊叫，除此之外，并不会打我。”禾诗蕊答，“我只能天天蹲在厨房那儿的水池旁边，或者坐着，像关监狱一样。后来，也不想跑了，居然适应了那样的生活，他称呼我为‘老婆’，我也迷迷瞪瞪把他当成我老公。他试着离开一下，见我乖乖待在里头，出去的时间也越来越长了，出去做工，当然那点钱是不够的，他说曹义黎每个月会拿些钱过来。”

沈子平大吃一惊：“你……都没试着逃跑？！”

“并没有。”她答得坦然。

“斯德哥尔摩综合征。”贾亚烈悄声说。

沈子平释然，低声回应：“很有可能。你……你看呢？”说着，对聂羽峥使了个眼色，表示求证。

“像。”他言简意赅。禾诗蕊遭到了长时间的囚禁，且受到过虐待，和外界断绝了一切联系，根本逃出无望，产生这样的心理状态不足为奇。许多受到挟持的人质在被解救时居然反过来帮助劫匪去对抗警察，就是这种心理作祟。

贾亚烈接着问：“你知道曾大强和曹义黎背地里做什么交易吗？”

“曾大强一直用我做筹码去勒索曹义黎。我觉得非常解恨，他就像个狗皮膏药似的黏着曹义黎，怎么甩都甩不掉，是个无底洞，只要我还在一天，曹义黎就没有安宁之日，一辈子受制于曾大强。他活该，都是自找的，常在河边走哪有不湿鞋。”

聂羽峥开口，言语犀利：“在勒索这件事情上，你似乎站在曾大强这一边。”

禾诗蕊正襟危坐，斟酌了一番，回答：“当然，曹义黎从来只在乎他自己。在我顺从之后，可能是因为我能为他挣钱，曾大强对我还可以。”

聂羽峥拿出几个用密封袋装好的空罐：“他是对你挺好的，你用的这些东西都是国外的名牌，不比其他同龄女性差。”

“这些东西……”禾诗蕊一愣，认真看了看，“你们怎么会……”

他不答，冷道：“请你解释一下。”

“确实是曾大强给我买的，他从曹义黎那儿得到不少钱，加上他早就把我当成他老婆了，跟我说，希望我不要变丑。”

聂羽峥点了点头，没有再问，只是眼中噙着那抹若有似无的笑意，让禾诗蕊感觉背后凉飕飕的，不禁移开目光，尽量不跟他对视。

见他不再发问，贾亚烈就接过主动权：“曹义黎去过曾大强家里几次？你记得吗？”

“四五次左右。”说到这里，她又开始局促不安，“一方面是谈价格，还有就是……就是……对我……”

因为用力握着拳，她的手指关节处已经泛白，脸再次因为羞愤而通红。

大家都知道内情，没再追问细节。

“暂停十五分钟？”贾亚烈见禾诗蕊状态并不太好，就征求其他二人的意见。

聂羽峥：“想你了。”

祝瑾年无意中瞟一眼手机，见这个信息出现在屏幕上，有些愕然和欣喜，不由得联想起自己曾经接待过一个女访客，说男朋友劈腿的时候就会发一条“想你了”给她，当时她蒙在鼓里，后来得知真相，这三个字只不过是那个渣男的掩耳盗铃伎俩，所以一看到这三个字就发自内心地想吐。

这几天聂羽峥都在跟进禾诗蕊的讯问情况，为了随时应对突发状况，跟专案组成员们一起住在了支队附近的公安宿舍。他向来不吝对她表述爱意，但在工作时间忽然撒一把狗粮，还挺惊喜。

“讯问结束了？”她回，还加了一个“羞涩捂脸”的表情。

聂羽峥：“中场休息。”

她还在打字，他的电话就进来了。唉，果然是不喜用聊天工具的男人啊……

“她到底跟我长得像不像啊……”她一接起，就八卦地问。

“不像。”

“我想也是，不然你这几天几乎成天见着她，按理说应该不会想我才对。”

“此言差矣，有些美食家几乎尝遍天下珍馐，但最怀念的恐怕还是小时候奶奶最拿手的一道糖醋排骨，你能说，他吃过的别的糖醋排骨就不是排骨？”

这个比喻让祝瑾年哭笑不得：“这么说，我就是你的糖醋排骨？”

“你是我的鲱鱼罐头。”

祝瑾年忽然长长地“哼——”了一声：“还不如排骨呢！鲱鱼罐头……真有你的！等你回来看我怎么收拾你。”

“尽管收拾，千万不要手下留情。”聂羽峥压低声音，“我都等不及了……”

“没个正经，一会儿请你切换回高冷工作狂状态。”

电话另一端的聂羽峥不禁笑着摇摇头，讯问室里不苟言笑的他只有面对祝瑾年才会接上地气。再看沈子平和贾亚烈几人，利用中场休息抓紧抽烟，瞥见走廊尽头低头打电话、表情温和的聂羽峥，都心照不宣，沈子平感叹：“我看啊，一个崭新的妻管严即将诞生。”

祝瑾年挂下电话，刚要继续写咨询笔记，见屏幕又是一亮，发现聂羽峥发了个红包过来，点开，“770”三个数字出现在红包界面中。

她流下热泪两行——就喜欢这样简简单单的爱情……但“770”是什么意思？难道“770”是最新的网络流行语？

她怕自己落伍，赶紧百度了一番，却一无所获，所有关于数字的情话，出现频率最高的仍然是“520”，这多出来的“250”是……

等等。

我爱你二百五？

“我恨你。”祝瑾年狠心回复，还把多出来的“250”发回给他。

一个小伙子跑过来：“沈副，贾副，这个是昌朵那儿发来的新资料。”

他俩接过看了一阵，纷纷皱紧眉头。

聂羽峥挂了电话，也拿到一份。

“不出所料。”对新的调查进展，聂羽峥只说了四个字。

沈子平内心纠结了一阵，忍不住问：“你刚才打翻杯子，是故意的？”

“如果是故意的，要原价赔偿吗？”他扬扬嘴角，显然刚才一通电话，让他从绷紧的工作状态放松下来。

“得赔我们一箱。”沈子平白他一眼，“说说看，为什么？”

“负性情绪诱导。”聂羽峥笃定道，“利用人类集体潜意识中的负面偏好，对大脑施加有害刺激，把个体潜意识中最负面的情绪调动出来，从而利用无力感、绝望感去操控这个人——这种手段之于心理干预界相当于黑魔法之于霍格沃茨，对心理从业者来说，是绝对禁用的。”

那二人听得一知半解，但想起杯子破碎前自己的心理活动，都不由得倒吸一口凉气。

只听他进一步解释道："人类在进化过程中，形成了一种负面偏好。举个例子，对我们的祖先来说，一座山上能吃的野果再多，不及山里有一只饿虎来得引人注意，正是这种对所谓'坏事'的关注，使人类获得了安全，才能繁衍下去。虽然负面偏好是为了生存，但生存不等于获得幸福。负面偏好能带给人很多相应的负面情绪，恐慌、焦虑，甚至抑郁。负性情绪诱导就是把这些负面情绪从你的潜意识里拽出来，打压一开始处在主导地位的'正能量情绪'，人的心理失衡，就急于恢复平衡，这时，诱导者只要加一个砝码，就能让你觉得内心恢复了平衡，但这种平衡是虚假的，因为这是一种依托于诱导者的平衡，而不是自我心灵能量使然，如此一来，诱导者就成了你的心理操控者。"

沈子平骇然，惊觉十年时光匆匆，日月依旧，但有些人已经完全改变了当初的模样。他不禁追问："这可是讯问，主导权是我们警察啊！不可能让她想说什么就说什么、想做啥就做啥！"

贾亚烈点点头："她回答的全部都是我们提问的内容，也没拿个什么工具来蛊惑我们，到底……"

聂羽峥一脸勘破世事："她对我们的浅催眠已经持续两天了，尤其是刚才，在杯子打破之前，我们都在清醒的状态下进入了她设置的梦里。这种状态叫'清醒梦'，是心理诱导的第一步，如果不被打断，她就能随意增减心理天平两端的砝码，这对我们来说，是非常危险的。这种手法在心理咨询中也经常被用到，不过咨询师的目的并不是操控来访者，所以不会让来访者进入咨询师设置的梦里，而是让来访者进入自身的内心世界，把心灵状态表达出来，帮助咨询师深入了解他们的心理状态。"

贾亚烈愕然："听起来像催眠。"

"论深度，不及催眠。"

"'清醒梦'……她……是……是怎么做到的？"沈子平喃喃问。

第二十六章

我的爱神

/HE NI DE SHIJIE TANTAN 2/

（1）

聂羽峥默了几秒，然后答：“第一步，伪装成弱者，获取信任，也降低我们的戒心。第二步，强调警察在调查失踪案过程中的疏忽，引发我们的愧疚感。愧疚感，就是进入这次负性情绪诱导的情感基础。接下来，就是类似催眠一般的连续重复动作和声音，这些小动作我们难以察觉，但会悄悄进入潜意识里——她要了一杯热水，一边喝水一边用指甲刮擦杯壁，手指动作的不断重复，就好像催眠师在你眼前晃动的怀表一样，刮擦时发出了很小但很规律的摩擦声，一点一点消磨我们的意识。之所以要换掉矿泉水，是因为塑料的瓶身发出的声音不规律，而且过于频繁的话会让人感到烦躁，达不到想要的效果。”

每听一句，沈子平心里都浮现出一个大大的感叹号。

“和真正的催眠不一样，进入潜意识的小动作不会很快发生作用，所以她给了我们很长的一段时间去‘记住’。刚才，配合着我们的问题，她利用描述曾大强用来囚禁她的场所，诱导我们进入了清醒梦。要知道，曾大强的房子几乎被大火毁于一旦，里头究竟什么模样，除了她，没人清楚。所以她要诉说的时候，我们会不由自主展开想象，这种想象是非常主观的，跟我们这么多年积累的经验和阅历息息相关。同样是门，可能我想的是灰色的，而你们想象的却是黑色或白色的。只要开始想象，就中计了，她所描述的每一个场景，其实都代表着日常生活中负面情绪的来源。她不了解我们，只能采取广撒网的形式，将这些来源化为一个个场景，好像一道多选题，我们自然而然会挑选切中内心的一个画面，因为我们心中的负面情绪需要这样一个出口。很难想象，如果给她时间了解我们其中任何一个人，她就能量身打造一套梦境，让这个人的负面情绪全部浮上来，而且最大化。”

“是吗？！”贾亚烈瞪了瞪眼睛。

“举几个例子，墙壁就代表安全感，桌子和桌布意味着家庭，穿着铁环的窗帘杆就是两性关系，屋顶和窗户代表人心中梦想和现实的冲突，窗帘代表不足为外人道的隐私，苍蝇的尸体代表死亡……只要我们的负面情绪和其中一项有关，她对这一项糟糕的描述就会像鱼线上的诱饵，把潜意识里的负面情绪钩上来。所以，你们可以说说，当时自己心里都想到了些什么？”聂羽峥微笑，比了个“请”的手势。

他俩把当时所想说了一遍。

“她切中了你童年时一次安全感危机。”聂羽峥看了看贾亚烈，然后看向沈子平，“至于你，对家庭的负罪感。”

沈子平拍拍胸口：“说真的，心里真的挺不好受的。对了……我很好奇，你当时想什么呢？”

“想到为什么我妹妹的小名叫壮壮。”他有所保留地说。

“哈哈哈哈！”二人不禁笑开，看上去并不相信。

聂羽峥抬手看看表，中场休息时间似乎就快结束：“我忽然意识到，那些细节在讯问中根本可说可不说，说多了还会造成自己的心理负担，通常可以一笔带过。我很早就说过，当事人一些看起来是废话的语句，往往藏着他真实情绪和真正目的。我不断地思考两个问题——她从哪里学到的心理操控？又为什么对我们进行负性情绪诱导？陈昱发来的调查小结，解开了我第一个疑问——《试验心理学》和《生理心理学》都不是心理学科的入门书籍，尤其是《生理心理学》，这是专业领域的分支心理学，没有一定心理学基础知识的积累，不可能全文无障碍通读下去，说明她定居乌来村之前就有了一定心理学基础。我推测，她被囚禁的这七年并非都在受苦，她的斯德哥尔摩综合征让曾大强放松了戒心，在给她买高级保养品的同时，曾大强可能也允许她看一些书，或者，应她要求，买一些书给她消遣。”

贾亚烈叹了口气：“第二个疑问，你弄明白了吗？”

“进去接着问，或许就明白了。”聂羽峥指了指墙上的钟，示意他们，中场休息正式结束，“是时候该问曾大强和曹义黎的死亡经过了，听她到底怎么说。”

回到讯问室，贾亚烈和沈子平看禾诗蕊的目光中多了许多防备。贾亚烈甚至拿出一瓶风油精，抹了一些在自己鼻子下面提神：“禾诗蕊，据我们掌握的情况，曾大强分两次开口向曹义黎索要数额更大的封口费，一次五万，一次十五万。你知不知道？”

禾诗蕊轻轻点头：“曾大强是个好吃懒做的人，也不愿意多学些谋生的技能，这么多年就一直靠给园艺公司打临工生活，工资的收入不是很稳定。他的一个工友买彩票中了几十万，买了一辆车，他可能心理不平衡了，一下子问曹义黎要了五万块钱，对方很轻易就答应了。他尝到了甜头，忽然狮子大开口，又要十五万。两次的钱都是曹义黎亲自拿过来的。”

沈子平深吸一口气，问了一个重要的问题：“曹义黎最后一次去找曾大强时，都发生了什么，你，有没有看见？”

禾诗蕊抬头，观察对面三人的表情，忽然瞪大双眼：“他俩因为钱的问题打了起来，曾大强把他杀了。”

聂羽峥平静道：“说说事情的经过。”

她深深吸一口气，胸口起伏明显，慢慢地呼出后，垂着双眸：“连续出了两笔那么大数额的钱，曹义黎心里可能已经不耐烦了。把十五万送过来的时候，三番五次对曾大强出言不逊，说他不识好歹，不讲信用之类的。曾大强脾气也上来了，两人先是互相咒骂，也不知道谁伸手推了谁一下，就打起来了。曹义黎个子很高，曾大强被他按着打，我非常害怕，想帮曾大强，就找到一把榔头，打了曹义黎……”

贾亚烈一精神：“打在什么部位？”

“头。”

“然后呢？”

“曹义黎捂着头大叫，曾大强推开我，抢过榔头几下就把他打得动不了了，流了不少血。事后他才反应过来，自己干了什么，非常害怕，在家里走来走去。我也不敢说话，也不知道怎么办。曾大强很久没把我绑起来了，那天，他忽然又把我绑在水池边，还堵上了我的嘴，收拾着地板还有其他七七八八的东西。天黑之后，他拿出两张床单包住曹义黎，把他扛了出去，第二天早上才回来，鞋子上都是血，还有泥土。我问他，把曹义黎弄到哪儿去了，他不说，就是一个劲儿喝酒。我猜，他是把曹义黎埋起来了，那时他们那群人受雇在一个叫‘逍遥游’的小区种花木，挖了不少大坑，等着树运过去。他那种人，也想不到什么高智商的办法处理尸体，应该就是……埋在那里。”

沈子平抬眼看住她，目光带着以前不曾有过的冷峻：“那么曾大强——又是怎么死的呢？”

“他说，回来的时候好像被人看到了，而且曹义黎这样的人物，失踪超过两天就肯定被人重视，很快警察就会查到他。中午的时候，他出去买了很多东西回来，还有酒，他解开我身上的绳子，叫我做几个菜。他酒喝多了，一边抽烟一边大哭，我还是第一次看到他哭，他哭着哭着就疯了，发狂一样打我，埋怨我，说要不是我，不会摊上这样的事。我很久没挨打了，只能到处躲，哭着求他别打了。可是，他越打越生气，拎了一桶汽油到处泼，之后扯了一根什么绳子过来勒住我的脖子，说同归于尽。我开始挣扎，可能因为到处都是汽油，他滑了一下，撞到了肚子，吐了好几口，我把脖子上的绳子扯下来，见他还要爬起来抓我，我就不顾一切把绳子套在他脖子上，也不知道到底怎么回事，他就……就不动了。我还来不及多想什么，就听到噼噼啪啪的声音，他的烟掉在不远处，已经点燃了地上的汽油，火一下子就烧起来了。我什么都不管了，就跑了出去——这是我这么多年来第一次踏出曾大强的家门，刚出去我就后悔了，想退回来，里头烧着火，我很犹豫，无意中瞥见曹义黎装钱的袋子，就冲过去拿在手里，火快烧过来了，很呛，我还是跑了出去。我感到非常绝望，非常害怕，更不知道要去哪里，只能找个地方先蹲着。”

几人相互对看一眼，眉头都不由得皱紧。

这一切合情合理，没什么跟现场遗留痕迹或者尸检结果相矛盾之处。但如果事情真像禾诗蕊描述的这样，那么她方才费尽心思对讯问自己的几个人进行心理操控又是为什么？仅仅出于对多年未解开自己失踪之谜的警察们的报复吗？

贾亚烈又补充问了几个细节，她都清清楚楚答了出来。

聂羽峥望着她，看似不经意地问：“你的白金项链呢？失踪时还戴着的那条。”

禾诗蕊低声答：“不知道掉在哪儿，早不见了。”

“听说是你奶奶送的。你失踪后，她难以承受打击，不到一年就因病过世。”

“……嗯。”她声音小如蚊蚋，眼眶似又红了。

聂羽峥没有再问。

长达三小时的讯问博弈，禾诗蕊显得很疲惫，再次出现了低烧症状，只能中断讯问，让她回去接受治疗。

专案组马不停蹄开了个短会，沈子平和贾亚烈汇报了第一轮讯问得到的情况。

饶锡独自思忖了很久：“乍一看合情合理，但让人觉得不可思议，怎么一切就那么巧？曾大强刚好就喝醉了，刚好就滑到了，烟头刚好就掉落在了有汽油的地方？还有，就曾大强那个力气，徒手掐死男人都有余，还用什么电线？最重要的是——如果真相如此，禾诗蕊不存在过错，完全是受到生命威胁下的正当防卫，合法的。实在要追究，她砸曹义黎的那一下会负点责任，但考虑到她遭受囚禁，而且还处在斯德哥尔摩综合征的心理状态下，很有可能会从轻处理。”

说罢，饶锡又沉默了一会儿，最后问：“聂组长有什么想法？”

聂羽峥不假思索：“曾大强给禾诗蕊买高档化妆品一事，值得深究。”

贾亚烈赞成道：“曾大强死了之后，我们对他的调查都局限在死亡前一阵子，于是他和曹义黎的金钱纠纷特别引人注目，所以忽略了他家里还藏着一个人的事实。但作为和禾诗蕊接触最多的人，要证实禾诗蕊说的是不是真话，就还得从他入手。我建议对曾大强进行第二轮情况摸底，年限要扩大到禾诗蕊失踪之日到他死亡之日，一共七年的时间，有没有什么异常举动、说过什么不像他能说出的话……都要了解清楚。”

饶锡颔首：“就按你们说的，继续侦查。动作要快。”

散会后，大家纷纷行动，斗志满满。

下往一楼的电梯里，沈子平伸个懒腰，看了看手表，招呼着同乘一趟电梯的同事们：“中午都没好好吃饭吧？走，哥请大家吃个烤串，完了再开工。对了羽峥，你也赏个脸？”

“不了，住了两天贵单位的宿舍，有点想家。”聂羽峥微笑地拒绝。

沈子平捂住胸口，一脸难以承受这份恩爱的表情：“全天下人都知道，你想的根本就不是家！”

（2）

“瑾年姐，今天的最后一个访客，倪先生，五点左右。”琪琪捧着杯奶茶倚在门框上，浅笑着提醒。

祝瑾年一愣，翻了翻电脑记事本：“我记得日程上没这个人。”

琪琪神秘地压低声音说：“好像是关系户，强插进来的。”

“好……等他来了，你带他到 A3 咨询室。”

祝瑾年想，这人八成跟康坚扬是同一个圈子的，这类访客，肯定要有求必应、热情周到。咨询时限一小时，服务完这个访客，也该下班了，不知道聂羽峥那边讯问情况怎么样。

五点十分，白色的蒸气从壶口直冒而出，飘袅盘旋上升着，祝瑾年关掉电热水壶的电源，听见脚步声，下意识望了眼门口。

高大挺拔的身影出现在门口。

“怎么是你？”见来人是聂羽峥，祝瑾年小惊喜的同时，带着一丝错愕。

聂羽峥疾步上前，搭着她的肩膀，把她搂近，兴师问罪的口吻，问：“怎么，很失望？”

他的身上有着清新的皂香，手臂有力地握着她的肩膀，掌心炙热得有如她此时为他悸动的心。

她按捺住想扑到他怀里狠狠撒娇一番的念头，硬是板着脸提醒他：“一个访客预约了五点，可能快到了，要不你到休息室等等我？”

“倪先生？”

“你认识他？”祝瑾年心想，这个关系户该不会是他招来的吧？

“难道我不是‘你’先生？”聂羽峥伸手刮了下她的鼻尖。

“原来……”她瞬间反应过来，一脸被捉弄后的无奈，翻了个白眼，“你不觉得自己非常无聊吗？”

“我进来时看到你乖乖等我的样子，不但不无聊，反而非常有趣。”他坐在她斜对面的单人沙发上，舒适地靠在椅背上，双手交叠放在小腹上，望着她，“你认为我已经强大到不需要心理疏导了？讯问三点半结束，我去了我当初的心理督导孙教授那儿，一小时，效果很好，但我觉得自己还需要一小时和‘荒漠甘泉’的祝瑾年老师聊聊。”

祝瑾年一愣，赶紧倒了杯水给他：“禾诗蕊到底说什么了，居然让你都不堪重负？是不是囚禁她的人毫无人性、把她虐待得非常惨？既然你已经去过孙教授那儿了，那么现在，你需要……听音乐吗？还是……哦，对了，我这儿有一套守护天使指引卡。Wanna try?”

“你看起来很紧张。”聂羽峥摸摸她的发顶，“你是新手吗？”

“我并非新手，只是来访者不仅是同行，而且太过大牌。”她耸了耸肩，拿出一沓守护天使指引卡，洗了洗，“按照规则，应该早晨抽卡，然后揣一天，沉思天使的指引，但既然你这时候带着心理压力而来，就破例在傍晚抽张吧。”

“心理暗示疗法，很好。”他笑，一语道破。

祝瑾年笑着摇摇头：“你看看，我就说同行最难对付吧？怪不得我会紧张。但你来都来了，就得听我的，快抽。”

他接过她手中的一沓卡牌：“帮我抽一张。”

“碰上这么难缠而且拒不配合的访客，算我倒霉。”祝瑾年嘴上这么说，还是乖乖抽了一张给他。

聂羽峥将卡牌翻过来一看，只见上面印着个正在吹心形泡泡的漂亮小天使，写着——

丘比特：

我们将爱澎湃的波涛送到了你心中与脑海里，唤醒你对生命本身的爱。你清楚地决定要接受与享受浪漫，而促成这般的觉醒。允许自己即兴地庆祝爱的所有美好。

他默然，想到自己在禾诗蕊的负性情绪诱导下即将遁入黑暗时忽然看到的一点莹蓝。

祝瑾年见他若有所思，八成从这张卡牌上获得了心理能量，也就不再开口打搅。

半晌，聂羽峥抬眼看她。

她实实在在、漂漂亮亮地坐在那儿，充满信任和关切地注视着他。

“过来，我抱抱你。”他牵起她的右手。

她笑望着他，故意说：“倪先生，这种‘特殊服务’，咱们‘荒漠甘泉’不提供。”

“你业务不精，居然不知道这种服务专供于我。”他将她抱坐在自己腿上。

“看来，你的电量已满。”祝瑾年伸出食指，点了点他心口位置。

“还缺一格。”他指了指自己的唇，明摆着索吻。

祝瑾年凑近啄了一下。

聂羽峥很受用地眯了眯眼：“早知道我的助理咨询师提供这种服务，我一定天天来坐班。”

“抱歉，我可不想天天见到你。”祝瑾年抬杠道，明明两人已经住在一起了。

“可是我想。”

“哦。”

温情流转间，聂羽峥的手机振动起来。

“喂。”他接起，语气淡淡。祝瑾年还挺佩服他一秒钟完成撩妹与工作狂状态切换的本事。

“知道了。我会准时到。”

他把手机放在一边：“郑文秀的追悼会定在三天之后，我们一起去送她最后一程。”

“应该的。”说到这个，祝瑾年的表情有点沉重。

“你以为你戴了墨镜，曹筱柳就认不出你？”祝瑾年偏头看他，深深被他帅到的同时，忍不住吐槽。

“以我对康宁医院的了解，这种场合她不一定能来。”聂羽峥伸手摘下祝瑾年戴着的墨镜，“所以你不用做贼心虚。”

“谁做贼了？”她又把墨镜抢了回去，下车没走几步，就听身后不远处传来一声许久没听到的熟悉嗓音：“小年？”

她一愣，下意识转身，只见郝易期和上次她在学校门口看到的那个女子一起走过来。

郝易期似乎有些后悔一时激动跟她打招呼，瞥了眼她身边的聂羽峥，有点尴尬，挤出一个公式化的微笑："呃……我女朋友，高雨。这是我一个老同学，小祝。"

近距离一看，郝易期现在的"适合结婚的对象"无论在身材上还是相貌上都输祝瑾年一截，但那种温婉乖顺的气质却是祝瑾年所不具备的，对于郝易期来说，高雨确实比祝瑾年适合他。

"好久不见。"祝瑾年淡定得多，刚分手时再见郝易期，她的心还会涌起些此情可待成追忆的波涛，如今身边都有了别人，她倒坦然起来，也真像他说的一样，只是个老同学。

本来就算不上刻骨铭心，就让往事随风吧。

"我的论文导师是曹院长，前几天听说他家出了这样的事……所以，我来……没想到你也……"郝易期抿了抿唇，似有千言万语憋在心里。或许跟"适合结婚的对象"处久了，他终于明白一个道理，不是所有适合结婚的人都适合他。

只是当时已惘然。

"我是郑文秀老师的心理咨询师。"祝瑾年侧身让了一步，聂羽峥停好车恰好走到她身边，二人执手，她平静地介绍，"我男朋友。"

"未婚夫，聂羽峥。"他纠正，略带惩罚地捏了捏她的手，摘下墨镜暂时放进口袋。

聂羽峥？郝易期有些回不过神，他清楚地记得，祝瑾年挂科后不知道咒骂了此人多少遍，世事瞬息万变，他二人居然走到了一起，其间有着多少自己注定错过的故事？

反观自己，高雨中规中矩，这场恋爱谈得风平浪静，外人看来他是结束了一段不般配的恋情，开上了正轨，其实他每每品味当下，却总觉得少了点什么。

郝易期敷衍地笑："你好。"

"郝先生，幸会。"聂羽峥扬扬嘴角。

祝瑾年暗吃一惊，她曾坦言自己交往过一个男友，但具体是谁并没有明说，他……怎么知道？估摸着这二人其实无意互相认识成为朋友，她撑开遮阳伞，适时结束寒暄："天热，我们先走了。一会儿见。"

曹义黎一家虽然已经分崩离析，但毕竟家底和人脉还在，加上曹义黎洗脱了杀人嫌疑，亲戚朋友们将郑文秀的追悼会的排场弄得甚大。祝瑾年以个人名义登记敬送了一个花圈，环顾一圈，发现曹筱柳真的没有来。

她和聂羽峥在靠后的位置坐下，迫不及待地问："你认识他？"

"谁？"他装傻，挑眉看她。

"算了，没谁。"祝瑾年也摸清了他的秉性，你越跟他急，他逗你逗得越欢，故意冷着他，他反而还有几分正经。

他见她一下子结束了话题，果然又提起来："郝易期？"

"以前认识？"

"今天头一次见。"

"那你怎么……谁告诉你的？"

"我答应过她，不出卖。"话虽这么说，他却出卖得很彻底。

祝瑾年一听就明白了："兰洁斐对不对？她不讲义气，居然把我的老底揭露得一分不剩……"

"不要误会她。我受邀参加她的节目，自然要向她请教一下自身的困惑，她找出郝易期的照片向我证明，我完全可以追到你。我想，作为半个心理从业者，她只是为了提升我的自信感，帮助我渡过心理难关。"他理直气壮地歪曲事实、胡说八道。

祝瑾年翻个白眼。

"刚才都忘了感谢和恭喜郝先生，放弃了我的小年，找到了另一个适合结婚的好伴侣。"聂羽峥的目光落在远处郝易期的背影上，"对我来说，这辈子最惊险的事就是——万一他当时不放弃。”

看在这句话的面子上，就不跟兰洁斐计较了。祝瑾年想。

“他放不放弃都影响不了我放弃的决心，我确实是一个适合结婚的人，但不是跟他。”祝瑾年轻轻摇了摇头，“谈不上谁对谁错，志不同，道不合，以后肯定形同陌路了。”

（3）

追悼会在肃穆的气氛下开始。瞻仰仪容的时候，祝瑾年握着一朵白菊，跟着长长的队伍往前走。郑文秀的遗体整理得端庄静穆，看起来就像睡着了一样，盖着一张纯白的缎面被，双手交叠放在腹部，身旁簇拥着黄色和白色的菊花。

祝瑾年弯腰轻轻放下白菊，默默叹一口气。她对着遗体深深一鞠躬，不禁想起郑文秀短暂的咨询过程。余光落在郑文秀的手上，忽然回忆起自那次咨询起就有的一个疑问，只不过最近事情太多，一时给忘了。

追悼会结束，她与聂羽峥并肩走出会场。

“曹筱柳住院，郑老师的遗物谁负责整理呢？她应该有一些笔记，或者说日记之类的，我想，要不就随她一起火化，要不就等曹筱柳的情况稳定一些，转交她处理。”

聂羽峥脚步一顿：“笔记和日记？咨询时，她提到过？”

“这只是我的猜测。”祝瑾年伸出右手，五指张开，“读书的时候，因为天天握笔写作业，我右手中指第一个关节有个蛮明显的茧子。我看周围很多人都这样，你也是。不光如此，食指、大拇指前端也有薄薄的茧，就是没中指那么明显罢了。这几年不怎么握笔，改电脑了，茧子慢慢薄、软了。可郑文秀不一样，她来咨询时我就发现了，她右手中指有着很厚的茧子，食指、拇指的小茧子也挺硬的。拿刻刀、握笔，都有可能，我觉得握笔概率大一些，她的心境是无法完成雕刻这种事的。除了经常握笔，我想不出日常生活中其他能形成这种痕迹的动作。”

“说下去。”聂羽峥干脆停下脚步，目光灼灼。

“曹义黎失踪后，她所面临的压力比我们想象的大很多，她熬了三四年，抑郁的倾向比我预估的轻一些，我怀疑她有一些解压的办法。我想起她去世当天，写遗书的水笔笔芯墨水只剩三分之一，警察还找出了一盒水笔芯。我毕业后，留在家里的几支水笔到现在还没用完呢，根本不会买一大堆笔芯备着。我觉得她应该在写什么东西，纾解心情，否则无法解释为什么她手上有那些茧子和为什么预备着那么多笔芯。”祝瑾年再次展现了自己对细节的推理能力，说罢，她摆摆手，自嘲，“可能是我多事了，如果她真的有写点什么，毕竟也算比较私密的东西，还是不要由非直系亲属保管比较好。”

“我们的劣势在于，曹义黎和曾大强都已经死了，所有事情经过都靠禾诗蕊一面之词，她说什么，我们就得去证实什么，非常被动。我不知道郑文秀写的东西对此有没有用，但聊胜于无。”聂羽峥不掩眼中的赞赏。

听他这么一说，祝瑾年沉心想了想：“郑老师思想比较保守，性格内向，从她对曹义黎失踪的态度上推测，她是会把所有鸡蛋放在一个篮子里的人。我猜，她如果有写点什么，应该会锁在卧室或书房某处，很有可能跟存折、现金之类的锁在一起。”

“也不知道我身上的现金够不够……”聂羽峥忽然没头没脑地来了这么一句。

祝瑾年差点没反应过来，呆呆地眨眨眼：“你要买什么？”

聂羽峥牵起她的手，十指交握：“我想提前把郝易期的婚礼礼金奉上，感谢他在你面前表现出来的所有不合适。”

“你第一次听完我的分析没有提出相反的结论，我真是受宠若惊。”

“这次，是你赢了。”

祝瑾年挑眉，被他夸奖之后有些蹬鼻子上脸：“可能当时你的心思都在曹筱柳身上，忽略了本不该忽略的细节吧。”

聂羽峥不回话，忽然看向祝瑾年身后：“郝先生，你有事吗？”

郝易期追出来了？祝瑾年一怔，转身看去，却发现身后空空如也，手心一空，他直接抽走了她手里的遮阳伞，兀自快步往停车场走去。

“聂羽峥你这个浑蛋！回来！伞还我！”她气得跺脚。

聂羽峥好像没听见似的，信步向前，心中却蹦出两句话——我跟你的前任狭路相逢都强忍着没表现出醋意，你倒放肆调侃我。

见遮阳伞还回来已是无望，祝瑾年苦着脸望着一路艳阳，自己被他几句甜言蜜语说得头脑昏昏，居然忘了他是只锱铢必较的禽兽啊……

“我都晒黑了！”钻进车里，她一脑门汗，横眉怒叱。

“黑了吗？我看你还是挺白的。”他斜睨她，指尖滑过她的手臂，“没事多晒太阳，促进钙质吸收，长长记性。”

她语塞，别过头去不理他。

“瑾年。”

“不理你。”

“真生气了？”他带着笑意。

“哼。”

“回去我帮你涂……”他显然忘记了那个名词，试探道，“隔离霜？”

“晒后修复！”祝瑾年都给气笑了。

正如祝瑾年推测的一样，郑文秀卧室衣柜的第一层抽屉放着她的存折、护照之类，第二层抽屉锁着好几本日记。最开始的一两本内每篇日记篇幅都很短，记载着一些生活琐事和个人感悟，到后面渐渐多了起来，尤其是曹义黎失踪后的几年，她几乎每天都写上满满一页，里头既有过往回忆，又有自己对现状满腹的牢骚。

原来，郑文秀早就知道曹义黎被曾大强勒索一事，他跟她说，曾大强偶然发现了他与学生之间的论文署名交易，借此时不时向他索要封口费，开口都是一两千块。郑文秀对此深信不疑，多次想报警，都被丈夫拦下。后来，她因为怀疑丈夫外头有女人，就总找机会偷听曹义黎的电话，于是偷听到了他俩的两次通话。

第一次通话，曹义黎的语气很不耐烦，抱怨什么买贵了，但还是无奈地说要给钱买，但叫曾大强要把用光的什么包装拿来。

第二次通话时曹义黎显得非常气愤，斥责曾大强迷失了心智，质问他到底站在哪一边，还骂他是“ta”的傀儡和走狗，说要同归于尽。

郑文秀还写了，曹义黎有次喝多了向她抱怨曾大强的事，说要不是想保护自己的名誉，他绝对不会再跟这种人来往。郑文秀也因此非常担心曹义黎的安全。但曹义黎当时向她保证，安全不是问题，就是钱的事儿。

这些事，在警察调查曾大强死因时，郑文秀都没有透露，当时她心中仍有幻想，坚信曹义黎不会杀人，尽力维护着他的名誉，不肯说出他为什么被勒索。她固执地认为，只要警察没能从曹义黎这儿找到决定性的证据，就会转而调查别人。

这些日记，聂羽峥光是看完，就花了整整一周。他断定，在囚禁禾诗蕊的过程中，曾大强并非一直扮演控制者的角色，他对待禾诗蕊绝非“放松警惕”和“良心发现”这么简单。一个心理学名词出现在聂羽峥脑海中，这种心理状态极为罕见，全世界能找到的资料寥寥无几，曾大强真的产生了那种心理异状吗？

一组刑警对曾大强死前七年内的调查也有了结果。跟他一起做过工的人说，他性格古怪，脾气很差，曾因嫖娼被抓过两三次，后来“改邪归正”。他做工不上心，赚得不多，但生活却还总是过得去，大家曾开玩笑问他是不是有别的外快，他说自己的闲钱都是打牌赢来的。有一段时间他忽然到处问，有没有人要收养孩子，说自己一个亲戚家里实在过不下去，准备把新生儿送人。大家都猜测是他的私生子，可他一直独居，也从来没固定的女友，这种猜测压根儿站不住脚，后来他不问了，大家也就淡忘了，这事儿一直没有后续，只听说他因为性格关系，跟亲戚们都不怎么来往，也不知哪个亲戚会托他问这种事。有人反映，曾大强被人打过，别人问起来他只说打牌赖账被揍了。从此后，他的精神状态都不是很好，很消沉，做工更加懈怠。

“收养孩子……”贾亚烈冷哼一声，“查曾大强案时，稍微近点儿的、在本地的亲戚我们都走访过，没有人困难到连孩子都养不起。”

沈子平表情凝重：“难道说禾诗蕊曾经怀过一个孩子？对呀……被囚禁这么多年，这种事并非不可能。但曾大强家里没有任何小孩子用的东西，这个孩子要不就是没生下来，要不，生了，但是丢弃了或者……”

聂羽峥又回想起母亲生育时的险境，对旁人而言，巨大的精神刺激都终生难忘，更何况当事人。他定了定神，说：“把日记中的时间点和曾大强工友提供的情况时间点比对——曾大强四处询问是否有人收养孩子之后的几个月，他开始买贵重的化妆品给禾诗蕊，之后，疑似被人殴打，接着，曹义黎骂他是个傀儡和叛徒，他整个人变得很消沉。我觉得，促成他这种转变的不是曹义黎的钱，而是禾诗蕊的自我觉醒，并对他实施心理操控，让他从曹义黎的战友变成了敌人。被囚禁，因而产生斯德哥尔摩综合征，这很合理。但在仍旧遭受罪犯控制的情况下，斯德哥尔摩综合征几乎不可能自愈。如果禾诗蕊有过一个孩子，那么这个不知所终的小孩很可能就是她心理转变的一个重要节点。”

第二十七章

永别旧时光

/HE NI DE SHIJIE TANTAN 2/

（1）

“关于这个小孩的事，禾诗蕊并没有跟我们说。”贾亚烈皱眉。

聂羽峥释然：“如果她真有过孩子，不会轻易说的——这是软肋。”

沈子平重重呼一口气：“问题是，到底生没生下来！”

聂羽峥说：“人质从斯德哥尔摩综合征的状态下忽然觉醒需要很大的心理刺激。国外有过一个案例，好几个女人被囚，通通患上斯德哥尔摩综合征，互相争风吃醋且不谈，甚至帮罪犯虐待同伴，即使同伴被杀，依旧没能觉醒。如此看来，禾诗蕊是受了更大的刺激后，自我意识才回到正轨。我的推测是——生了，但是曾大强怕婴儿哭声太大惊动别人，选择丢弃或者……杀害。”

“禾诗蕊受到的身体和精神伤害，比我们想象的大得多……”饶锡几分不忍，长叹一口气。

沈子平一鼓作气，忍下所有的怜悯和同情，咬牙道：“生要见人，死要见尸。我们要找到这个孩子，既然这是禾诗蕊的软肋，相信一定能让她说实话！”

一个年轻刑警匆匆进了会议室：“打扰一下，那个……外头出了点事。沈副，您下去看看？”

约莫七点，家政公司的红姐刚把厨房收拾干净，听见开门声，迎出来打招呼。

“小祝，回来了？聂先生还没回来呢。”

祝瑾年笑着应了一声。她刚搬过来的时候，红姐叫她“聂太太”，她蛮不好意思的，就让红姐改口叫小祝。

红姐喂了猫，收拾收拾，嘱咐了几句便走了。祝瑾年到厨房里看着汤，红姐今天煲了松菇鸡汤，现在用小火慢慢熬着，正是香气四溢之时。电视里播放着美食主题连续剧预告片，文案“一碗汤，一碗饭，一个人，一个家”，切中祝瑾年此时所感。

毕业后留在鹏市，一心奋斗二级咨询师，每天都很充实，但总少了点什么。朋友们都说，鹏市作为全国发展最好的经济特区，能让人很拼命却找不到归属感，她以前也常有所感。不过，搬过来之后，这种归属感便日渐深刻起来。

她曾跟聂羽峥提起，自己小时候住的地方有棵很高的桑树，每年四五月份，树上挂满了小小的桑椹，一些男孩能爬上去采，说可甜可甜了，她和几个小姐妹只能拣几个掉落下来的吃，已然很高兴。长大之后，即便在超市里买了很贵的进口桑椹，也觉得不如小时候的好吃。没想到聂羽峥第二天就移栽了一棵桑树，说托人特意寻了一棵优良品种，只待来年结果。

许是临江，这里晚上还挺凉快。他俩用过晚饭后，就常在院子的藤椅上乘凉，看月亮，给奶包梳毛，说一些不着边际的话。

她初中的时候跟同桌一起幻想长大后的理想生活，见同桌竟有“晚饭后跟喜欢的人一起散步聊天”的愿望，反观自己，都是什么上网、看剧、旅游之类，从来没有爱人的参与。她将此当个趣事分享跟聂羽峥，他问：“现在呢？我参与之后，感觉如何？”

“还不赖。”她咬了口冰西瓜，笑开。

乘凉时，她还逼问过他的情史，他倒好，非要从幼儿园说起，至今，小学二年级竟还没说完，她越听越不像情史，倒像听个人传记。

正想着，聂羽峥也回来了。

“七点半了。”祝瑾年看看钟，“你下午不是去支队开小会吗？怎么，从一点开到六点半多？”

“四点结束，遇到点小插曲，耽误两个多小时。”聂羽峥走进厨房，从后面抱住她，“你猜，发生了什么事？”

“禾诗蕊该不会寻什么短见吧？”

“章靖鸣来了。”

这个名字好久没出现在祝瑾年的生活中，她都快把这人给忘了。

“他去做什么？路都不能走了，还能搞什么幺蛾子？”

“媒体报道了禾诗蕊现身的事，章靖鸣大闹支队，说他是禾诗蕊的律师，要求沈子平带他去见她。”聂羽峥说着，戴上棉手套，揭开盖子，热腾腾的蒸气扑散开来，伴随着松菇独特的香气。

祝瑾年一怔，追问道：“见了吗？”

“能让他见吗？”聂羽峥反问，笑着斜睨她。

“他可不是那么轻易被打发的。”

“以死相逼，又是匕首又是农药的，像个泼妇。”聂羽峥摇摇头，评价道，“滑稽又……可悲。”

“他有病吧？禾诗蕊见了他，不跟他拼命才怪。”祝瑾年不带一丝同情，毫不客气地说，“无论如何，当初她都是受不了他的骚扰才去找曹义黎的，没有他就不会有后头的遭遇。虽然你暂时不能告诉我细节，可但凡智商没问题，都想得到她这些年受到什么样的待遇，换作我，只要能活着回来，杀了他都会。”

“看来轻易不能得罪你。”

“当然，否则有你好看的。”祝瑾年瞪瞪眼，恐吓道。

“没你好看。”他戏谑道。

“好了好了，我饿死了……”祝瑾年把饭菜端到餐桌，招呼他先过来祭祭五脏庙。

“我很久没去‘荒漠甘泉’，还顺利吗？”大老板终于关心了一下业务开展情况。

“挺好的。我们对学校长期的义务咨询有了效果，趁暑假，好多家长都带着开学就高三的孩子过来，学习减压方法和调整心态，签了套餐协议。”

“你怎么样，有没有遇到棘手的 Case？”大老板又关心起助理的工作情况了。

祝瑾年想到自己今天接待的一个男访客，不禁汗颜。他说自己喜欢上了宠物狗，并多次发生了关系，现在一边觉得罪恶一边又控制不住自己。她笑了笑，简单回答：“可以应对。”

“很好。”大老板表示满意。

专案组人员再次讯问了禾诗蕊，她一口咬定自己没有过孩子。从她这里打不开突破口，警方根据郑文秀的日记和曾大强工友的证词，划定了一个大概的时间段，向全市的收容机构和医院发出通知，寻找那个时段被遗弃、救助的新生儿，虽然找到了那么几个，却没有一个跟禾诗蕊有血缘关系。

“暂时没有新证据显示，禾诗蕊是故意杀人放火。”饶锡两手一摊，郁闷地说，“郑文秀的日记、曾大强工友的那些回忆都只能说明曾大强跟曹义黎闹掰，他俩本来就因为钱有矛盾，算不上什么新情况，就算禾诗蕊生过孩子，也不能算做证据链中的一环。我已经谢天谢地她没提出司法精神鉴定，被囚禁了七年，我都会被逼疯！”

相比于其他专案组成员的一筹莫展，聂羽峥显得几分闲适：“前阵子，每当我手头的 Case 陷入迷宫，都有个神秘人寄信提示，这次，他迟迟没出手，不知道是因为我们调查的内容太过保密，还是他也毫无头绪？”

沈子平哭笑不得：“你一说，我倒想起来了……你该不会在等提示吧？太不靠谱了。我早就说那人没准就是个热心市民，看多了侦探小说，想搞神秘。”

“你说得对，还得靠自己。”他微笑，“查一查曹义黎的收藏品——白金项链，记得吗？它的收藏日期跟禾诗蕊疑似生孩子的时段重合了。我想这不会只是巧合。”

贾亚烈一拍桌子：“就是当时你说让你百思不得其解的项链？！脏兮兮的那条！”

“它对禾诗蕊很重要，但上次我问起时，她却显得满不在乎。她从曾大强家中逃离后，还是想办法回了家，说明亲情在她心中的分量依旧很大，对这么一条可以说是奶奶遗物的东西，怎么可能这么冷漠？她说项链不慎丢失，可却出现在曹义黎的收藏品中，为什么？项链的收集日期距今六年多，也就是说，禾诗蕊被囚禁的第四年，项链才落到曹义黎手里。它的收藏日期跟她疑似生孩子的时段重合了。我想这不会只是巧合。”聂羽峥猜测道，“有没有一种可能，她把这条项链作为纪念品，放在了孩子身上，曾大强却把它送给曹义黎，进而得到一笔钱。”

“可它为什么沾满泥土呢？”沈子平不解，“像刚从土里挖出来似的！”说着，他自己也意识到了什么，惊异道，“……不会吧？！”

聂羽峥颔首，肯定了他心中所想：“从犯罪心理的角度，事先有预谋的罪犯通常会选择自己最熟悉、最拿手的手段处理尸体。曾大强此人最拿手的莫过于挖坑、填埋，对曹义黎是如此，那么对一个绝对不能发出声音让旁人发现的婴儿，是不是也是如此？”

众人轰然，纷纷咬牙切齿：

“对自己的孩子，下此狠手？！”

“是不是人啊！太无情了！”

“不一定是他的，也有可能是曹义黎的。”沈子平说，“50% 的概率，曾大强选择了自保。”

“马上对项链做微量成分分析，尤其是上头残留的泥土，拿到结果就去找地质、土壤专家帮着看看。”饶锡拍板。

沈子平愤然点了根烟，到走廊上狂吸了好几口，心情还是没有平复。

聂羽峥提着公文包，最后一个走出会议室。

“我接受你的建议，去趟‘荒漠甘泉’，不然会疯。”沈子平叫住他。

聂羽峥拍拍他的肩膀，算是默许。

“能给我打个五折吗？”

“打骨折。”聂羽峥抬手抽走他叼着的烟，顺便摁灭。

“你……唉！”

（2）

两人一起到了松海大厦，沈子平一边喃喃重复着“荒漠甘泉”的广告语，一边打听着心理咨询相关信息。因为他临时起意，没有预约，接待前台那儿一时安排不出咨询师。

“跟我来。”看样子，聂羽峥打算亲自上阵。

沈子平并没什么严重的心理问题，只不过最近奔波查案过于劳累，加上负能量累积太多，需要疏解。在发泄室里狠狠摔打吼叫一阵，筋疲力尽，内心的重担却放下一大半。

他叼了根烟，瘫软在聂羽峥办公室的沙发上，喝几口加了重奶重糖的咖啡，心情好多了。

闲聊了一会儿，聂羽峥忽然盯住他的眼睛，目光刹那间锐利起来：“这次不寄照片给我，是因为认清了事实？”

他背脊一挺：“什……什么照片？”

“第一封莫名其妙收到的剪报以及叶欣雪、禾诗蕊的照片，都是你寄的。”聂羽峥扬扬嘴角，眼中有着洞悉一切的释然，“以前我不愿深究，只当是某个热心的或者别有用心的好事者。直到我收到了禾诗蕊的照片……”

沈子平屏息，紧抿着唇。

“子平，只要涉及她，你就沉不住气。后来我想，如果不是你，我不相信有人能越过支队重重的监控和人来人往的走廊，把一份剪报放在你们的桌上，还查不到任何痕迹。叶欣雪的照片对你来说也很容易，你知道我在查什么，只要顺着深入问问凉肃市警方，就能得到叶欣雪的照片；你怕被我发现，故意用左手写字，更证明了寄信人就是我身边的熟人，如果只是个热心市民，鹏市几百万的人口，几百万种字迹，他何必怕我去查？但即便用左手，你写到章靖鸣名字时的恨意，还是能从字迹中看出来，这种情绪，与你写叶欣雪三个字是完全不一样的。”

沈子平僵在原地，好一会儿才摇摇头：“真是什么都瞒不过你……上次开会，你故意随口提到寄信的热心市民，就是在刺探我。”

“能告诉我为什么吗？”

“祝瑾年第一次来支队就撞上了章靖鸣，我用脚指头想都知道他肯定会故技重施，把她当成新目标。我也是碰碰运气，想多个帮手，于是先丢个诱饵，就把新闻剪报说成是匿名信。后来你果然为了祝瑾年，想查禾诗蕊的事，正中我下怀。我见你在查‘欣雪’这个人，就顺着查了一下，给你寄了叶欣雪的照片，引起你的注意，想给你留个‘凡是我寄给你的东西，就一定是有价值’的印象。但是，你就顾着追老婆，没有全心全意跟进禾诗蕊失踪案，迟迟没找到失踪案的新线索，我按捺不住，有点操之过急，就又给你寄了个照片……”

“你想用匿名信事件给我制造一个心理惯性，同化我的思考方式，进而引到着重调查分析章靖鸣这条线上。”

沈子平叹了口气：“惭愧啊……”

“执念。”聂羽峥一言蔽之。

他又叹了口气：“第一个喜欢的女人，第一个没破的案件——是一种情结，也是一种执念。不过你放心，我对禾诗蕊没有什么私心，毕竟我现在有老婆有孩子的，况且，我是个警察，会同情、会不忍心，但绝不会包庇纵容。”

远处，六点的钟声遥遥传来。

“小祝下班了吧。”沈子平起身，“不打扰你谈恋爱，我难得这么早回家陪陪老婆孩子，走了。”

他话音刚落，祝瑾年探出半个身子往办公室里看，戏谑地问："聂总难得来趟工作室，要跟谁谈恋爱呢？"

"反正不是跟我。"沈子平挑挑眉，抬手摇了摇算是告别。

"你说我跟谁？"聂羽峥起身送了几步，随手把门带上的同时，另一只手伸过去揽过祝瑾年的腰，还在她臀侧拍了一下。

"真难得，你有空接我下班。"

"偶尔也该过来刷刷存在感。"

祝瑾年歪头装无知："难道不是专程过来跟我谈恋爱的？"

聂羽峥顺着她问："恋爱在哪儿？叫过来，我跟它谈谈。"

"说起恋爱……兰洁斐最近谈恋爱了，男朋友小她七岁，刚上大学呢。昨天她约我今晚一起吃饭，哭着喊着要秀她的小鲜肉，还叫我带上我的冷冻肉。"

"'冷冻肉'指的该不会是我？"聂羽峥挑高一道眉。

"呃……"祝瑾年尴尬地笑了，一时忘形竟然把她们闺蜜私下里给对方男朋友起的代称说了出去。

他暂时不动声色："约了几点？"

"七点。"祝瑾年讨好地有问必答，"很近，就在对面的蟹蟹小火锅。"

"还有一小时。"他慢慢点了点头，忽然解开了 polo 衫的领扣，"足够我这块'冷冻肉'让你尝点新鲜的东西。"

"喂！你该不会想在这里……"祝瑾年脸色一变，慢慢涨红，这人，一言不合就开车！"他们有的还没下班呢！"

"所以……"他竖起食指压在她唇上，"你得小点声。"

"你疯了……啊！"祝瑾年被他扑倒在沙发上，又是无奈羞涩，又是担惊受怕。

……

差五分钟就七点，祝瑾年手忙脚乱在镜前补着口红，聂羽峥体贴地帮她拉上连衣裙后背的拉链，好整以暇站在落地窗前等她补妆。

二人总算在七点一十五走到了约定地点，兰洁斐和一个阳光小鲜肉早就到了，本就娃娃脸的她看上去跟小鲜肉还挺搭，一见他俩就指了指手表：“你们迟到了十五分钟哦，小年太磨叽了，早知道就约七点半。”

“我哪磨叽了……”吃瘪的祝瑾年简直要哭。

“你的提议不错，多半个小时的话，我们就不会那么仓促、草草收尾。”聂羽峥一贯地语不惊人死不休。

祝瑾年横他一眼，好在兰洁斐并没发现此言的深意，以为他们是因为接待来访者才双双迟到。

你还别说，这对姐弟恋分外恩爱，兰洁斐这只小白兔在小鲜肉面前一下子变成了大姐大一样的老母鸡，小鲜肉运动阳光，在她面前却总露出依赖的一面。兰洁斐说起自己这段恋情遭到的反对声，有些神伤，谁知，小鲜肉一句“不管将来如何，我是一定要娶你的”，搞得她感动得眼泪汪汪，却还抱怨他的求婚不够有诚意。

聂羽峥在桌子底下牵起祝瑾年的手，凑在她耳边问：“上次你叫我‘老公’，是不是代表我可以省去求婚的环节？”

“想得美。”祝瑾年冲他调皮地一笑。

不知是不是印证了法网恢恢这句话，白金项链的吊坠里检测出了血迹，不过，时隔多年，残留血迹的红细胞已经降解，无法检测出DNA。泥土的微量成分分析结果随后也出来了，重金属镉和铅含量大大超出了正常值。重金属在土壤中移动性很小，不易随水淋滤，不为微生物降解，成分具有稳定性。

五年前，鹏市领导班子换届，在五年规划中提出了受污染土壤整治这项内容，随后，进行过一次土壤条件摸底，根据受污染的轻重，划定了第一批重点治理区域。

土壤污染调查具体情况属于国家机密，不能对外界公布，所以，专案组刑警带着检测报告去负责土壤检测的环保部门了解情况。当年负责该项目的老项告诉他们，鹏市某区域的土壤确实检测出重金属镉和铅超标，违规排放的三个冶炼厂被勒令停业整改，项链残泥的检测结果和那片区域的土壤污染报告非常相似。基本可以说，这条项链曾和那片区域的土壤“亲密接触”过，巧的是，那片离曾大强家，不过五公里路程。

一个刑警问：“你们做土壤取样时，有没有发现什么，比如翻出什么首饰、衣服之类的？”

“没有，不过啊……”老项严肃说，“我们发现一个用布包了一半的尸骨，一开始以为是谁家的宠物，后来越看越像人，当下就报了警。不过后来派出所反馈说，尸检结果显示，那个婴儿埋下去之前就去世了，好像说是生出来就没活，反正不是被人弄死的。这事也就过去了。”

专案组马上联系辖区派出所，又进而联系上了县公安局。当时的报案记录还在，婴儿的尸检结果也入了档。技侦大队法医小梁说，这个婴儿为女性，肺发育不成熟，呼吸道阻塞，刚出生时就出现了严重的呼吸窘迫综合征，不幸去世，属正常死亡。父母不详，无人认领，早已按规定火化了。殡仪馆按照无主骨灰的处理办法，将它埋入公墓特定区域。

“对了，这个——”小梁找出电脑中几张照片，“这是随尸体一起发现的，好像是某项链或者手链的一小截，测过，是白金的。”

这截约四厘米的白金链跟禾诗蕊的项链形状完全吻合，尸检报告的DNA信息也证实了她跟禾诗蕊存在亲缘关系。警方由此断定，出生就不幸夭折的女婴系禾诗蕊所生。

禾诗蕊再次坐在讯问室里，这回，饶锡、贾亚烈和聂羽峥坐在了她的对面。

她深吸一口气，明知这三人绝对有备而来，还是淡定地笑了笑：“你们好。”

“你好，我们补充问你几个问题，请你据实回答。”饶锡公事公办的口吻，充满了当领导的威严。讯问之前，三人开了个小会，对一会儿要问的问题做了个规划，现在，他胸有成竹。

“你政法大学毕业，而且学习成绩那么好，肯定知道正当防卫是不会受到惩罚的。既然你逃出了曾大强的家，为什么不选择报警，而是不声不响回到老家？”

“我被关了七年，一下子获得了自由，一时间没办法用正常人的思维去考虑问题。我只想走，远远离开那儿，我害怕所有人，包括警察。我只记得天不冷，但自己浑身都在发抖，一直走，走到有路的地方，拼命拦车，上了一辆农村客运小巴，刚好能去县城车站，之后又去了鹏市车站。汽车站这么多年还在，没怎么变，我买了张票就回凉肃了，买票时我话都说不清楚，你们知道吗，我太久太久没跟其他人说过话了。回到家里，我爸妈见到我那一刻，我这辈子不会忘！他们直接给我跪下了，拉着我的手，我们三个人哭得都喘不上气。”

禾诗蕊长长舒了口气，抹了一下眼角涌出的泪，接着说：“我不断地说话，那时我感觉自己忽然就疯了，不眠不休，说了几天几夜，嗓子都出了血。我爸妈也想报警，但我不同意。我不敢面对陌生人，不想再回忆这几年发生的事。他们忙着照顾我，暂时也没去公安局，一直在家陪着我。我跟我妈睡在一起，就像小时候一样，我感到很安全。

她双手交叉抱住自己，仿佛在回忆小时候的温馨时光。

（3）

沉默许久，贾亚烈不得不打断她的美好回忆：“你在家待了多久？”

“三四个月，从来没出过门，也不敢出门。我的心情……又或者说是精神，渐渐恢复了正常，也不再做噩梦。我开始考虑以后的事，因为总不能一辈子不出门。”

饶锡说：“你可以选择报警，继续读书，回归正常的生活。”

禾诗蕊苦笑着摇摇头：“我不知道你说的正常生活是什么，大家都以为我死了，而我，也不想对一个个认识我的或着想认识我的人去解释我的过去。我了解到，网络、科技发达了，我这样一个失踪了七年居然还活着出现的人，难免会吸引媒体，那么，我的遭遇岂不是要让全天下的人都知道？我不想再受到关注了，我不想面对别人看我的目光和可能引发的议论。”

聂羽峥沉静地望着她：“所以，你决定隐姓埋名去昌朵地区的乌来村当义务教师？”

禾诗蕊抬眼：“是的，大学的时候，我报过名。不过那时是想着去艰苦的地方锻炼、奉献一下再回来，而三年前，我想的是，去了，就留在那里。乌来村很美，四面都是冰川雪山，只不过道路险恶，去的人少。所谓的条件艰苦，都是主观感受，对我来说，那里跟天堂一样，人不多，每个人都很真实，没有阴险狡诈、是是非非，我教孩子们写汉字、看书，告诉他们什么是美好，但从来不提我的过去，因为在那里，我都快忘记了。”

从她那些搜索记录上看，事实上她根本没有忘记。

从昌朵那边发来的后续调查情况显示，禾诗蕊化名何诗心义务教书期间，对学生们一直很尽心，也从来没有要过学校一分钱，孩子们都非常喜欢她，学习的热情非常高，校长一再强调，诗心是他见过最好的老师，希望她还可以回去。

利用黑魔法一般的负性情绪诱导，差点将三个讯问人员拉进心理控制陷阱的禾诗蕊，却对乌来村的孩子们倾尽所有关爱，她，真是一个极为复杂的人。

饶锡些许动容，定了定神，问：“你对乌来村的孩子们那么好，是因为曾经失去孩子吗？”

“这个问题你们上次问过我了。”禾诗蕊观察着对面三人的表情，咬了咬牙，坚持道，“我没有孩子。”

贾亚烈拿出两个密封袋，一个装着一小截白金链，一个装着剩余的链子和吊坠。

禾诗蕊愣住了，盯着它们，微张着唇些许颤抖。

贾亚烈解释道："曹义黎有收集女性丢弃物的癖好，这些年，曾大强将你用过的东西都送给了他。这条项链也是他的收集品之一，日期是你失踪后的第四年，2 月份。另外一小截链子是同年 9 月份全市进行污染土壤摸底取样时，从一具女婴尸体上提取的，经过比对，你与那个女婴系母女关系，而她的父亲就是……"

"别说了！"禾诗蕊忽然大喊。

"禾诗蕊，请控制你的情绪！"饶锡厉声道，"警察问话，不是你说停下就停下的。"

她焦虑起来，有些坐不住，一个劲儿深呼吸，目无焦距却到处乱看，双手紧握拳头，眼中戾色忽增。

聂羽峥言中了，那个死去的婴儿，确实就是她的软肋，她的心理防线，有了松动的迹象。

贾亚烈继续说："根据我们掌握的情况，曹义黎和曾大强的矛盾就是从那一年开始的，这与你之前说的'因为五万块和十五万块的勒索，两人有了矛盾'不符。也就是从那个时候开始，曾大强对你超乎寻常地好，还给你买很贵的化妆品，几乎对你有求必应。你告诉我们，是不是因为你生下了曾大强的孩子，但孩子不幸夭折，曾大强对你产生了同情心？"

禾诗蕊惨白着脸，声音尖厉："那又怎么样？他对我的同情心是一时的！我是见证他杀曹义黎的人！他还打算杀我灭口！"

聂羽峥抬手往下压了压，示意她注意克制情绪，看住她问："白金项链是你被囚禁阶段最珍贵的随身物品。上次，我问过你它的事，你说，丢了。其实，你将它放在过世的孩子身上，交由曾大强埋葬。可你知道他将孩子埋在哪儿？一片荒地，遍布重工业厂区，四处是掩埋废料的大坑，连土壤原本的颜色都看不清楚。土壤受重金属污染，被划为第一批重点整治区域。要不是土壤取样，她还不知道要孤零零地躺在里头多久。"

"现在呢？她……她在……"

"已经在市郊的公墓安葬了。"

禾诗蕊捂住脸，眼泪止不住地流。

聂羽峥有意煽动她的怒火："出生就夭折，本来已够不幸，为什么要让她沉睡在那种地方？你将自己随身的首饰给她又如何？你根本不是一个合格的母亲！"

"你懂什么！你什么都不了解凭什么这么说我！"禾诗蕊完全被激怒了，声泪俱下，近乎嘶吼，"你知道我在曾大强家里过的是什么生活吗？我没被折磨成一个神经病就足够了不起！最初，连几只吸我血的蚊子都是我的精神支柱！我告诉自己决不能丧失意识！决不能求死！我要活着！因为还有这些蚊子需要我！后来，我怀孕了，曾大强和曹义黎谁都不敢确定孩子是不是自己的，没有人愿意为孩子负责！可这个孩子是我那段时间又一个精神支柱！那时候我已经完全屈从于他们了，他们就是我的天啊！我愿意生孩子，愿意照顾孩子，可他们不愿意啊！孩子我自己生的，你们都是男人，不会体会那有多痛！只要经历过那种痛，什么对你来说都已经无所谓了！可是，孩子生下来就不会哭，也没有呼吸，全身都是白的！我求曾大强带着孩子去医院看看，救救她！可他不肯！他不肯啊！"

说到这里，她号啕大哭起来，饶锡有些紧张地看了看聂羽峥，他小幅度摇摇头，示意不要干扰她发泄情绪。

"她就这么一点点！软软的！胳膊腿儿都细细的！闭着眼睛！不会呼吸！也不哭！也不睁开眼睛看看我！看看她的妈妈！"禾诗蕊哽咽着，上气不接下气，"我拼命地求啊！我下跪！磕头！我发誓我几辈子都做奴隶去伺候他！求他送孩子去医院，让医生救她！可他说什么都不肯，说孩子不哭更好！然后……然后我就眼睁睁看着孩子不动了，我抱着她，她却越来越凉！曾大强抢走了她，说，死了就埋了，埋到后山的墓地里。我用尽自己最后一点力气，把项链扯下来给她戴上，之后就晕倒了。再醒来的时候，曾大强已经回来了，说都处理好了，没事了。没事……怎么可能没事……

我看清了他，我……”

她忽然意识到了什么，合上嘴，红唇紧紧抿着，半晌，才说：“我不知道项链为什么到了曹义黎手里……他竟然连这么一点东西都不留给孩子……”

聂羽峥起身，将一盒纸巾放在她眼前的桌子上：“你不觉得自己说的相互矛盾吗？”

她握着纸巾的手顿了一下，抬头看他。

“曾大强在你的描述中，是个狼心狗肺的人，连50%概率是自己的女儿都这么无情无义，之后又为什么对你出奇地好？你确定……”他问，“自己没遗漏什么？”

“没有！”禾诗蕊飞快地答。

聂羽峥没有给她狡辩的机会，马上说：“因为孩子的夭折，你其实对曾大强产生了强烈的恨意，这种恨意扭转了你的斯德哥尔摩综合征，你从心理上摆脱了他对你的控制。在那时，你就可以趁他出门做工时求救或者逃走，可你没有！”

“我……我没有，我……”

“第四年看清了曾大强，就恢复了自我意识，你为什么到第七年才在一次火灾中‘正当防卫’杀了曾大强逃生？他害死了你的女儿，难道你还能顺从地跟他相处后三年？如果真是这样，你女儿的死对你来说意味着什么？只是一个不足为奇的小插曲？她不该来，是她自找的？她的母亲在她夭折后竟然还跟那个拖延抢救时间的男人和乐融融？”

“你们为什么要逼我！”禾诗蕊的心理防线在对女儿夭折的愧疚和委屈中全面崩溃，泣不成声，“我不杀他，我能逃出来吗？你们这些无能的警察找到我了吗？要是你们早点找到我，我能这样吗？”

饶锡换了种语气，温和地说：“你对曾大强之死的来龙去脉乍一听有板有眼，但深究下去破绽太多，再这样耗下去，对你没有一点好处。对我们说出实情，勇敢地面对自己的所作所为，正是因为你受了那么多的苦，也有万不得已而为之的理由，法律不会苛责于你。难道你不想早一点了结，去公墓看看你的女儿吗？她在那里静静等了好几年呢，她也盼望着妈妈能去看看她，跟她说说话，让她知道自己不是孤独的，虽然这个世界上知道她存在过的人不多，可还是有个人那么爱她，也一直爱着她。”

“我都说……我什么都告诉你们……”禾诗蕊抬起头，急切地说，“我说了之后，求你们带我去看看她……去看看她……”

为攻破她心理防线推波助澜的聂羽峥忽然起身，头也不回地离开了讯问室，显然不愿再听下去。

聂羽峥站在走廊窗口，问一个路过的刑警要了根烟，默默点燃。

女人，无比软弱，又无比坚强。你知道她们的软肋，但她们的软肋同时也是钢铁战士的盔甲，是世界上最尖利的矛，是能阻挡一切攻击的盾。

他不必听禾诗蕊的坦白，她做了什么，他早就了然于心。

她依旧如当年叱咤风云时那般，美艳而高傲，她自救时的勇气和隐忍，同两个身强力壮男人较量时心理的巨大张力，都是那样让人震撼。她是高智商的罪犯，是令人悲悯的受害者，也是一个为自己当初的不成熟而付出巨大代价的可怜可恨之人。

可是，有谁能要求一个年轻的生命凡事都成熟？

或许，这就是人间百态。

（4）

第二天，公共危机干预研究所一如既往地安静，阳光在窗台洒下斑驳，窗外树影森森，一阵阵蝉鸣将暑气渲染得更浓烈。洪远岚刚从支队拿文件回来，一头一脸的汗，站在聂羽峥办公室外头，他特意抹了抹脸，掏出眼镜布，细细擦了镜片，才敲门而入。

聂羽峥将一沓厚厚的资料册放进柜子：“拿到了？”

"嗯，这是详细笔录。"洪远岚将一个资料袋放在他办公桌正中，"听说下个月开庭，如果您要写心理分析报告的话，时间还挺紧的。"

他颔首，简单翻阅一下，微微震惊的同时，惋惜地微叹口气。

禾诗蕊说，孩子的去世给她带来了巨大的精神刺激，这种恨意，也使她对曾大强的斯德哥尔摩综合征式的依赖感崩塌。她重新审视自己的处境和与曾大强、曹义黎之间的关系。她意识到，他俩并不是可以依赖的人，之前的几年，她像是做了一场大梦，忽然大彻大悟。

也许正是站在精神崩溃的边缘，她更能冷静地凝视深渊。她坚定了自己的信念，分析了曾大强在体力和智力上的优劣势，发现头脑简单的曾大强比较好对付，而曹义黎却是个难缠的角色。

就跟拆房子一样，主梁断了，房子才会倒，你揭去再多瓦片，充其量只能掀翻屋顶。要出去，必须先除掉曹义黎，再除掉曾大强。想到自己和女儿的遭遇，除了出去之外，她更想对这二人展开报复。

她无法同外界接触，在体力上也无法同曾大强抗衡，只有打心理战。她回想前几年的遭遇，正是因为情绪混乱，不知不觉自我暗示，不相信自己还能出去，才会默默接受现实。她的悟性本来就强，如此就悟到一种方法——用情绪去控制人，在对方情绪最糟糕的时候，施加更坏的影响，就能让这个人顺着糟糕的情绪走下去，越来越往牛角尖里钻。

她其实并不知道，自己顿悟到的竟是心理学中的黑魔法。

她开始尝试着向曾大强施加负性情绪诱导，刚开始并不成功，她慢慢专研、慢慢修正，滴水穿石一样腐蚀着他的思想。他沮丧时，她跟着怨天尤人，把更多的负能量输送给他；他生气时，她火上浇油，把他的怒火放大到最烈，引导他随意地用暴力发泄怒火。再接着，她试着把屋子里的物件跟某件糟糕的事联系到一起，频频暗示，让他目之所及，都是不愉快的回忆。

曾大强的性格变得越来越古怪，喜怒无常，没几个人看他顺眼。而禾诗蕊则装出万分服从的样子，他只有在她这儿能得到赞美。她渐渐发挥出原有惊人的口才，灌输他一套糟糕的价值观，渗透着他的大脑，慢慢扭转他对她的防备。

曾大强慢慢被禾诗蕊洗脑，成了傀儡一样的人物，对她的依赖感增强，从而产生了对曹义黎的排斥心理。禾诗蕊觉得时机差不多了，就不断怂恿曾大强以各种理由向曹义黎要钱。她要求曾大强给自己买昂贵的化妆品，甚至有机会拿到他的手机，她非但没有选择求救，还悄悄下载了不少心理学书籍，深入而系统地学习人心操控术。

在禾诗蕊有意的挑拨下，曾、曹之间的矛盾越来越大，最后几乎发展到了水火不容的地步，迟早要互相残杀。禾诗蕊判断了一下形式，还是觉得曹义黎应该先走一步，就分两次要曾大强向他勒索高达二十万的现金，终于逼得曹义黎带着钱前来谈判。

曾大强已然站在了禾诗蕊这一边，不同意曹义黎所谓“一口价”的买断提议，二人终于扭打起来。禾诗蕊见曾大强处于下风，就先一步砸伤了曹义黎。曾大强处在暴怒中，禾诗蕊多年对他怒火发泄渠道的培养奏效，曾大强抢过她手中的榔头，几下就把曹义黎砸死了。

当时，只有禾诗蕊才知道，曹义黎一完蛋，曾大强也活不了多久了。

她安慰着他，跟他分析利弊，蛊惑他将曹义黎的尸体妥善地埋好。曾大强采用了他最擅长的手段，将尸体深深埋进白天时挖好的树坑中，还一层一层地撒入大量的石灰妄图掩盖将来可能散发出的味道。

他去埋尸的那个晚上，禾诗蕊将曹义黎曾经来过的种种证据都保存得妥妥帖帖，为的是将来嫁祸曹义黎。

曾大强魂不守舍地回家后，早就布置好一切的禾诗蕊劝他一醉方休，他真的听话喝得不省人事。禾诗蕊拿出早就准备好的一截电线，绕在了他脖子上……

随后，她找出曾大强常备在家的一小桶汽油，泼洒之后，将烟灰缸里未熄灭的烟头朝那边一扔——

轰！火苗如同一条小蛇，飞快地顺着汽油泼洒之处扩散开，一下子进化成一条火蟒。

七年的囚禁与煎熬，就这么付之一炬。

因心中对一直找不到自己的警察们怀着怨恨和藐视，在受到讯问时，禾诗蕊对几个参与人员实施了拿手的负性情绪诱导，一方面是为了泄愤，另一方面，是想让他们听信自己编造的“正当防卫”谎言，不要再深究，以便将来无罪释放。

聂羽峥没想到，禾诗蕊能自己悟出负性情绪诱导这种黑技术，这到底是人求生的本能，还是大脑浩瀚的潜力？

“这个案例……”他伸手敲了敲档案袋，“可以作为今年重点研究课题进行。斯德哥尔摩综合征和利马综合征⑥共存于一个案例中，非常罕见。更何况，二者之间还有此消彼长的关系。在人质出现斯德哥尔摩综合征之后，劫持者对人质产生了依赖感，变成了利马综合征，反被人质所害，可以说，全世界找不出第二例。”

洪远岚正缺论文数呢，一听这个，高兴极了，双眼都放着光：“接下来得加班加点了，不然时间根本不够用啊！”

“时间的确不等人。”聂羽峥低着头若有所思，“有件事情我得请教你。”

“不敢不敢！”洪远岚受宠若惊，怎么？在学术上聂羽峥还有向自己不耻下问的时候？

“听说你去年春节向女朋友求婚成功，请问，用的是什么办法？”

“啊？”洪远岚一愣，刚才他们不是还在认真严肃地讨论着今年重点课题吗？为什么忽然跳到这种事情上？他尴尬地笑了几声，摸摸后脑勺，“也不是什么特殊的办法啦，就是在她家楼下用蜡烛摆了一个心，然后打电话叫她下来，我拿着玫瑰给她……”

“在楼下用蜡烛摆了一个心？”聂羽峥不可思议地重复，“我记得去年春节鹏市恰好遭遇了十年一遇的超强寒流，你是怎么保证蜡烛那点小火苗在

⑥利马综合征是人质犯被人质所同化，与人质的立场趋于一致，把攻击心态转变的现象。

强风下不灭？”

洪远岚简直要被痛苦的回忆惹哭了：“别提了，都可以出道数学题了——点燃 1 支蜡烛需要 20 秒，点满 5 支蜡烛，就会被风吹灭 4 支，问多久能把 50 支蜡烛全部点燃？”

聂羽峥没有被这点小伎俩唬住，他同情地摇摇头，看着自己的助理：“也就是说，所谓‘用蜡烛摆了一个心’，她在楼上其实根本看不见。”

“看见了。”洪远岚一脸郁闷，“别忘了星星之火可以燎原，我点燃了她家楼下的草坪，差点没被警察抓走。弄出这么大动静，她怎么可能看不见？她下来时一边哭一边笑，还一边骂我，问我是不是她不答应，我就要烧她家的房子。”

“看来这并不是个好办法。”聂羽峥一脸正色地总结。

他点了点头，又说：“我一朋友是将求婚戒指放在女朋友最爱吃的东西里，希望她吃到时能有个惊喜。”

“后来呢？”聂羽峥虚心问。

“他女朋友是个吃货，见了爱吃的东西就狼吞虎咽，最后用血淋淋的教训证明了一个真理——钻石的硬度远远大于牙齿。”

聂羽峥汗颜：“你那位朋友……还好吗？”

“还活着。”洪远岚笑，“没想到组长也会为这种事情伤脑筋？”

聂羽峥不置可否，这种烦恼对他来说似乎是个甜蜜的负担。

埋首梳理出许多值得研究的细节，再抬眼时，分针时针恰好把表盘分割成两个面积相等的半圈。他暂将资料推到一旁，起身刚要走，只听走廊上响起熟悉的高跟鞋声。

他的双眸染上些笑意，静静坐在原位，待那抹身影走进，扬扬嘴角：“查岗？”

说话间，已起身去迎。

“下午恰好约了个访客，就在附近。还有，我去报了个二级咨询师的培训班。”他近几日忙于工作，听说今天案情终于水落石出，既是顺道来找他，也是想跟他轻轻松松地度过难得清闲的一晚。

“想我了。”他一语道破。

“我算是领教过你工作狂的一面了。”祝瑾年耸耸肩。

“能令我执着的不仅只有工作，还有……”他刮了下她的鼻尖，见她释然又嘚瑟地扬了扬眉，才接下去说，“还有国家大事。”

祝瑾年飞扬的眉尖耷拉下来。

“不过，国家大事多的是人操心，我只好把除工作外的其他心思都放在你身上了。”聂羽峥伸出和平的橄榄枝。

“我不听我不听！”她捂着耳朵故意跟他抬杠。

“那就不听。”他握住她的手，在她指尖轻轻一吻。

祝瑾年把头靠在他肩上蹭了蹭，所谓归属感，最大还是源于他吧。

尾声

/HE NI DE SHIJIE TANTAN 2/

一个月后，聂羽峥递交了禾诗蕊案几个当事人的心理分析，作为警方调查报告中的一个附件，由公诉人上交法庭。

报告中提到，隔绝、囚禁、虐待与死亡威胁让禾诗蕊出现的斯德哥尔摩综合征，默认了曹义黎和曾大强对其施加的种种犯罪行为，产子意外之后，禾诗蕊出现了典型的创伤后应激障碍，主要表现为激惹性增高和攻击性行为频繁，并对创伤伴有的刺激做持久的回避，采用错误的方法进行自救与防卫。曾大强受其影响，出现了与斯德哥尔摩综合征相对的一种罕见心理状态——利马综合征，但仍在经济利益的驱使下，没有主动释放人质，导致了禾诗蕊最后的犯罪行为。禾诗蕊在被囚禁的七年中，身心遭受了巨大的折磨，丧失了以正常逻辑思考问题的能力，在创伤后应激障碍的作用下，实施了报复手段。

鹏市中院经过了三个月漫长的审理，终于做出一审判决，禾诗蕊犯故意杀人罪，考虑到她被囚禁多年，死者曾大强多次对其进行死亡恐吓、强奸和残酷虐待，判处有期徒刑三年，缓刑五年。

新闻一经媒体报道，又引发社会一轮大讨论，不过，随着时间的推移，也就渐渐被人淡忘了。生活总在继续，就像永不停息的列车，窗外或美丽或糟糕的风景，都仅仅是过眼一瞬，不会长久地留在不相干的人心里。

康坚扬搬离逍遥游后，真的再也没做过那个梦。这件事真的不知该如何解释。

一大清早，奶包就在外头不停地挠门，不知是饿还是寂寞。卧室里传来一些响动，只听祝瑾年的声音传来——“别闹了，千惠说让我一上班就去她办公室……”

聂羽峥仍旧没有松手，薄被下，紧紧拥着她。她薄薄的吊带睡裙阻隔不了来自他的体温，她的背贴着他的腹部，只感觉一片炙热。

“哎，对了，我忽然想起，我们认识好像不知不觉超过一年了……”祝瑾年不再挣扎。

聂羽峥低哑地应了一声，似乎这个日子并没有成为一个重要日印在他脑海里。

“一年前，你能想到一年之后自己和你口口声声咒骂的‘出卷老头’一起躺在这里吗？”

“简直不敢想。”祝瑾年捂住眼睛，“所以人一定要好好活着，谁知道将来会发生什么好事呢？”

“是啊，谁知道呢？”他意味深长地一笑，松开了手，“但我知道如果你再不起床，就一定会迟到。”

祝瑾年猛地从床上跳起来，急急洗漱好。赶到“荒漠甘泉”，恰好踏着点儿进了诸葛千惠的总监办公室。

诸葛千惠潇洒地捋一捋流海：“是这样的——我们做的几个心理分析项目反响不错，前几天我们接到了芬兰一个心理咨询室的邀请函，想跟我们探讨心理分析在咨询过程中的实际应用。本应由我们的心理鉴定总监聂羽峥去，但我问过他，这一两个月根本走不开。你是他的助理，而且我看过你的英语成绩，六级过了，口语也不错，想不想去走走？”

“可是芬兰……”

“哦，语言的问题你不用担心，肯定有专门的翻译陪同。”

祝瑾年有些受宠若惊，觉得这完全是他们看在聂羽峥的面子上，顺道给自己个出国走走的美差：“可是我的资历还不够，工作室的主心理师都可以代替聂羽峥去。”

“可以用来跟他们交流的 Case 全部都是你跟羽峥一起完成的，我想，你比其他人更有发言权。”诸葛千惠语气很是坚决，“就当一次出国推广……大概定在 12 月，来回一共一周。回头跟羽峥告个假，让他再过一周的单身生活吧……就是不知道他还能不能适应，可别来找我问责。”

祝瑾年只得答应：“好吧……要准备什么材料吗？”

“呃……”诸葛千惠思考几秒，这个问题似乎在她考虑之外，“让羽峥把那几份心理分析报告给你就行。”

“那儿……挺冷的吧。”祝瑾年忽然缩了缩肩膀。

诸葛千惠笑了：“相信我，绝对冷不到哪儿去。”

芬兰啊……真的是太远了。祝瑾年几分雀跃几分紧张，把这事告诉聂羽峥，还旁敲侧击地问他到时候能不能抽空陪自己一起去。

“我如果能抽得出空，还需要你代劳？”聂羽峥语气饱含笑意，“12 月是我最忙的时候——我得出卷，亲爱的。”

“好吧……”祝瑾年遗憾道。

12 月中旬，祝瑾年请了年假，登上飞机，去往赫尔辛基。中文翻译接机后，和她一起去往邀请方心理咨询机构，与芬兰心理学名师 Virtanen 教授交流经验的同时，也学习到了先进的理念，不过这种理念要在国内普及，还需要很长的时间。

几天的行程结束，祝瑾年也利用起年假，去萨利色尔卡，想看一看传说中的极光。车子经过拉普兰森林时，望着白雪皑皑的山脉风光，她忍不住拍了一张照片给聂羽峥，还说：“这么美的风景，真想跟你一起看。”

“放心，早就说过，我不会再错过每一次跟你共赏美景的机会。”他很快回复。

“嗯，下次一起来。”祝瑾年望了望身侧空空的座位，还是觉得有些遗憾。

按照中文翻译的建议，她乘车到了拉普兰东部的一个旷野。这里是欣赏极光的理想之地，游客不少，但跟国内的景区比，已经算是人少的了。周围矮小的树丛给人一种蛮荒之感，像一群小矮人簇拥着顽强对抗严寒，一座座玻璃屋像发光的金龟子，在雪地里洒下一小片淡金色的光。

入夜，她裹着最厚的羽绒服，把自己包得跟个粽子一样，踏着冰雪，仰望苍穹。一抹蓝绿色的极光如同仙女跳舞时飞散的霓裳羽衣，自天边挥舞而来，整个天空像个不停变景的舞台，每一秒都有不同的色彩，近乎魔幻却又那样真实。

祝瑾年微张着唇，双手紧握贴着胸口，怀着敬畏与惊叹，仰望漫天胜景，一次次感到天地浩渺之大，自我之渺小。

她录制了十几秒的视频，发给聂羽峥。

他回复："刺激我？"

"没办法，为难学生比较重要。"她回。

"分享寓言一则：古希腊哲学家泰勒斯在草地上仰望星空，不料前方有个深坑，他一脚踩空掉了下去。"

她不以为意："这寓言说明什么道理？"

——"别总是往上看。"

一个熟悉的声音忽然在身后响起。

祝瑾年愕然，下意识转身去看，恰好，一抹极光自天边忽然展开，横贯整片苍穹，忽然出现的聂羽峥仿佛就站在极光幕布之下，那一刻震撼得令人窒息。

"你……"祝瑾年鼻子一酸，忽然有些想哭，"你怎么来了？！"

"我不会再错过每一次跟我的妻子共赏美景的机会。"他脱下手套，从口袋里拿出一个拳头大的冰球，双手捧着走到她面前，她才看清，这是一个钻石形状的冰块，只在这样的极寒天气，能保持不化。

"比你晚一天的航班，我也来了。在你代表'荒漠甘泉'参加交流的时候，我没闲着，动手做了这个。"他把冰块放在她手心，她双手早就冻得麻木，但还是小心地捧着，举至眼前看了又看。

“这一切都是你计划的！”祝瑾年终于识破，“从一开始千惠让我来出差，就是你授意的吧？”

他神秘一笑：“我只能透露一点——跟你交流的 Virtanen 教授，是我在斯金纳心理论坛认识的老朋友。”

“我好像又被你摆了一道……”祝瑾年扶额，虽是无奈不甘，却满心甜蜜。

“外面太冷了。”聂羽峥遥指了一下半圆形的玻璃房。

“你订到了？”祝瑾年又是一惊，她没想过要看一整夜的极光，只订了普通酒店。

“求婚之旅，怎能不计划周全？”聂羽峥一下子把她抱起来，目光灼灼专注，“你更重了，但是所幸我还是抱得动，一辈子都不会放手。”

祝瑾年以前一直不理解别的姑娘被浪漫求婚时为何会哭得稀里哗啦，今天这事降临到自己头上，却也一样控制不住自己的泪水。

她像只大型宠物一般趴在聂羽峥肩头，由他抱着往一个玻璃房走去，小声呜咽着，为他的用心，为自己的幸运。

两分钟后……

“你不是说你抱得动我，一辈子不放手吗？”祝瑾年呈“大”字形躺在雪地里，鼻尖通红。

“我指的是国内。”聂羽峥摊手站在一边，明显刚才一不小心松了手，让老婆掉在了地上。

“还好雪厚。”祝瑾年自己爬起来，拍了拍身上的雪，也不计较，朝他招招手，忽然奸笑一下，“原来你在某些事情上，根本坚持不了两分钟。”

“再给我一个证明自己的机会。”聂羽峥正色道。

“成。”

一分钟后……

祝瑾年再次掉了下去，又摔了个四脚朝天。

“在搬砖界你是什么水平我算完全了解了，请允许我脚踏实地自己走过去吧。”她双手合十。

聂羽峥无言，牵着她继续走。二人的羽绒服摩擦出沙沙声，留下两行脚印和相携而去的幸福身影。

玻璃房内气温高了些，钻石形状的冰块放在浅口瓷盘里，慢慢融化了。祝瑾年躺着看极光，睡意渐浓，忽然感觉手腕一热，只见聂羽峥托起她的左手，从瓷盘中拿起一枚戒指，戴在了她的无名指上。戒指上还有刚刚融化的冰水，曼妙曲折的极光、沁凉的触感和钻石璀璨的光，默默诉说着这个男人所有关于爱的一片冰心。

每个人都是渺小的，但这并不妨碍我们收获属于自己的大幸福。

番外

心机小海螺

/HE NI DE SHIJIE TANTAN 2/

“夫人早安。”

祝瑾年睡眼迷蒙，轻轻哼了一身，翻身继续睡。也不知道这家伙怎么了，休婚假以来，每天一大早就醒了，啥也不干，在一旁对她虎视眈眈，经常趁她意识还不够清醒，对她上下其手。

十分钟后，她终于难以忍受地推开他黏在她腰侧的爪子：“想好今天去哪儿玩了吗？”

“没有。”聂羽峥摸摸她的发顶，兀自起床了。窗帘一拉，落地窗外是一片沙滩大海，湛蓝的天空万里无云，金色的阳光扑面而来，一半洒在床沿，一半洒在他结实的赤裸肩背上，美色炫目，刺得人瞬间清醒。

祝瑾年有片刻失神，进而想到蜜月旅行才开始一天，不能赖床。捞了件浴衣穿上，她威胁他：“你要再不动脑筋想想，今天就专门玩你。”

但可以料想，这种威胁他丝毫不惧怕，反而求之不得。

果然，他不再眺望风景，飞快地转过身来，揉揉太阳穴说：“今天不知怎么的，反应特别迟钝，确实想不出附近有什么风景名胜区，为了补偿你，我只能按你说的，舍‘身’取义了。”说着，他眼中闪过一丝兴致勃勃，压低嗓音，“不知夫人要怎么玩我？”

祝瑾年丢了个抱枕砸他脑袋上。

来度假前攻略做了将近一个月，他还有脸说想不起附近有什么好玩的。

考虑到昨晚十一点多才入住酒店，今天只安排逛逛特色的集市，看一看当地人的生活。说是蜜月，实际上二人足足请了两个月的假，有的是时间，聂羽峥说，这就是当老板和老板娘的好处。

祝瑾年在人群中穿梭，看什么都新奇。当地人都是能歌善舞的，一言不合就手拉手站成一排跳起舞来，祝瑾年被莫名其妙地拉着跳了两次舞，头上插了好几朵大红大紫的花，脖子上戴着两串各色小花扭成的链子，虽然滑稽，但配着她今天穿着的白色长裙，倒也不算古怪。

“怎么就拉着我跳？”祝瑾年躲进一个小店里，一边拔头上的花一边抱怨着。

聂羽峥垂眼看了会儿手机，然后轻哼一声，道：“看来是我太没存在感了。”说罢，将手机给她。

祝瑾年接过一看，搜索界面上显示着当地的风俗——此地男多女少，拉着年轻女子跳舞并赠送花链其实是一种求爱，因为当地人皮肤棕黑，所以非常喜欢白皮肤的外地客人，如果女子接受花链、连续跳两支舞并回赠小礼物的话，就表示求爱成功。当地民风淳朴又开放，喜欢的姑娘就算已有对象，还是照“抢”不误。

“还好我没想着要回赠他们什么东西。”祝瑾年不以为意地大笑。

接着逛街，聂羽峥亦步亦趋走在她身边，再遇到有人要拉祝瑾年跳舞，他就干脆搂着她的腰先一步走开，这么做确实避免了不少当地人给她送花链子，可不知怎的，他自己倒是被许多当地女子塞了不少海螺，满满一捧，最后都放不下了。

迎面走过好几个女游客，脖子上都戴着不下十个花链，看见祝瑾年只有两条，还颇为得意，可看她身边的聂羽峥手里满满当当的海螺，都“扑哧”笑了出来。

“她们有那么多链子，也没被抢走当老婆。”祝瑾年用胳膊肘捅了捅聂羽峥，表示他神经可以不用那么紧张，“你收了一堆的海螺，快查一查人家送海螺是什么意思。”

“你查，我腾不出手。”

“德行。”祝瑾年白了他一眼，心想，大概也是求爱一类吧，上网一搜，憋着笑，举着手机给他看。

原来，正是因为男多女少，所以这里的女子地位比男子高得多，一辈子通常不会只跟一个男子保持夫妻关系。送海螺是比送花链更热辣的求爱方式，你收了人家的海螺，就表示今晚愿意跟人家度过火热的一夜。只要细看，海螺里都藏着小字条，写着女子家的地址。

聂羽峥头上降下几条黑线。

“国内收名片，国外收海螺。啧啧，聂组长好大的魅力。”祝瑾年酸溜溜道，看着他手里捧着的十几个各式海螺，随便拿起一个，还真就从里头找到一张小字条，只不过，上头的文字看不懂。

“组长应付得过来吗？”她挑眉，忽然在他臀部重重拍了一下，“加油哦！”

“当地人这么热情，我也不好拒绝，否则显得小气。”聂羽峥将计就计，把海螺里所有的字条都抽出来，一个个摊平展开，“祝助理，你把这上面的地址全部翻译成中文，拟一个时间表，这几天我一定认真执行。”

祝瑾年一把抓过所有字条：“你就等着吧。”

直到几天后，二人结束所有行程要飞往另一个国家时，祝瑾年所谓的“时间表”都没做出来，聂羽峥也早就把这事抛在脑后。

收拾行李的时候，聂羽峥忽然发现自己一件上衣的口袋里鼓囊囊的，掏出来一个，是个大海螺。他明明记得，所有海螺都按照以往惯例残忍扔掉了。

他拿着海螺思忖几秒，摇了摇，发现里头有东西，倒出来一看，也是张字条，摊平，纸上字体十分熟悉，写的地址正是祝瑾年在“荒漠甘泉”的预约号。

他一笑，还真就把这只海螺收进了行李箱。

很多年以后，这二人的女儿聂滚滚发现了这只一直被放在装饰柜里的海螺，不禁问：“这并不是什么很稀有的东西，怎么像个菩萨似的被供着？”

聂羽峥左右看看，不见祝瑾年，想必她在楼上捣鼓些什么，就急急起身走到女儿身边，压低声音说：“这是你妈追求我的证据，她当年向我表白，很有心机地把自己的工作号写在字条上塞进海螺里，暗示我去找她。我被她的热情和坚定所感动，也不好辜负一个这么爱我的女性，就去了。”

“不会吧？”滚滚瞪大的眼睛，难以置信地看着他，“平日里分明是你一直跪舔我妈，怎么当初是她追的你？言情小说不是这么写的。”

“注意你的用词，跪舔……谁教你的？还有，你才多大，看言情小说？”聂羽峥板起脸道。

“四舍五入我也是快十八岁的人了，怎么不能看？”滚滚理直气壮。

“九岁零五个月，四舍五入是十八？”

“九和五，哪个数字不满足‘五入’要求？”

聂羽峥抚额，心想这个丫头别的不学，尽学诡辩。

这时，祝瑾年从楼上下来，手里捏着一大团刚从奶包身上梳下的毛球。

滚滚跑过去，仰着头说：“妈，没想到你当年那么奔放，就算我爸长得帅，你也好歹注意一下形象，矜持一点好吧？你要是当老师，肯定也跟我们班主任一样，每次家长会都点名要我爸参加，动不动就揪我小辫子，连上学迟到一分钟也要请家长，而且必须是我爸去。”

“我……怎么就不矜持了？”祝瑾年一脸莫名其妙，瞥了一眼聂羽峥，冷笑，“比你们班主任还不矜持？”

聂羽峥移开目光，一脸“我不知道你在说什么”的表情。

滚滚坏笑着指了一下海螺：“古有白素贞故意遗失发钗引许仙上钩报恩，今有祝瑾年用心机小海螺勾搭聂羽峥终逆袭成老板娘。”

祝瑾年脑筋转转，忽然猜中聂羽峥方才造了什么谣。

“你爸当年啊……”她一笑，慢悠悠踱步过去搂住女儿肩膀，“出了名的来者不拒，哪个姑娘给他送东西，他就敢半夜爬人家窗户。有一回他收了有十几二十个小礼物，决心谁都不辜负，广施恩泽，祸害所有对他心怀幻想的姑娘。我实在看不过去了，将计就计把他引到我的办公室来，苦口婆心劝他改邪归正。也不知道怎么的，我这种舍己为人的行为到了他口中，就变成对他的死缠烂打，看来好人不能做啊。”

滚滚非常信服地捂住嘴，惊叹道：“哎呀，这不就是现实版的农夫与蛇、东郭先生与狼、吕洞宾……”

聂羽峥重重地清了清嗓子。

“聂羽峥与祝瑾年。”滚滚赶紧改口。

“往事就不要再提了。”祝瑾年摸摸滚滚的脑袋，手又慢慢移到她耳朵上，轻轻揪住，“不过，我以前怎么不知道你班主任经常请家长？”

“我爸不让说。”滚滚马上把锅推给聂羽峥。

祝瑾年挑眉看向聂羽峥：“这究竟是护犊子呢，还是心虚？”

“护犊子。”他斩钉截铁地说。

祝瑾年白他一眼，后又无奈地笑了出来。

滚滚倒是心虚得很，她是吃准了聂羽峥不会揍屁股才次次请他去学校的，今儿个一时没注意说漏嘴，还好她妈妈没深究。此处不宜久留，她胡乱找了个借口就溜了。

祝瑾年拿着海螺看了一看，问聂羽峥：“还要留着吗？”

“留着。”聂羽峥说罢，把海螺放回原处，“你好不容易向我求次爱，当然不能扔。”

“那么多年过去了……”祝瑾年失笑。

“我一如当年。”他指指自己心口位置。

祝瑾年抬眼看他，笑意不禁染上眉梢。

- 全文完 -